熊谷達也

ティーンズ・エッジ・ロックンロール

実業之日本社

実業之日本社文庫

目次

ティーンズ・エッジ・ロックンロール

1

今日の恭介《きょうすけ》、乗りが悪いなあ……。

パワーコードでリフを刻みながら、ちらりと隣に視線を飛ばして僕は思う。

ステージのセンターに立ち、ベースを掻《か》き鳴らしながら歌っている恭介の声が掠《かす》れている。いや、三曲目くらいから掠れてくるのは、いつものことだからかまわない。あるポイントまで掠れると、そこから先は平気という、ちょっと変わった声帯を持ってるやつなのでノープロブレムだ。

問題なのは、僕たち高校生の身分では滅多に立つ機会のない、仙台《せんだい》市内ではそこそこメジャーなライブハウスでの演奏だというのに、肝心のボーカルにさっぱり気合が入っていないことだ。

一曲目から、あれ？　と内心で首をかしげた。なんだかなあ、と思いながらも、そのうち乗ってくるだろう、と悠長《ゆうちょう》に構えていた。そして気づいてみれば、あっという間にラス前の四曲目に入ってしまっている。

この曲、一瞬演奏を止めてブレイクしたあとの入りが胆《きも》なのに、恭介のやつ、微妙にずれた。一度ならず二度までも。これは乗りが悪いというよりミスだ。しかも、凡ミスのレベルだ。

なのにこいつ、ゴメンのアイコンタクトさえひとつもなしで演奏を続けている。

以前だったら、一瞬目を合わせただけで、「悪い」、「ドンマイ」という感じで互いのミスをフォローできていたし、それがまた気持ちよくて、演奏自体もギヤチェンジしたみたいにパワーアップした。はずだ。たぶん。

それが今日はまったくない。

ここまでくると、恭介ひとりの問題というよりはドラムとの呼吸が……と思って、宙夢《ひろむ》を振り返ってみたら、こっちはこっちで心ここにあらずという目で、というより、ほとんど目を閉じて自分の世界に入っている。

おまえ、ジャズでも叩《たた》いているつもりなのかよっ、と声には出さずに突っ込みを入れたところで、僕自身がコーラスに入り損ねた。余計なことを考えていたせいだ。のみならず、左指で押さえるコードを間違えてしまう。

さすがにミスに気づいた恭介が、ん？　という目を僕に向けてきた。曲に復帰するのに精一杯で、リアクションをしている余裕がない。中学生のころなら頭が真っ白になって演奏が止まっていたところだ。が、かろうじて元に戻り、冷や汗を掻きつつ演奏を続ける。

そうこうしているうちにアウトロに入り、ドスンっ、というバスドラの音で曲が終わった。

雑念だらけの演奏もいいところだ。裏返せば、雑念が入ってしまうのは演奏に余裕があるからでもある。バンドを組んだ最初のころは、どこで何をミスったかもわからずにギターを弾いていた。それだけ演奏技術は進歩しているということなのだけれど、今日のステージはそういう問題じゃないぞ、と眉を顰《ひそ》めていると、スポットライトが消えて客席が少し明るくなった。

それを待って恭介のMCが入る。

「ありがとうございまーす。声援、ありがとうございます。いえい！」

パラパラとおざなりな拍手が会場から届いてくる。あと一曲でラスト、というところまで進行しているにもかかわらず、フロアはすかすかだ。

お客は全部で十三人。などと、あっという間に数えられるくらいしか入っていない。オールスタンディングで押し込めば二百人以上入る箱に十三人なのだから、演奏していて正直、恥ずかしい。というか、観ている人たちから微妙な空気が漂ってくる。最もぴったりした言葉で表せば、居《い》た堪《たま》れない、というやつだ。

その居た堪れなさを紛らわすために、する必要のないギターのチューニングをしつつ、乗りが悪いのはこのせいだよな、という当たり前の結論にたどり着く。

恭介がたいして意味のないMCをしているあいだ、僕は、ひとり当たりいくらの赤字だ？　と計算し始める。一応、リーダーだからだ。といっても、中二でバンドを始める時に、恭介、宙夢、僕の三人で、

「リーダー、どうする？」

「要らねえんじゃねえ？　そんなもん」

「形だけでもいたほうがいいと思うけど」

「なんで？」

「なんとなく」

「そんじゃ、ジャンケンで決めっか」

「あいよー。最初は、ぐ～っ」

などとひどく適当な決め方をしてジャンケンに負けたのが僕だった、というだけの話なのだけれど、結果的に、バンドの雑務を一手に引き受けることになってしまった。

たとえば、今日のようにライブに出る時の対外的な窓口は必然的にリーダーの僕になるわけで、ライブハウスのスタッフさんに提出する公演確認書だとか、ステージの

セッティング図だとか、チケットの取り置き予約者名簿などの作成から始まって、最終的には出演料の精算まで、プロのバンドだったらマネージャーさんがやるのだろうな、という雑務を全部僕がこなさなくちゃならない。

恭介も宙夢も、面倒なことを僕に押し付けちゃって悪いな、とは思っているみたいで、頼めば仕事を分担してくれる。ところがしかし、ふたりともいい加減すぎる。いい加減すぎてかえって混乱する。事実、去年の十二月にあった、仙台での二度目のライブの時は、当日会場入りするまで、出演時刻を完璧に間違えていた。スケジュール管理を恭介に任せたせいだ。

ということで、再び僕がすべてを引き受けて現在に至っている、というわけである。そういう意味では、ジャンケンで僕が負けたことは、バンド存続のためにはよかったのかもしれない、と自分を慰めるしかない。

今日のライブは、アマチュアバンドのためにライブハウスが定期的に主催している、いわゆるブッキング形式のライブだ。僕らを含めて、合計五つのバンドが出演する。一バンドあたりの演奏時間は三十分間なので、平均して五曲程度の演奏になるのだが、ブッキングライブではこれが標準的なところだろう。

そして、今日のライブのチケットノルマは、一枚千円×三十枚になっている。つまり、三万円をライブハウスに払わなくちゃならない。一バンドにつき三万円が、ステージに立つための出演料というわけだ。

そういえば、出演料、と最初に聞いた時、え？　出ればお金がもらえるの？　とびっくりしたのだけれど、もちろん大きな勘違いだった。出演料というのは、いわゆるエントリーフィーのことだ。というくらい、最初は僕らも無知だった。今となっては懐かしい想い出話ではあるけれど。

ところで、実際のお客の入りがノルマの三十枚を超えれば、その分だけ出演バンドにチャージバックされる仕組みになっている。つまりバンドの儲《もう》けになるのだが、現実はなかなか厳しい。というか、僕らのスリーピース・バンド「ネクスト」の場合、見ての通りの寂しさである。

小学生でもわかる計算だけれど、今客席にいる十三人全員が僕らのバンドの演奏を聴きに来ているのだとしても、一万七千円が不足する。

いや、それですめばまだよい。現実はもっと厳しい。違うバンドが目当てで足を運び、たまたま僕らの演奏につきあってくれているだけなのが明らかなお客が、少なくとも四人はいるのが、ステージから見ていてもわかる。四人とも一度も見たことのない顔だし、年齢が僕らよりかなり上だし、ステージから遠い場所で腕組みなんかしちゃっているし……。

となると、純粋なチケットの売り上げは、よくて九人分の九千円。よって結局、二万一千円の大赤字。それを三人で割ると、ひとり当たり七千円も自腹を切らなくちゃならないわけで、これはちょっとまいったなあ……というより、かなりまずい事態だ。

それにしても、あいつら……と、僕は高校の同級生たちの顔を思い浮かべた。

「今度のライブ、来れそう？」

「春休み中だっけ？」

「そう」

「なら、行けるかも」

「それじゃあ、チケットの取り置きをしておくから、よろしくな」

「わかった」

なんて会話をしていたやつらの顔が、フロアにひとりも見当たらないのはどういうことだ？　そのうち何人かは、受験予備校の春期講習を受けに仙台に来ているはずなのに、これじゃあほとんど裏切り行為と一緒じゃないか……。

そんな具合に僕が暗澹《あんたん》たる気分に陥っていると、エントランスの重たい遮音性のドアがスライドして、まとまった数のお客がどやどやとフロアに入ってきた。

「それじゃあ、これから最後の曲を――」と恭介がMCを切り上げたころには、それまでガラガラだったフロアがそこそこ埋まっていた。ざっと見た感じでも五十人くらいはいるだろうか。

恭介のオッケーの合図で、宙夢がスティックを鳴らしてカウントを取り始めた。心なしか、カウントする声にも力がこもっている。

カウントの四拍目に合わせて指の腹を六弦上で滑らせ、ズドーンと図太いグリッサンドの音を出した僕は、十六ビートでイントロのリフを刻んでいく。

僕らが演奏しているあいだにも、フロアには続々とお客が入ってきて、最終的には百人近い数なんじゃないか、と思わせる入りになった。

といっても、僕らのバンドが目当てじゃないのはわかっていた。わりと年齢層の幅が広い来場者たちは、次に演奏するバンドのファンだ。

たとえそうであっても、これだけの数の聴衆を前にして演奏していると、やっぱり気持ちがいい。

ついさっきまで気の抜けた演奏をしていた恭介のベースとボーカルに熱が入り、宙夢も両目をぱっちり見開いたうえに笑顔まで張り付かせてドラムを叩きまくっている。まったく現金なやつらだ、と内心で苦笑している僕も、気づけば、必要以上に大きなアクションでギターを弾いている。ばかりでなく、途中から、ステージとフロアを仕切っている鉄柵に片足を載せてお客を煽《あお》っているのだから、他人のことはとやかく言えない。

演奏が終わると、客席から温かい拍手が送られてきた。他のバンド目当てのお客を前に演奏する時って、かなりのアウェイ感があるのが普通なのだけど、目の前にいるお客さんたちは、嘘《うそ》みたいにあったかい。

いいなあ、こんなファンに恵まれて、と羨《うらや》ましく思いながらも、客席に向かって一礼した僕たちは、すぐさま機材の撤収を始める。五分から十分という短い時間で、ステージの転換をしなくてはならないからだ。

ライブハウスのスタッフさんがステージ上を動き回っているあいだにも、次のバンドのメンバーがステージの裏手から出てきて、自分たちの機材のセッティングをし始める。

すると、まだ演奏が始まっていないにもかかわらず、客席から声援が飛んできた。

アンプとの接続を外した自分のギターとエフェクターボードを手に、そそくさとバックヤードに引っこもうとしたところで、ステージに続く階段を上ってきたバンドメンバーのひとりとぶつかりそうになった。

すれ違いざま、「お疲れー」と言って、笑顔を向けてきた綺麗《きれい》な女性は、何も機材を携えていないのでボーカルなのだろう。

彼女がセンターマイクの前に立っただけで、すごい歓声が上がった。

客席に向かって手を振っている彼女の肩越しにフロアに目をやった僕は、文字通り息を呑《の》んだ。立錐《りっすい》の余地もないとはまさにこのことで、客席はお客さんで溢《あふ》れていた。

それにしてもこれだけ集客力のあるアマチュアバンドって何者だろうと、素朴な疑問を抱いてしまう。

激しく首をかしげているのは、僕だけじゃなかった。楽屋へと向かう通路を歩きながら、恭介も宙夢も、

「なんていうバンド?」

「プログラム、今持ってないんでわかんない」

「なんであんなに人気なわけ?」

「さあ」

という会話のあとで、

「匠《たくみ》――」僕の名前を呼びながら振り返った恭介が、

「おまえ、あの人たちのリハ、見た?」と訊《き》いてきた。

「見てない」

僕が首を横に振ると、

「何なんだろ、あのおっさんたち」と恭介。

そう言われても、宙夢と同様、さあ、と肩をすくめるしかない。

恭介が口にした通り、さっきのボーカルの女性を除いて、残りのメンバー全員が、見事なまでのおじさんとおばさんだった。たぶん、僕の親父《おやじ》やお袋と同じくらいか、

それ以上に年齢がいってると思う。一時期ブームになった、というか、今でも勢力を拡大し続けている、典型的なオヤジバンド集団、と言えなくもない。二十代後半くらいのボーカルの彼女を除いては。

ということは、もしかしたら、彼女のバックバンドの人たちなのかもしれない。たぶん、さっきの彼女、僕らが知らないだけで、仙台ではかなり有名なセミプロ級のシンガーなのだろう。

うん、きっとそうだ、それならわかる。

なんだ、そういうことか、と自分を納得させながら、楽屋へと続く階段を上っていく。

二ヵ所に分かれている楽屋の片方が、僕らに割り当てられている楽屋だが、さっきのバンドと同室ではない。もう一方の楽屋を、ふたつのバンドが使っている。そのうちひとつは、前にもブッキングで一緒になったことのある大学生バンドなので、名前は知っていた。

ということは、もうひとつのほうが、さっきの女性ボーカルのバンドに間違いないわけだけれど、楽屋のドアに貼ってあるバンド名が印刷された紙には、「T．K．G．様」とアルファベットのバンド名が入っていた。

はて？　いったい何の略なのだろう？

あらためて首をかしげながら、恭介と宙夢に続いて僕も自分たちの楽屋へと戻った。

2

出演料の精算を終えた僕は、ギターケースを背負って、仙台の東一番丁《ひがしいちばんちょう》のアーケードをひとりで歩いていた。

ひとりなのは、恭介と宙夢を先に打ち上げ場所に行かせていたからだ。打ち上げと言っても、青葉《あおば》通りに面したマックに行って、コーラで乾杯するだけなのだが、久しぶりの仙台の繁華街なので、ライブの出来や大赤字とは関係なく、自然に気分が浮き立ってしまう。

久しぶりの仙台というのは、僕ら三人は、ライブハウスでの演奏のたびに地元の仙《せん》河海《がうみ》市から遠征してきているからだ。

僕が生まれ育った仙河海市は、宮城県の北の外れに位置する港町だ。一応、ローカルであってもJR線が通っているので電車——正確にはディーゼル列車——で仙台とのあいだを行き来できるのだが、かなり遠い。直通の快速列車に乗っても二時間はかかる。快速に乗り損ねたうえに乗り継ぎの接続が悪かったりすると、三時間近くかかってしまう。

それでも僕らが仙台まで文字通りの遠征をしてライブをするのは、仙河海市には、僕らのような高校生バンドが演奏できるようなライブハウスがないからだ。

仙河海市にも、ジャズの生演奏ならできる場所がある。「バードランド」という名前の古くから営業している有名なジャズ喫茶があって、プロのミュージシャンも演奏に来るのだけれど、ＰＡを使った大音量のロックは演奏できない。爆音を出しても平気で設備が整った会場は市民会館なのだが、高校生バンドが借り切るのは無理である。というか、座席が一千席もあるホールでいったい何をするの？　という話になるので、最初から論外だ。

南仙河海駅の近くに一軒だけ、ライブハウスがあるにはある。あるいは、公民館を借りるという手もある。しかしそのためには、自分達でライブを企画して対バンのバンドを集め、音響機材の調達を行い、チケットを印刷して売り歩いて云々と、プロモーター業までやらなくちゃならない。しかもこのメンバーで。明らかに無理。よって却下。

となると、学校の文化祭くらいしか人前で演奏する機会がないという、典型的な田舎《いなか》の高校生バンドに甘んじるしかないのだけれど、僕らネクストの場合、それすらできない。というのも、中学校は同じだった僕らだが、通っている高校が違っているからだ。

僕は仙河海高校——通称、仙高《せんこう》——なのだが、恭介と宙夢のふたりは仙河海南高校——通称、南高《なんこう》——に通っている。高校が沢山あって音楽環境に恵まれている仙台では違うみたいだが、僕らが暮らす仙河海では、高校の文化祭のステージに違う学校の生徒が立つのは、慣例的にNGだった。

という障壁があるのは最初からわかっていたものの、中二の時の文化祭を機に結成して初ステージを踏み、中三の文化祭と卒業前の予餞会《よせんかい》で拍手喝采を浴びた——これは嘘じゃない——という成功体験を持ってしまった僕らは、高校に行ってからもネクストは解散せずにバンドを続けようと、中学卒業前に誓い合った。

ようするに、演奏が気持ちよかった、いや、気持ちよすぎたのだ。ついでにそのころは、本気でプロを目指そうか、みたいな乗りがあったのも事実だ。

ということで僕らが考えたのは、仙台を拠点とした活動である。というか、箱の関係でそれ以外に選択肢はなかった。それに、あの街、つまり仙河海市に居るにもかかわらず、「俺たち仙台でライブを打ってるんだぜ」と言えたら、さらには、「たいしたことじゃないけどね」などとクールに決められたら、めちゃくちゃかっこよくないか？　というのが最大のモチベーションであった。

中学生のガキっぽい発想ではある。ではあるのだが、やってみたら最初のライブがそこそこ成功してしまった。

ネットで調べてみると、高校生バンドでも出演が可能なブッキングライブが、仙台のライブハウスではけっこう開催されていることが、まずはわかった。

ネックになるのは、やっぱり距離だった。なにせ、二十五枚から三十枚のチケットノルマをさばかなくちゃならない。基本的に学校の友達に頼らざるを得ないわけで、普通の土日だと気軽に来てもらえない。それぞれ部活とかもあるし。

となると、僕らが出演できそうなのは、現実的には学校が長期休業中、ということになる。つまり、春夏冬の休みを利用した年に三度のライブになるのだが、僕らの学校が休み、ということは、同級生たちも休み、ということだ。つまり、「仙台に遊びに来るついでに、俺たちのライブも観に来ない？」という手が使える。

事実、半年ほど前、高一の夏休みに初めて出演したライブでは、それぞれの高校の同級生や中学時代の友達が応援に駆け付けてくれ、楽勝でノルマを達成できた。

その時の純粋なチケットの売り上げは、三十六枚だったけれど、高校生だけのブッキングライブだったこともあり、他のバンドの応援に来ていた高校生たちも、かなりの数、ネクストのライブを観てくれた。僕らが演奏している時に客席にいた人数は、五、六十人にはなっていたと思う。しかも会場は、今回と同じく東一番丁のアーケード街にあるライブハウス「ＲＯＣＫ　ＧＡＲＡＧＥ」で、音響用のＰＡも照明も、プロのミュージシャンでも満足できるような機材がそろっている。

そんな環境で仙台での初ライブが成功し、僕も恭介も宙夢も、かなり気をよくした。これなら仙台での活動が続けられそうだと、自信を持った。

ただし、僕らだって馬鹿ではない。次からも同じ方法で同じように上手《うま》く行くとは考えていなかった。同級生や中学時代の仲間にしても、毎度毎度、仙台まで足を運んでくれるとは限らない。その減った分を、新たに獲得した仙台のファンで埋めていくつもりでいた。実際、一度目のライブの際に、僕らのバンドの紹介のチラシを沢山配り、バンドのホームページも作って情報発信は怠らなかった。

なのであるが、仙台での二度目のライブとなった前回、大ゴケした。一回目に三十六枚さばけたチケットが、半分以下の十七枚しか売れなかったのである。

最大の原因は、恭介が出演スケジュールを間違えたことだ。そのおかげで、せっかく来てくれた友達が取り置きしておいたチケットを買わずに帰ってしまい、そのうえ、「おまえら、なにやってんだよ〜」と、あとでさんざん非難された。当たり前だけど。

もうひとつの原因は、一回目の時と違って、高校生バンド限定のブッキングライブではなく、僕ら以外は大学生と社会人のバンドだったことが考えられる。しかし、僕らの都合に合わせてライブを開催してくれるわけではないので仕方がない。

それから三ヵ月後、春休みを利用した今回のライブが仙台での三度目のライブになったわけだが、見ての通りの悲惨な状況で終わってしまった。

事実、先ほど出演料の精算をした際、ライブハウスの店長さんから、「君たち、大丈夫?」と同情すらされてしまった。

いや、あれは嘘偽りなく同情していた。ライブハウスとしてはお客さんが入れば入るほど、チケット代の他にドリンク代で稼げるシステムになっている。だから、本来だったら、九人しかお客を呼べなかったネクストは冷たくあしらわれて仕方のない立場にある。それなのに、心から気の毒そうに出演料を精算したあとで、仙河海市に帰る交通費まで心配してくれたのである。その辺に穴があったら、本当に入っていたと思う。

もう少しで年度が替わり、僕も高校二年生になる。そしたら、何をやるにしても、一生のうちでかなり貴重なはずの十七歳の夏が、あっという間にやってくる。しかし、この状況では、去年の今ごろ思い描いていた展望は、どう逆立ちしても望めそうにない。

どんな展望かって?

そりゃあ、仙台のライブハウスでネクストの人気がブレイクしてファンが沢山でき、とびきり可愛《かわい》い女の子、しかも、仙台の女子高に通っている彼女ができちゃったりして、などという、あまりにもベタな展望、というより、願望だ。

いまや妄想となりつつあるその願望が、恥ずかしいくらいベタなのはわかっている。

けれど、どんなに取り澄ましたやつだって、女の子にもてたいという動機がゼロでバンドを始める男子は、過去から現在にかけて、さらには未来永劫《みらいえいごう》存在しないと、僕は命を賭けて断言できる。

3

マックに先に来ていたふたりと合流した僕は、コーラで乾杯したあとで、まずは今回のライブの決算報告をした。

ふたりとも、口をへの字にして肩をすくめただけ。僕に聞くまでもなく、あの会場を見ていればどういう事態になったか、ほぼ正確に予想していて、何をいまさら、という感じなのだろう。

問題はこの状況からどうやって脱出していくか、ではあるのだが、いきなり本題に入るのもなあ、と思い、僕らのあとに演奏することになっていたバンドについて、店長さんから教えてもらった情報を披露することにした。

「あの、T.K.G.っていうバンド、タクヤ・クロサワ・グループの略だってさ」

「なにそれ?」

「リーダーの名前。ギターのおっさんがバンドリーダーで、ハードロックをやるみたい」

「ボーカルだけ、なんで若いの？」

「キーボードのおばさんの娘だってさ。前は別のバンドにいて、仙台ではかなり人気があったみたい。そのバンドが解散して彼女がフリーになっていた時に、ボーカルをやらないかって声がかかって、T．K．G．が結成されたらしい」

「それ、いつの話？」

「二〇〇八年の夏だってさ」

「ってことは、たった一年半であれだけの集客力のバンドになっちゃったわけ？」

「ボーカルのねーちゃんのファンがさあ、そのままファンになっただけじゃねえの？」

「知り合いに無理やりチケット買わせてんだろ。あれくらいの年だったら、知り合いも多いだろうし」

「いや、店長さんの話だと、そんなんではないみたいなんだ。なんか、結成直後は、二週間に一度くらいの割合であちこちのライブハウスに出没して、地道にファンを増やしてきたとかって、そんな話」

「案外、暇なんだな。おっさんたちって」

「仕事、何してるんだろ？」

「俺にわかるわけねえだろ」

「それで、まだ続きがあるんだけどさ。なんかのバンド・コンテストの全国大会で準優勝して、ボーカルの女の人にプロ・デビューの誘いがかかったらしいんだよね」

「マジで？」

「うん、マジで」

「すげーじゃん。でも、それなのに、何でアマチュアのブッキングなんかに出てるわけ？」

「それがさあ。ボーカルの彼女、プロ・デビューの話を蹴っちゃったらしいんだよね。お客さんの顔が直接見える、好きな街のライブハウスで、アマチュアで歌っていたい、とかって言って」

「なんか、かっけーじゃん、それ」

「で、今は、シーズンに一度の割合でワンマンのライブを打っているらしいんだけど、たまに、今日みたいに、ブッキングもやるらしい」

「なんで？」

「店長さんは、そこまでは教えてくれなかったけどさ。たぶん、あまり集客が見込めないブッキングの時に、店側が、出てくれない？　って頼むんだと思う。あくまでも、俺の推測だけど」

「つまり、今日はそういうブッキングだったってわけ？」

「俺らが出るから?」

「俺らだけのせいじゃないと思うけど、たぶん」

「なんだかなあ……」

ため息を漏らしながら、三人で顔を見合わせる。

しかし、T．K．G．の話題から入ったことで、今のネクストの問題点が自然に浮き彫りになった。すなわち、どうやって集客力を上げていくか、というバンドにとっての最大の問題、というよりは大命題が、いっそう鮮明になったわけである。バンドリーダーとしての僕が意図したわけではなく、単なる偶然だけど。

このタイミングで切り出すのじゃなかったら、いつ言うのか、というタイミングで、「今の状態のままでは、夏のライブはもっと厳しくなると思う――」と前置きをした僕は、

「俺たちの場合、ライブの回数を増やすのは無理だから、何か別な方法で集客力をつけなくちゃいけないのがひとつ。それから、演奏する曲自体も、もう少し考えたほうがいいかもしれない」と、ライブハウスからここまで歩いてくるまでに考えていたことをふたりに話した。

曲の問題というのは、バンドのカラーに大きくかかわることなので、やはり外すことはできない。

元々ネクストは、僕たち三人が中二の時にアニソン・バンドとしてスタートしたものだ。アニメソングをカヴァーするコピー・バンドのことである。それはそれで演奏していて楽しかったし、周りからの受けもよかったのだが、中学を卒業する時に、僕らは、アニソン・バンドからも卒業しよう、と話し合って決めた。高校生になってもバンドを続けるからには、やっぱりオリジナル曲をやらなくては、となるのは自然な流れだった。

で、どんなバンドを目指そうか、ということで三人の意見が一致したのは、メロコア・バンド。メロディック・ハードコアというジャンルのパンク・ロックである。簡単に言ってしまえば、メロディ重視のパンクとでも言えばよいのだろうか。といっても、僕ら自身、ポップ・パンクやハードコアの区別が明確についているわけじゃなく、雰囲気で言っているにすぎないのだけれど、やってみたい音楽に一番近かったのは確かだ。それに、スリーピース・バンドという編成には、やっぱりパンクが似合っている。というか、この編成でアニソンを演奏するのは元々無理があった。取っ掛かりとしてはよかったけれど、キーボードなし、女性ボーカルもなし、となると、演奏できるアニソンは限られてしまう。

ということで、高校に通い始めてからオリジナルの曲作りを始めたのだが、今のところいい感じで演奏できるのは三曲しかない。そのため、前にやっていたアニソンも一曲か二曲、ライブの時には演奏しているのだが、やっぱり、どうしてもしっくりこない。この先、ネクストとしてのカラーを明確にしていくには、この夏までにあと二曲か三曲、新曲を作って演奏を仕上げていく必要がある。

それを今日は、今後のバンドの方針としてしっかり固めておこうと、とりあえずリーダーらしく考えていた。

その決意を込めて切り出した僕の言葉に、

「実は、俺たちも――」と言って、宙夢と顔を見合わせた恭介が、

「そろそろマジで考えなくちゃ、と思ってた」とうなずいた。

このふたり、いい加減なようでいて、考えるべきことはちゃんと考えているんだ、と素直にうれしくなる。

だろ？　と意を強くしてうなずいた僕は、

「まずは、決めやすいほうから決めようぜ。集客の問題を考えるのは後回しにするとして、少なくともあと二曲、オリジナルが必要なのはいいよね。ゴールデンウィークを目標に完成させたいと思うけど、作詞と作曲の分担、どうする？」とふたりに投げかけた。

僕らのバンドは、オリジナル曲の作詞と作曲の分担を特に固定してはいない。今日演奏した三曲は、三人それぞれが作曲して歌詞をつけ、それを持ち寄ってみんなであ

ーだこーだ言いながら手直しして完成させたものだ。それでも、極端にカラーが違わない曲ができているのは、これはもう、作曲ソフトのおかげ、と言うしかない。

「匠さあ――」と言った恭介が、

「俺が言ったのは、そういう意味じゃなくてさあ……」珍しく語尾を濁すようなしゃべり方をしたあとで、宙夢の顔を見やり、

「おまえ、言えよ」と小声で言う。

「え？　俺が？」

顔をしかめた宙夢に、

「俺、説明するのめんどい」と恭介。

「言い出しっぺはおまえだろ」

「いいから、言えよ」

「ふたりで、なにもぞもぞしてんだよ。なんか言いたいことがあるなら、遠慮せずに言えって」

僕がうながすと、仕方なさそうにうなずいた宙夢が、

「ここらでさ、とりあえず解散ってのもありだと思うんだよね」と口にした。

「解散って、ネクストの？」

そう、と宙夢と恭介がそろってうなずいた。

「でも、なんで今ごろ急に？」

「わざわざ訊かなくてもわかるだろ。今日のあのお客の入りじゃ、もう無理だって。バイトで貯《た》めた金が無駄になるだけだし、それ以上にモチベーション下がりまくりだし、バンドを続ける意味がねえって」開き直ったように恭介が言う。

「だから、そこを何とかしようということで、こうして――」と言いかけた僕を宙夢がさえぎる。

「やっぱり、元々無理があったんだよ。匠と俺たち、高校が同じだったらまだよかったけどさ、今の状態じゃ、まともに練習もできねえじゃん。曲を作るのだっていちいち大変だしさ。このまま無理して続けていても、なにもいいことがないと思うんだよな」

　それを受けるようにして、

「実際のところ、匠はどうなんだよ。どうしても続けたいって感じ？」恭介が尋ねる。

「いや、そういう訳じゃないけどさ――」と答えた僕は、

「解散の話、いつから出てたわけ？」と訊いてみた。

　互いに顔を見合わせたふたりから、

「わりと最近」

「春休みに入ったあたりかな」

「今回のライブ、ドタキャンはさすがにまずいし」

「だから、ライブが終わったら、おまえに話そうと思ってた」

一応、申し訳なさそうな声で答えが返ってきた。

僕に黙って解散を相談し合っていたふたりを責める気にはなれなかった。リーダーという立場上、とりあえずバンドの存続を前提に物事を考えていた僕だけれど、気持ち的には恭介と同様、ステージに立つまでもなくモチベーションが下がりまくっていたのは事実だ。

それに、あらたまって誰も口にしてはいないけれど、このメンバーでプロ・デビューを目指そうぜ、という中学を卒業した時の夢は、ずいぶん前から完全に絵空事になっていた。

だから、ここで解散という提案には反対できなかった。宙夢の言う通りで、仙河海市で別々の高校に通っている僕らが、メロコア・バンドを続けること自体に無理がある。

僕らが仙台市内に住んでいれば、通っている学校が違っても、たいした障害にはならないだろう。しかし、思う存分爆音が出せる音楽スタジオすらない街である。たとえばメンバーの誰かの家がそこそこの金持ちで、スタジオ代わりに使える倉庫を持っているとか、そういう話でもない限り、僕らのような爆音系のバンドは練習自体がままならない。で、残念ながら、僕ら三人ともサラリーマン家庭の一般ピーポーで、中学の時にバンドをやれたのも、放送委員会の先生の厚意で、学校にあるドラムセットやアンプを使わせてもらうことができたからだった。

バンドの解散というふたりの提案には同意するしかなかったし、僕自身ちょっと肩の荷が降ろせた気分にもなれていたのだが、ひとつだけ、気になることがあった。

「わかった。解散するのは仕方ないと思う——」と言ったあとで、

「それで、解散したあと、おまえらどうするの？」

「どうするって？」首をかしげた恭介に、

「南高で別なバンドを組むとか、音楽、続けていくの？」と、探りを入れてみた。

ふたりと話をしている途中から、何となくそんな予感がするというか、雰囲気を感じていた。

これで何度目になるのか、またしてもふたりで顔を見合わせたあとで、恭介が両手を小さく上げて、まいった、みたいな仕草をした。

「いずれバレることだから今のうちに言っておくけどさ。実は、新しいバンド、もう結成してるんだよな」

さすがにそこまでは予想できなかったので、

「もう？」と、間抜け面をしてしまう。

「悪い、匠——」僕に向かって手を合わせた宙夢が、

「俺と恭介、春休み前に、うちの学校の軽音部に入部したんだよね。で、とんとん拍子にというか、すんなりメンバーが集まったわけ」と補足説明をした。

「なんだよ、そこまで決まってたのかよ」さすがに愚痴らずにはいられない。

ごめん、悪い、と謝るふたりに、

「で、そのバンドでは何やるわけ？」と確認すると、

「アニソン」

「はあ？」

「やっぱ、無理してオリジナルやるよりも楽だし」

「ボーカルはおまえ？」

呆《あき》れながらの僕の質問に、ううん、と恭介が首を横に振る。

「軽音部の女子」

「あと、ギターとキーボードも」

「それも女子？」

「うん」

「マジで？」

「マジで」と答えた宙夢が、

「あそこにいる三人」少し離れたテーブル席に座っている三人組の女の子を指さした。

「あ……」と、思わず声が漏れた。

僕らの席に向かってにこにこしながら手を振ってきた三人は、今日のライブでネクストのチケットを買ってくれた貴重な九人のお客のうちの三人だった。知らない顔だけど恭介と宙夢の学校の生徒かな、と思いながらステージ上から見ていた三人組に間違いない。

それにしても、いまさらアニソン？　なんだよ、真面目にパンクをやろうとしてたのは、結局、俺だけだったのかよ、とげっそりしながら、僕の目の前でにやけきった顔をしているふたりと、彼女たちを交互に見比べる。

ちぇっ、かなり可愛いじゃん、あの三人……。

自分が恭介や宙夢の立場だったら、やっぱり同じ選択をしたかも、というか、できれば混ぜてもらいたいくらい……。

そう考えている自分に気づいた僕は、はあ、と大きなため息を吐《つ》くしかなかった。

4

結局俺、あいつらと同じじゃん、情けないけど……。

あいつら、というのは、恭介と宙夢のことだ。同じ、というのは、行動が。

そしてその行動とは、仙河海高校軽音楽部のドアをノックすること。ではあるのだが、決心するまでかなり迷った。

というのも、入学直後、同じ中学出身の友達から、

「俺、軽音に入ってバンドやろうと思うんだけど、匠も入るんだろ？」と訊かれた時、

「入らない」と即答し、

「なんで？」と問われて、

「俺らのネクスト、仙台のライブハウスを拠点に活動することになったから」

「マジ？」

「そう、マジ」

「掛け持ちでもできるんじゃねえ？　なあ、軽音入ろうぜ」

「軽音で遊んでる暇なんかないって」

「あ、やだねー、その上から目線」

「悪い。でも、そういうことだから」

というような会話をして誘いを断ったという経緯があり、いまさらどの面下げて、となるのは当然で……ということである。

実際、迷うというよりは、真面目《まじめ》に悩んだ。俺、そこまでしてバンドをやりたいん

だろうか、と。

一年前の今ごろは、プロを目指そうぜ、みたいな乗りでネクストをやっていたのは事実だけれど、冷静に考えてみれば、そこまでの音楽的な才能はないと思う。

いや、たぶん、才能があるだろうか？　などと考えている時点でアウトなのだろう。本当に才能のある奴《やつ》は、そんなことなんか考えもせずに、ただひたすら突っ走るだけに違いない。というくらいの想像は僕にもつく。

それに、オリジナル曲を創り始めたことでなんとなくイケてる気になっていたが、実際には、天からメロディが降りて来るとかそういうことは全然なくて、作曲ソフトがなかったらまともな曲は一曲も完成していなかったと思う。

まあ、それだけ最近の作曲ソフトはよくできている。プロのミュージシャンだってそこそこお世話になっているとなれば、それはそれでいいことにして、大事なのはむしろ作詞だろ、という話になるのだけれど、いままでに書いた歌詞、あらためて読み返してみると、うーん、ちょっと微妙、と我ながらがっかりする。

そんなに難しく考えずに、趣味の範囲でやればいいだけの話かもしれない。しかし、それも何か違うような気がするのは、結局僕は、自分の将来像が何も描けていないからなのだろう。

ようするに、何かをしていないと落ち着かないのだ。何でもいいから、何かに打ち込んでいたい。そうすれば、漠然とした得体の知れない不安から逃れられる。たとえその場しのぎであっても。

一人で何かを黙々とできるようならいいのだろうけど、そんな対象は思い浮かばない。せいぜいギターを弾くことくらいなのだが、曲がりなりにも一度バンドをやってしまうと、ライブの当てもないのに弾いていること自体が虚《むな》しくなる。

しかし、いまさら運動部というのは無理。中学時代はサッカー部に所属していたけれど、スタメンには一度も選ばれたことはなく、公式戦に出してもらえた時間を全部合計しても、三十分間に満たないだろう。

そもそも本当に好きでサッカーをやり始めたのかも怪しい。日韓共同開催のワールドカップで、日本代表が決勝トーナメントに進むという快挙を成し遂げたのは、僕が小三の時だ。それがきっかけでサッカーを始めた。

当時、同じような奴は沢山いたからそれはそれでよいのだけど、中学に進んでサッカー部に入部した一年生の時、日本代表はワールドカップには行けたものの、一勝もできずに予選リーグで敗退した。それで僕のサッカーに対するテンションが下がった。

本当にサッカーが好きでたまらず、プロを目指せるような奴って、だったら将来自分がプロになって、と悔しさをバネにいっそう頑張り始めるに違いない。そうした単純さも、たぶん才能の一つだろう。

残念ながら、そこまで単純になれなかった僕は、ボールを追っているべき時間を、途中からギターを持つ時間に割くようになっていき、中途退部こそしなかったものの、中学での最後の大会が終わったころには、高校に行ってからもサッカーを続ける気は完全に失《う》せていた。

そんな僕が、高二の春からどこかの運動部で汗を流す、というのはあり得ない話だ。じゃあ、文化部は？　と考えても、これまたどこもピンとこない。結局、どこかに所属して何かをするとしたら、興味が持てるのは軽音楽部だけ、というところに散々紆余曲折《うよきょくせつ》した上で落ち着く、というか、戻るしかなかった。

この結論に至るまで、仙台のマックで恭介と宙夢にバンドの解散を提案、というより宣告されてから、五日もかかった。

そんなの、五日もかけて悩むようなことか？　と言われれば、仕方なかったのだと開き直るしかない。結果よりも過程が大事なのだと、中学時代の担任がしょっちゅう言ってたではないか。この場合、それが当てはまるかどうかは、ちょっと微妙な気がするけど。

ともあれ、こうして僕は今、うちの学校の軽音部の部室――ふだんはあまり使われていない第二音楽室――を前にしている。

それはいいのだけれど、校舎の最上階の一番端にある部室の中からは、何の物音も聞こえてこない。

部員がいて練習をしているなら、当たり前だが、校舎のどこに居ようと騒々しい演奏の音が届いてくる。

新年度が始まるのは来週からだ。授業がスタートして二週目の金曜日が正式な部登録の日になっている。しかし、その前に入部しておかないと、新入生と同じ立場になってしまう。それではさすがに居心地《いごこち》が悪いし、とりあえず様子を見ておこう、と考えて足を運んでみたのだが、部活が休みなのではどうしようもない。

部室を覗《のぞ》いてみて、学年が同じで知っている奴がいれば「やあ」とか言って挨拶して、その場の乗りで「俺も入ろっかな～」みたいな、自分に都合のいい状況をシミュレーションしていたのだけれど、これじゃあ出直すしかないか、と若干拍子抜けして踵《きびす》を返した。

でも、と足を止める。

もしかしたら誰かいるかもしれない。そもそも、軽音部が日常的にどういう活動をしているのか、具体的なことはさっぱりわかっていないんだった。楽器の音が漏れてこないからといって、部活が休みとは限らないじゃないか。

というわけで、たいして期待もせずにドアに手を掛けて開けてみた。

直後に、あれ？　と首をかしげた。

部室を間違えたみたいだ。

教室内に人がいるにはいた。でも、窓際に女子生徒が一人いるだけで、しかも彼女は、イーゼルを前にして絵筆を握っていた。

窓から見える外の景色でも描いているのだろうか。第二音楽室といっても、造りは普通の教室と同じで階段教室にはなっておらず、後ろのほうに固めて寄せられた机と校庭側の窓のあいだに、イーゼルが立てられている。

前は軽音部が使っていたはずなのに、いつの間にか美術部の部室に変わっていたみたいだ。

午後の陽射《ひざ》しが射し込む窓をバックに、黒いシルエットになっている女子生徒が、絵筆を手にしたまま、入り口に立っている僕のほうを振り向いた。

が、逆光によって相変わらず全身が黒いシルエットのままなので、どんな子なのか顔がよく見えない。うちの学校の女子の制服そのものが冬服は黒色なものだからよけいシルエットが強調され、彼女の顔のあたりがハレーションを起こした映像みたいに、ぼやけている。

そもそも黒いセーラー服って全国的にも珍しいのじゃないかと思う。服の生地だけじゃなくてリボンも黒だ。さらに、正装の際のストッキングも黒なので、冬服は全身黒ずくめで、それはそれで、地味というよりはなかなか渋い。

仙河海高校が共学になったのは五年前のことで、その前は男子校だった。つまり、市内にあった女子高と統合されて共学校になったのだけれど、女子の制服は女子高時代のものがそのまま採用になっている。

統合に際してブレザーに変わる案もあったらしいのだが、当時の在校生、のみならず卒業生も、こぞって猛反対したらしい。なので、男子はブレザーにネクタイ、女子はセーラー服というのが、今のうちの学校の制服だ。

その女子の黒いセーラー服――夏服はさすがに白に変わるけれどリボンは黒のまま――は、男子の眼から見ても悪くない。胸当てがないタイプのセーラー服なので、ちょっとエッチっぽいのだ。

黒いシルエットの彼女が、同じ学年の子なのか上級生なのかわからなかったので、とりあえず言葉を選んで、

「すいません。軽音部の部室と間違えてしまいました」

そう言って、廊下に出ようとすると、

「軽音だよ、ここ」黒いシルエットがしゃべった。

「は？　え？」

戸惑いながら廊下に出て、入り口に掛かっている木製のプレートを見上げると、確かに「軽音楽部」と書いてある。

教室内に戻った僕は、

「あの、それ、何で？」彼女のそばにあるイーゼルに指を向けた。

それには答えずに、

「きみ、一年生、ううん、今度二年？」スツールに座ったままのシルエットが首をかしげた。それにあわせて長めのショートカットの毛先が、逆光の中でふわりと揺れる。

「あ、そうです」

僕が答えると、どうやら上級生らしい彼女が絵筆を置いて、スツールから腰を上げた。

イーゼルを回転させて僕の位置から絵が見えないようにしたあとで、こちらのほうに向き直る。

身体《からだ》の角度が変わったせいで、顔立ちが見えるようになった。

瞬間、どきりとする。

こんな人、上級生にいたっけか……。

切れ長の眼の、ちょっと冷たい感じが漂う、しかし、客観的基準に照らし合わせれば、平均値を大きく上回る美人さんなのは間違いない。

「きみさ、うちの——軽音部の部員じゃないよね」と言いながら、机が後ろに寄せられた教室を横切り、ゆっくりと僕に近づいてくる。

彼女の咎《とが》めるような口調に、

「えーと、あの……」かなりうろたえながら言葉を探していると、僕の前で立ち止まり、

「入部希望者？」と訊いてきた。

「あ、はい。そうです」

ふーん、と僕の頭のてっぺんから爪先まで、値踏みするように視線を上下させた彼女が、

「入部届に記入してもらうから、そこに座ってちょっと待ってて」と言って、黒板の前の教卓を指さした。

はい、と答えて、指示された通りに教卓の下から椅子を引いて腰を下ろす。

椅子に座ってから、俺、なんでこの人の言いなりになってんだろ？　という疑念が脳裏をかすめた。命令口調で言われたわけではないし、威圧感を覚えたわけでもない。どちらかというと、ごく自然な淡々とした口調だった。にもかかわらず、気づいてみたら、それ以外のリアクションはあり得ないみたいに、素直に従っている。

教室に繫《つな》がっている準備室に一度姿を消した彼女は、入部届らしい用紙を携えてすぐに戻ってきた。

教卓の前に立った彼女が、はい、と言って、鉛筆と一緒に僕の目の前に用紙を置い

た。

「えーと、学年とクラスは……」

鉛筆を握りながら言うと、

「いいよ、一年の時のクラスで」

うなずき、一年七組——仙河海高校は各学年に七クラスある——と記入したあとで、自分の名前を書き入れた。

「庄司《しょうじ》匠くん？」

その声に、

「あ、はい」と言って顔を上げると、すぐ目の前に、柔らかな微笑《ほほえ》みがあった。前屈《まえかが》みになった彼女が教卓に肘を載せ、両手で頬杖《ほおづえ》をついて、興味深そうに僕の顔を覗き込んでいる。

やばい。

顔が近すぎ。じいっ、と僕を見つめる瞳に吸い込まれてしまいそうだ。それに、にこりと笑うと雰囲気が一変する。可愛いというより、大人っぽい色気があるというか何というか……。

ドキドキしながら、椅子《いす》の上で後退《あとずさ》りするみたいにして、

「あの、何か……」と口ごもると、

「そうか。きみが匠くんか」ふむふむ、と納得した顔になって頬杖したままうなずく。

「えーと、あの、僕のことを知ってるんですか？」

自分のことを「僕」なんて呼んだのはいつ以来だろう。戸惑いながら訊くと、うん、と顎を引いた彼女が、

「シンタくんから聞いてるよ」と答える。

「シンタって、鈴木慎太《すずきしんた》ですか？」

僕が口にした名前に、そう、と言って目を細めた。

僕と同じ条畠中《じょうはた》出身で、入学直後に軽音部への入部を誘った奴だ。それで僕の名前を彼女が知っていたのはわかったのだが、問題なのは、と考えながら、

「あいつ、俺のこと、何て言ってますか？」意識して「俺」と口にして訊いてみた。

「気になる？」

「はあ、まあ……」

曖昧な返事をして見せつつも、めちゃくちゃ気になる。目の前の彼女がこんな美人さんじゃなかったら、たぶんさほど気にならないと思う。でも、この人に、というか、この人のことは軽音部の先輩らしいということ以外何一つわかっていないのだけれど、慎太のせいでよくない先入観を持たれているとしたら、それはやっぱり訂正しといたほうが……と、考えている僕を見ながら、

「なったきしてるって」と言って、これまでとは違う形に口角を上げた。ちょっと意地悪そうに、にっ、と笑う感じに。

あの野郎、やっぱり……。

なったきというのは、僕らは子どものころから当たり前に使ってきたのだが、どうやら、宮城県北から岩手あたりにかけての方言みたいだ。語源が何か正確なところはよくわからないのだけれど、たぶん、「～になったつもり」という共通語が変化したのじゃないかと思う。

ただし、いい意味に使われることはなく、「いい気になってる」というニュアンスに近いだろうか。あるいは、「調子に乗ってる」とか。ようするに、「あいつ、なったきしてるよな」と陰口を叩いたり、面と向かって「おまえ、なったきしてんじゃねえよっ」と啖呵《たんか》を切ったりと、気に入らない奴をくさすにはぴったりの言葉なのである。この方言を知らない相手に言っても、「それってなんの木？」と首をかしげられるのが落ちだろうけど。

ともあれ、あいつめ、と僕が慎太の顔を思い浮かべていると、

「あ、怒ってる」可笑《おか》しそうに彼女が言った。

「あいつ、無意味に、俺のこと根に持っているんですよ」

僕が言うと、

「根に持つって、何に対して？」と尋ねるので、入学直後の慎太とのやり取りを説明すると、

「ふーん、でも、それって匠くんをやっかんでいるだけよね。だから、気にする必要は全然ないと思うよ」頬杖を解いた手のひらを上に向け、軽く肩をすくめてみせたあとで、

「それより、そのネクストのリーダーのきみが、どうしてうちの部への入部を希望するわけ？　わたしは、そっちのほうに興味がある」教卓に寄り掛かるようにして、またしても僕の眼を見つめてきた。

この人、誰にでもこんなふうにするんだろうか？　それとも極度の近視とか？

ちらりと疑問が浮かんだものの、僕が口を開く前に、

「よかったら、理由、教えてくれるかな。一応、知っといたほうがいいと思うから――」と言った彼女が、

「あ、言い忘れてたけど、わたし、軽音部の部長なの。宮藤遥《くどうはるか》と言います。宮城の宮に藤と書く宮藤。それと、はるか彼方《かなた》の遥。よろしくね、庄司匠くん」フルネームで僕の名前を呼んで微笑んだ。

5

その夜、僕は慎太と長電話をしていた。軽音部の部長、宮藤遥のことを慎太から詳しく聞いておきたかったからだ。

ネクストが解散になったので軽音部に入ることにした、と聞いた慎太は、「メンバーが恭介と宙夢じゃ、まともに続くわけがないって思ってたさ」余裕をちらつかせて言うので、「遥先輩、おまえのこと、俺に対してやっかんでるだけだと言ってたぜ。おまえの評価ってかなり低いんじゃねえ？」そう喉元まで出かかったのだけれど、それは我慢して、

「ところで、遥先輩って、どんな人？」と訊いてみる。

「どんなって、おまえ今日、遥先輩と会って話をしたんだろ？」

確かにそうなのだが、思い出してみると、部室で話をしているあいだ、ずっと彼女のペースだった。つまり、入部の理由を訊かれた僕は、ネクストの結成から解散までの経緯を、まるで身の上話をするみたいに詳しくしゃべっていた。なんでそんなに？と不思議になるくらい興味津々に僕のことを彼女が尋ねるので、気づいてみたら、臆面もなく自分のことをあれこれと。

それに、自分よりも年上だからかもしれないけれど、実際にしゃべってみると、冷たい感じがする見た目と正反対で、安心感を覚えるというか包容力があるというか、最初見た時とのギャップが大きくて、かなり不思議な人なのだ。

　結局あのあと、まだもう少し絵を描いているという遥さんを残して部室をあとにした僕は、校舎を出てから、彼女のことに関しては何一つ聞いていなかったのに気づいた。たとえば、どんなジャンルの音楽が好きなのか、だとか、楽器は何をやっているのか、だとか、なぜ部室で油絵を描いていたのか、などということを。

　というわけで、彼女に訊けなかったことをかわりに慎太に尋ねてみたわけなのだが、質問の仕方が漠然とし過ぎていたかもしれない。

　そこで僕は、もう一度質問をし直した。

「遥先輩、楽器は何をやってるの？」

「何でも」

「は？」

「いや、ほとんどどんな楽器もこなせるみたい。ギターもベースもドラムも、それから鍵盤も」

「マジそれ？」

「うん」

「すごいな」

「一番長くやってるのはピアノらしい。その次にドラム？　ギターやベースは中学生になってから始めた、みたいなことを言ってた。あ、ボーカルもかなりイケてる」

「それって天才じゃん」

「ではないって、本人は否定してるけど」

「すごいな」また同じ感想を繰り返したあとで、

「で、バンドでは何を担当してるわけ？」

「何もしてない」

「は？　どういうこと？」

「うちの軽音部、基本的には学年別にバンドを組むのは知ってた？」

「知らない」

「まったく、おまえ――」非難めいた声を出したものの、そこまでにとどめた慎太が続ける。

「で、遥先輩、一年の時からそうだったみたいだけど、固定したバンドには入らずに助っ人に徹しているんだよね」

「助っ人？」

「うん。バンドをやってると時々あるじゃん。この曲、ギターをもう一本重ねたほうがいいな、とか、ここにピアノがほしいとか、シンセでストリングスを被《かぶ》せたいとか。あるいは、コーラスでハモるともっと綺麗に聴こえるはずなのに、だとか」

メロコア・バンドのネクストの場合、ギター、ベース、ドラムスだけのスリーピース・バンドこそ命、みたいな感じでやっていたから慎太の言うことに素直には同意できないのだが、それを言っても始まらないので、

「まあ、確かに」と相槌《あいづち》を打つ。

「そんな場合、遥先輩に頼むと何でもやってくれるんだよね。で、実際、先輩が入ると演奏がすっげーよくなるんだよな。去年のクリスマスライブの時、本番の一週間前になって、うちのドラムが膝の皿を割っちまっただろ？」

「そうだっけ？」

「そうだっけって、おまえなあ――」と呆れたような声を出したあと、

「まあ、いいや。とにかく、その時、遥先輩がピンチヒッターで叩いてくれたわけ。たった一週間であそこまで仕上げられるとは思ってなかったんで、正直、びっくりした」

「それなのに、自分のバンドを持とうとしないのか？」

「そう」

「なんで？」

「なんでって訊かれてもなあ。裏方に徹するのが好きなのかも。楽器はオールマイティだし、声もルックスもあれだけいいのに、なぜか、自分からは人前に出たがらないようなところがあるんだよね」

「もったいない」

「確かに――」と苦笑した慎太が続ける。

「という感じの人なんで、むしろ部員たちからは凄《すご》く頼りにされてる。実際、去年の文化祭の時は、ステージの進行を遥先輩に仕切ってもらって運営が凄くスムーズだった。卒業した先輩たちも褒めまくってたし。なもんだから、新しい部長を選ぶ時も満場一致で先輩に決まったわけ」

うーむ、と考え込んだ僕は、少し間を置いてから言ってみた。

「最初に見た時はちょっと冷たそうに思えたのにさ、話してみたらすごく話しやすい人で驚いたんだけど、やっぱり、前からそう?」

「あー、それ、わかる。色んなところでギャップがある人なんだよね。そこがなんか遥先輩の面白いところなんだけど」

どうやら僕が抱いた印象は、それほど的外れなものではなかったみたいだ。

「ところで、遥先輩、なんで絵を描いてるのか、おまえ、わかる?」

「絵?　なんのことだよ」

「あれ？　知らなかった？　今日、誰もいない部室で絵を描いてたんだけど。油っぽい匂いがしてたから油絵だと思う」

「油絵？」

「うん」

「いや、油絵を描くなんて知らなかったな。何の絵を描いてたの？」

「見えなかったから、わからん。でも、たぶん、部室の窓から見える風景じゃないかな。窓のそばにイーゼルを立ててたから」

「へえー、それは知らなかった。相変わらず、ミステリアスな人ではあるな」

「出身中学、どこか知ってる？」

「仙河海中」

「家は何してるんだろ」

「そこまでは知らない。興味あんのか？」

「いや、そういうわけじゃないけど」

「ははーん」

「何が、ははーん、だよ」

「匠。おまえ遥先輩に一目惚《ひとめぼ》れしたとか？」

「馬鹿言うなよ」

「いや、無理もないって。俺だってそうだったもん」

「マジ？」

「うん、マジ。去年の新入部員はほとんど全員、俺を含めて遥先輩に一発で一目惚れ」

「誰かコクった奴いるのか？」

「いない」

「なんで？」

「ある先輩が遥先輩にコクって、あっさり振られる現場、偶然、見た奴がいてさ。コクった人って、サッカー部のすげーかっけえ先輩だったんだけど、たった十秒で玉砕だったらしい。なもんで、ビビって誰も」

「それ、いつの話？」

「いやあもう、ずいぶん前。去年のゴールデンウィーク明けくらい。で、その後も、俺が知ってるだけでも、卒業した三年生を含めて、先輩たちが何人か振られてる。俺の知ってるだけでも、少なくとも四人はいる」

「ということは、遥先輩には今、彼氏がいないわけ？　それとも、誰か特定の相手がいるのかな」

「いないんじゃないかな――」と答えた慎太が、

「チャンス、とか思っても、無駄だと思うぜ」

「そんなにガードが固いんか？」

「あ、やっぱりおまえ、遥先輩にくらっときたんだろ」

ここまで来ると、むきになって否定しても始まらないと思い、

「好きになったとかそういうことは別として、確かに、くらっとはきた」と答えると、

「やっぱり――」と電波の向こうで笑った慎太が言う。

「ガードが固いとかそういうことじゃなくてだな。もしかしたらレズなんじゃないかっていう、もっぱらの噂《うわさ》」

「嘘っ、ほんとかよ」

「いや、だから、あくまでも噂だって。実際どうなのかは、わかんないよ。あ、でも――」

「でも、なに？」

「中学の時にどんなだったか知りたかったら、優人《ゆうと》に訊けばある程度わかると思うぜ。家が近所だって、前に聞いた気がする」

慎太が口にした優人というのは、一年の時に慎太と同様、僕と同じクラスになった写真部の奴で、遥先輩と同じ仙河海中の出身だ。両親とも学校の先生なせいか、少しかたいところがあるけれど、僕とはわりと気が合い、けっこう親しくしている。

「家が近所ってことは、小学校も一緒だったんだろうね」

「たぶん――」と答えた慎太が、

「とりあえずさ。この際だから、おまえ、玉砕覚悟でコクってみれば？　で、振られた時に、遥先輩はレズなんですかって、真面目に訊いてみろよ。そしたら、謎が解ける」他人事だと思って面白そうに言う。

「馬鹿言うなよ」笑いながら適当にあしらいつつも、慎太の提案を試してみようと僕は考えていた。

もちろん、遥さんにコクるというほうではなく、中学や小学生の時の彼女がどうだったかを優人に訊いてみる、というほうである。

その後しばらく慎太と他愛もないやりとりをしたあと、通話を切った僕は、優人の携帯番号をディスプレイに呼び出した。

発信の操作をする前に、腰を掛けていたベッドにごろりと仰向《あおむ》けになり、あらためて自分の心の中を覗き込んでみる。

今日会ったばかりの遥さんに惹《ひ》かれているというのは確かだ。でも、慎太が言っているような一目惚れともちょっと違う気がする。

僕のこれまでの女の子の好みは、どちらかというと、いわゆる、可愛い系だった。この前、仙台のマックにいた三人組の女の子たちみたいな。

彼女たちと比べると、遥さんはずっと大人っぽい。笑うと表情が柔らかくなるものの、唇から笑みが消えると、近寄りがたい感じになる。

どちらかというと苦手なタイプだったのだけれど、今日は、まるで誘導尋問されているか、催眠術にでもかけられているみたいに、自分のほうから色々なことをしゃべっていた。こんな経験をしたのは初めてだった。

いずれにしても、意志の強い人であるのは間違いないと思う。それなのに人前にあまり出たがらないタイプ、という慎太の評価は、僕には不思議でならない。部活が一緒の慎太が言っているのだから嘘ではないのだろうけど、何かが違うような気がする。

何はともあれ、彼女のことが気になって仕方がないのは確かだから、とりあえず周辺から情報収集を始めてみよう。

そう決めて、優人に発信しようとした瞬間に、手のひらの中で携帯電話がメールの着メロを奏でたので、かなりびっくりした。

誰だろう？　と携帯を覗いてもっとびっくりした。

ディスプレイに「遥先輩」の文字が浮かんでいる。部活の連絡に必要だからということで、帰り際にメルアドを交換していた。だから、僕のメルアドを知っているのはいい。けれど、なんでその日のうちに遥さんのほうから……。

かなり動揺したものの、すぐに落ち着きを取り戻した。

たぶん、これからよろしく、とか、そんな社交辞令的な挨拶文に違いない。なにせ部活の部長なんだし。

そう考えながらメールを開いた僕は、携帯を手にしたまま固まった。

〈今日はどうも。入部届は顧問の先生に提出しておきました。ところで、匠くん。明日、わたしと会える時間はありますか？〉

マジ？　これの後半部分ってデートの誘い？

まさか、と半信半疑ながらも、忙《せわ》しなく指を動かし、〈もちろんあります。何時にどこへ行けばよいですか？〉と送信したあとで、ほとんど何も考えずに即レスしてしまった自分に、僕はちょっとばかり、いや、かなり焦っていた。

6

翌日の午後、僕と遥さんは港の近くの喫茶店にいた。

ＪＲ南仙河海駅前のタクシープールから魚市場に向かって歩いていくと、二つ目の信号のある交差点の角に、ショーケースにケーキが沢山並んでいる「小川《おがわ》菓子店」というお菓子屋さんが見えてくる。クリーム色をした三階建ての小さなビルの二階が

「珈琲《コーヒー》山荘おがわ」という喫茶店になっているのだが、名前からわかる通り、一階の菓子店と経営は一緒だ。

会う場所にこの店を指定したのは遥さんだ。

たとえば学校からの帰り、僕ら仙河海高生がお茶をしにどこかに寄っていくとすれば、校舎のある高台から街に下りたところにあるファミレスか、その並びのモスバーガーに足を運ぶことが多い。

というか、寄り道できる選択肢が限られている。その二軒以外でコーヒーでも飲みながら時間を潰せる場所となると、旧国道四五号線沿いのショッピングセンター内にあるマックかミスドくらいなもの。しかも街外れにあるので、わざわざそこまで行くのは億劫《おっくう》だ。できれば高校の周辺にスタバとかドトールとかがあればうれしいのだけれど、仙台にあるようなチェーン店形式のコーヒーショップが、仙河海市には残念ながら存在しない。

といっても、コーヒーがメインの喫茶店自体が皆無、というわけではない。僕が知っている範囲でも、市内に少なくとも三店舗はある。

そのうち一つが、中三の時に魚市場のすぐ目の前にできた、赤い外壁がなかなかお洒落《しゃれ》な「錨《いかり》珈琲」というお店である。気候がよい季節には中庭にパラソルが立ち、オープンカフェになるので、どこか外国っぽい雰囲気を漂わせている。だけでなく、自分のところでコーヒー豆を輸入して焙煎《ばいせん》している、かなり本格的なコーヒーショップだ。日替わりのブレンドコーヒーも美味《おい》しいけれど、カフェ・ラテがすごく旨《うま》い。というように、この店について僕が詳しいのは、高校に入学してからそこそこの回数、足を運んでいるからだ。バンドの打ち合わせで恭介や宙夢と利用するのが主だったのだが、一人で入ったことも何度かある。

中学生の時は、一応、保護者同伴じゃないと喫茶店に入ってはダメ、という規則があった。なので、かなり気になってはいたのだけれど、ドアを潜《くぐ》ったことがなかった。といっても、杓子《しゃくし》定規に学校の規則を守っていたかというと、そうでもない。ショッピングセンターの「ジャスト」に遊びに行った時は、財布に余裕があれば、友達と一緒にマックやミスドを当たり前に利用していた。喫茶店と同様、保護者同伴のこと、という規則があったにもかかわらずだ。

ようするに、ファストフード店は子どもでも行けるところなのに対し、喫茶店は大人が行くところという、ちょっと微妙な線引きが中学時代の僕の中には何となくあり、高校生になったことで通行手形が手に入ったのだから、それを利用してちょっと背伸びをしてみたいという、他人から見ればどうでもいいような理屈に基づく行為、と言っていい。僕が一人で錨珈琲に行くことの多い理由をあえて分析してみると、そういうことになりそうだ。都会の学生から見ると、いかにも田舎者《いなかもの》丸出しの発想かもしれないけれど。

ともあれ、その僕の分類に当てはまる二軒目の喫茶店は、もう少し街の中心部寄り、南坂町《みなみさかまち》の一角に古くからある「バードランド」というジャズ喫茶。長くやっているだけあって地元では有名なお店で、昔ながらのサイフォンで淹《い》れたコーヒーが出てくるという噂である。

噂、というのは、僕は一度も入ったことがないからだ。場所そのものが居酒屋やスナックが集まっている界隈《かいわい》にあるので、高校生の身分ではちょっと近寄りがたい。店構えも、老舗という言葉が実にぴったりだ。通りから窓越しに覗《のぞ》いたことがあるだけなのだが、店内の照明もかなり薄暗い感じ。怖いもの見たさでいつかはドアを潜ってみようと考えているものの、今のところ実現できていない。

そして三軒目が、今、遥さんを目の前にしていささか緊張している「珈琲山荘おがわ」である。

もう一軒、バードランドにわりと近い場所に「喫茶マンボウ」というお店もあるのだが、家族連れで気軽に食事に入れるような、どちらかというとパーラーという感じ。ちょっと古風な言い方になるけど。

ともあれ、珈琲山荘おがわに入るのは初めてだ。これまで足を運ばなかったのは、街の中心を流れる潮見川《しおみがわ》を越えた海寄りに位置しているので、普段の僕の生活圏の外に位置している、というのが一点。

でも、それだと錨珈琲も条件は一緒である。だから一番の理由は何かと言うと、飲み物だけでなく一階のお菓子屋さんのほうで売っているケーキも一緒に注文したほうがいいのだろうか、などと余計な気を回していたことにある。そのせいで、ついつい行きそびれていた。実際、フォークでケーキを突《つっ》きながらコーヒーというシチュエーションは、女の子とのデート以外だとかなり微妙だ。一人でそれは寂しすぎる、というよりは周りから引かれちゃいそうだし、男友達と一緒にその構図となると、それはもう気持ち悪い。

しかし、ケーキも一緒に注文しないと……というのは、明らかに僕の気の回し過ぎだったようだ。

遥さんはこの店には通い慣れているらしく、お店の前で待ち合わせをしたあとで二階の喫茶店に上がり、空いていた窓際のテーブル席に着くなり、

「匠くん、マイルドブレンドでいい？　コーヒーが苦手だったら、バナナジュースも美味しいよ」と、飲み物のオーダーだけ尋ねてきた。

「あ、ブレンドでいいです」

「マイルドブレンドとスペシャルブレンドのどっち？」

「えっと、そのマイルドのほうで」と答えたあとで、あらためて店内を見回してみる。

こうして席に着いてみると、なかなか居心地がいい。二階のせいか、想像していたよりも店内は明るい。カウンター席はスツールが三つだけなのだが、ゆったりと置かれたテーブル席は全部で六つ。満席で二十席ちょっとの落ち着いた空間になっている。これで海でも見えれば最高なのだが、これ以上の贅沢《ぜいたく》は言えないだろう。

カウンターの中には優しそうなマスターがいて、遥さんからオーダーを受けると、サイフォンを使ってコーヒーを淹れ始めた。バードランドの噂を聞き、いつかはサイフォンで淹れたコーヒーを飲んでみたいと思っていたので、ちょっと得した気分になる。

「いいお店ですね」

お世辞抜きで僕が言うと、部活のあとで直接ここに来たのだろう、制服姿の遥さんが、

「そうなの。すごくいいお店なの——」とうなずいたあとで、

「匠くんは、ここ初めて?」と、首をかしげた。

「はい、初めてです。お菓子屋さんの二階が喫茶店になっているのは、前から知っていましたけど」

「この小川菓子店、明治時代から続いている老舗なんだよ」

「うわっ、明治時代からですか」

「そう。創業百二十年くらいになるんじゃないかな――」と言った遥さんが、カウンターのほうに視線をやって、

「マスターで確か四代目のはずよ」と目配《めくば》せした。

へえー、と素直に感心する。僕の自宅があるのは旧国道の西側なので、街としては比較的新しいエリアだ。そのせいか、明治時代に創業、などという古いお店は見たことがない。それに対して、遥さんが通っていた仙河海中学校の学区の半分、つまり泰《たい》波山《ばさん》の裾野の一帯は、市内で最も古い街並みなので、創業が明治何年、みたいな商店が当たり前のように存在する。

たとえば、ずっと昔、帆船時代に船着き場があったと聞いている五十集町《いさばまち》には、そんな商店が今でも軒を連ねている。で、どのお店の外壁にも、屋号が大きく書き入れられている。そのため、海に面した五十集町の通りは「屋号通り」とも呼ばれている。沖から入ってくる船が、その屋号を目印として櫓《ろ》や櫂《かい》を漕《こ》いだそうで、漁業で栄えてきた仙河海を象徴する景観なのは確かである。

なもんで実は、条畠中に通っていたころは、市の中心校である仙河海中に対してどことなく対抗意識を持っていた。それは僕に限ったことではなくて、女子はどうだかわからないけれど、たいていの男子は、大きな顔をしている仙河海中の奴らを、必要以上に意識していたのは間違いない。

実際には、高校に入ってから仲良くなった仙河海中出身の友達によれば、向こうは向こうで、学区内に大型店がいくつもあったり、車のディーラーが並んでいたり、あるいは呉服店じゃなくてブティックの看板が出ていたりする学区を擁した条畠中に対して、生意気な奴ら、みたいな敵愾心《てきがいしん》を持っていたという話だ。結局、どっちもどっちというか、目糞鼻糞《めくそはなくそ》を笑うの類《たぐい》の話である。あまりに田舎っぽくて、ため息が出そうになるけど。

あらためて店内をきょろきょろしながら感心している僕に、

「さっき、下で接客していた若い男の人がいたでしょ？　彼が五代目、つまりマスターの息子さんなわけ」と遥さんが教えてくれた。

そういえば、二階に上ってくる前、三十代前半くらいの店員さんが、ショーケース越しに、二人連れのお客さんとにこにこしながら何かやりとりしていた。

ああ、さっきの、とうなずいたあとで、

「お店にいた二人連れの女性、常連のお客さんというより、観光客っぽかったですよね」と僕が言うと、

「だと思う――」と同意した遥さんが、

「南駅から真っ直《ま す》ぐ歩いて来ると、ここの交差点にぶつかるでしょ？　下のお店、何となく入りやすい雰囲気があるよね。それに、シャークゼリーとかって、なにこれ？

みたいな幟《のぼり》が出ているでしょ。興味を惹かれて立ち寄る観光客がけっこういるみたい。するとさっきの若主人が、観光ですか？　って愛想よく声をかけたあと、頼まれてもいないのに、自分のほうからちょっとした観光案内を始めちゃうのよね。最後に、よかったら二階の喫茶店で休憩できますよって、付け加えるのは忘れずに」と可笑しそうに眼を細めた。

こんなふうに表情が和らぐと、やっぱり遥さんってすごくいい、などと、ぼうっと見とれてしまいそうになっている自分を叱りつけ、

「このお店のこと、ずいぶん詳しいんですね」と言うと、

「誕生日のケーキやクリスマスケーキ、うちでは昔からここに予約して作ってもらってるから」

「あ、なるほど。それがあって、遥先輩はここによく来るんですか？」

「違うよ」

「え？」

「ケーキを食べるのが目的でここに来るようになったわけじゃない」

「はあ……」

「この二階に顔を出すようになったのは、小学生の時に、お兄ちゃんに連れてきてもらったのがきっかけ」

「お兄さん、いらっしゃるんですか」

僕の問いかけに、

「そんなふうに、かしこまったしゃべり方しなくていいよ――」と笑った遥さんが、

「兄とは六つ違いなの」

かしこまらないようにするには、えーと……と考えながら、

「最初に連れてきてもらったのって何年生の時？」と訊いてみたものの、うわっ、これってタメ口じゃん、と焦っていると、遥さんは全然気にした様子も見せずに、

「わたしが小四でお兄ちゃんが高一の夏休み」と即答した。

「仲がいい兄妹《きょうだい》というか、妹思いの優しいお兄さんなんですね」

「うーん、確かに優しい兄ではあるけど、そのころって、自分が高校生になったばかりで、ちょっと背伸びをしてみたかったんじゃないかな。妹にかっこいいところを見せたかっただけかも」

「あ、それ、わかります。俺もそうだから」

僕の言葉に、遥さんが、ん？　という顔をした。

「いや、僕も錨珈琲に初めて行った時ってそんな感じだったし、それを言えば、一年の時に軽音に入らずに仙台のライブハウスで演奏を始めたのだって、思い切り背伸びしていたというか、見栄《みえ》を張っていたっていうか……」

そこまで言ったところで、これだと軽音部の部室で話した内容の繰り返しになると気づき、

「ところで、遥先輩には、そのお兄さんの他にきょうだいはいるんですか？ 俺は一人っ子なんですけど」と訊いてみた。相変わらず「僕」と「俺」がちゃんぽんであるな、と思いながら。

「ううん、いない」

首を横に振った遥さんに、

「お兄さん、今、どちらにいるんですか？」重ねて尋ねた。

その瞬間、遥さんの顔から表情が消えた。いや、表情が失せたわけではない。昨日部室で最初に会った時、逆光の中から抜け出てきた際に垣間《かいま》見えたのと同じ、近寄りがたい冷たさが漂う、しかし、見とれずにはいられない不思議な色合いの表情だ。

何かまずいことを言ったに違いない、ということだけは察知できたものの、何のリアクションもできずにいると、

「どこにもいないよ。四年前に死んだから」特別な感情は込められていないような、淡々とした口調で遥さんが言った。

すぐに言葉が返せなかった。というより、適当な言葉が見つからない。こんな時、通常であれば、「何が原因で亡くなったんですか？」と尋ねるのが自然の流れである

だろうし、相手のほうも、訊いてもらったほうがむしろ楽なのではないかと思う。けれど、どうしてもそのひとことが言えないでいるうちに、

「ところでさ、匠くん――」と前置きをした遥さんが、

「きみが軽音への入部を希望した理由はわかったんだけど、具体的には何がしてみたいの？　それを昨日は聞いてなかった。それを確かめたくて誘ったんだけど」お兄さんの話は最初から出ていなかったみたいに、話題を変えた。いや、変えたのじゃなくて本題に入っただけなのだろうけど、やっぱり唐突感は拭《ぬぐ》えない。

しかし、気づくと遥さんの表情は柔らかなものに戻っていた。冷たそう、とも取れるようなクールな表情が本来の遥さんなのかもしれないけれど、正直なところ、助かったというか、救われた気分になった。

「そういえば、そうですよねえ。それ、確かに話すのを忘れてました」

遥さんにおもねるような声を出すのもどうかと思うのだが、意図したわけではないのに、そんなしゃべり方になってしまう。

「うーん、やっぱり、メロコアが好きなメンバーを集めてバンドを作りたいですね」

「それで？」

「あの、それでって？」

「メロコアバンドを新しく結成したとして、そのバンドで何をしたいの？」

「とりあえず、文化祭で演奏して……」

「それから？」

「あ、えーと、確か秋にタイコバンってあるじゃないですか。高校対抗バンド合戦。それにエントリーしようかと」

「それで？」

「運よく予選を勝ち抜けたら全国大会に行けるし……」

「行けなかったら？」

「まあ、仕方ないですよね」

「違う。行けなかったら、その次の目標は何になるわけ？」

「そのあととなると、クリスマスライブとかありましたよね」

「うん」

「そこで演奏して――」

「次は？」

「えーと、たぶん、来年の新歓公演で演奏して……」

だんだん追い詰められている気分になってきた。実際、今の遥さんはものすごく意地悪そうな顔に見えてしまうし……。

視線を合わせていられなくなって俯《うつむ》いていると、ちっ、という舌打ちの音が聞こえた。

遥さんが舌打ち？　まさかそんな……。

しかし、僕の聞き違えではなかったようで、

「つまんない」鼻であしらうように遥さんが吐き捨てた。しかも、

「ほんとにつまんないなあ」追い討ちをかけるように二度までも。

「あのー……」

「なに？」

「つまんないって、どういうことでしょうか」

萎《しお》れそうになる気持ちを奮い立たせて尋ねると、遥さんは、一度じいっと僕の眼を見つめたあとで口を開いた。

「匠くんは、そういう普通の軽音の活動が物足りなくてネクストをやってたわけでしょ」

「そういうわけでもないですけど」

「でも、内心では、学校の軽音部を下に見ていた」

「いや、そんなことは――」

「絶対にないって、言い切れる？」

「そう言われると、確かにそういう部分がなかったとは言えないと思います……」ど

うしても語尾を濁す感じになってしまう。

「くだらないよね、そういうの――」と言った遥さんが、

「匠くんは音楽が好きなのよね。ロックが好きでバンドを組んで、そしてライブをやってきたのよね。自分の好きなことなのに、しかも音楽なのに、上とか下とか決めたがるような、そういう物事の考え方って、わたしは嫌い。くだらないと思う。そんな価値観で生きていたら、くだらない大人になっちゃうよ。匠くんさ、わたしの言ってること、間違ってるかな？」

人間としての僕が嫌いだと言われているような気がした。僕の存在自体がくだらないと言われているように思えた。

部長と一般部員、先輩と後輩の関係であるものの、前の日に会ったばかりのほとんど初対面に近い相手からこんなことを言われれば、普通、腹を立てると思う。いや、怒らないほうがおかしいだろう。

しかし僕は、遥さんの言葉に憤りを覚えることすらできずに、まともに打ちのめされていた。言われたことに何一つ反論できないことを、自分でもわかっていたからだ。

それにしても疑問なのは、なぜここまで遥さんは僕のことを気にかけてくれるのだろう、ということだった。

そこで僕は気づく。

気にかけてくれる、という言葉を思い浮かべること自体が、現在進行形で僕が遥さんに心を奪われつつある証拠ではないかと。

そう。すごくきついことを言われているはずなのに、僕は嬉《うれ》しかったのだ。自分でも実はまずいんじゃないかと思いつつも目を逸《そ》らしていたこと、そのせいで常に漠然としていたものを、遥さんは明確な言葉で指摘してくれた。人から非難されて嬉しいと感じたのは、実際問題、生まれて初めての経験だった。

昨夜の電話で慎太に揶揄《やゆ》されたように、さらにはいまさら白状するまでもなく、最初に部室で会った瞬間に、僕は遥さんが好きになったのだと思う。

しかし問題なのは……と、ここで場違いなことを思い出してしまった。

電話で慎太が言っていた、遥さんがレズだっていう噂は本当なのだろうか……。

そんなことを考えてしまう自分に呆れていると、

「匠くん、わたしのこと、嫌いになった？」遥さんに訊かれて、今度は思い切りうろたえる。

「いや、そんなこと、全然ないです。というか、嫌いになるも何も、は、遥先輩の言っていることは一から十まで正しいし、本当にその通りだと思うから——」しどろもどろに答えたあとで、

「自分自身が情けないです」と付け加えた。

遥さんが真っ直ぐに僕の眼を見つめる。

視線を逸らすことができずに、氷のように冷たい瞳の色を受け止めるしかなかった。

実際に僕の呼吸は止まっていたようだ。息苦しさを覚えて視線を外そうとした刹那、遥さんの瞳に温かさが溢れた。

あっ、と思わず声が漏れそうになる。遥さんの瞳の色が変わった瞬間に、心が溶けてしまいそうになったからだ。

僕の心の動きなど、まるで気に留めていないように、

「よかった。嫌われちゃったかと思ったよ——」と微笑んだ遥さんが、

「ちょっときついことを言っちゃったけど、実はわたし、ネクストのステージを見てるんだよ。一度だけだけど」何の前フリもなく口にした。

「えっ、マジですか？」

今度は、偽りなく驚いた。驚きのあまり、かなりの間抜け面をしていたと思う。二の句が継げずにいる僕に、

「去年の夏休みのライブの時、行けなくなった子のかわりに」と遥さんが教えてくれる。

「あ、あの……、行けなくなった子って誰ですか？」

「前売りのチケットが人伝《ひとづて》に回ってきただけなので、それはわからない」

仙台での最初のライブの時、チケット取り置きの予約を受けるだけでなく、十枚以上のチケットを前売りしていた。ただし、慎太を含めた何人かの友達から、「俺、三枚」「俺は二枚ね」みたいに頼まれてさばいていたので、チケットがその先誰に渡ったのか、はっきりしたことはわからない。しかしまさか、遥さんの手に一枚渡っていて、僕らのステージを観てくれていたとは……。

まったく予想もしていなかった展開に、頭の回転がついていかない。

「ネクストのステージ、すごくよかったよ」と遥さんが続ける。

「仙河海から飛び出して仙台で活動をしているきみたちを見て、凄い子たちがいるんだなって感心して演奏を聴いていた。そしてね、ネクストの三人の中でも、匠くんが一番輝いて見えた。ほんとだよ――」僕に笑顔を向けた遥さんが、

「だから、その後も順調に活動していると思っていたんだ」と言って、少し表情を曇らせた。

「そしたら昨日、突然きみが部室に現れた。でもね、最初は誰だかわからなかった。ステージで演奏していた時とのギャップが大きすぎたのが、わからなかった理由よ。目の前に現れたきみは、まったくただの、つまんなそうな男子生徒だったんだもの」

遥さんの言葉がグサグサ胸に突き刺さる。何も言えないでいる僕に、

「昨日の入部理由を聞いて、さらにがっかりしたわ——」冷たい眼を向けたあとで、「でもそれは、あくまでもわたしの個人的な気持ちだから、入部希望を断る理由にはならない。なので書いてもらった入部届を顧問の先生には提出したんだけど、そのあとで、うちの部で何をしたいのか、もう一度きみに会って確かめてみたくなった。だからメールをしたわけ」

　そして僕は、遥さんを心底がっかりさせてしまったわけだ……。

　これはもう、軽音への入部希望を撤回するしかないな、と考えていると、

「でもさ、匠くん」遥さんが僕の名前を呼んだ。寸前までとは、声のトーンが少し違っている。

「人って、その気になればいつでも変われるよ。変わったことが結果として表に出なくても、変わることはできる。今の匠くんは、ネガティブなことばかり言っている。わたしは、そんな匠くんは嫌いだし見たくない。わたしがこうして遠慮なく言うのは、最初に見たきみが素敵すぎたから。だからさ、きみ、これから変わろうよ。きみが変わりたいなら、わたしは匠くんを心から応援するよ」

　さっきまでとは一転して、すごく嬉しいことを言われているのは理解できるのだけれど、自分の置かれている状況がどうしてもうまく呑み込めない。

「遥先輩」

「なに？」

「俺、先輩にそこまで考えてもらえて正直嬉しいんですけど、なんかこう、狐《きつね》につまれているというか、雲の上に乗ってる感じというか、頭がついていってないんですけど……」

うーん、と腕組みをして何かを考え始めた遥さんが、少ししてから組んでいた腕を解いた。

「匠くんが戸惑うのも無理がないかもね。わたしって、人とのコミュニケーション能力にちょっと欠陥があるみたいなの。そのせいで、自分ではよくわからないんだけど、周りから面白がられることがしょっちゅうあるんだ。だからたぶん、わたしの今日の話は、匠くんにとっては唐突過ぎることが沢山あったのじゃないかと推測している。違うかな？」

その通りなんです、実は。と喉から声が出かかったものの、

「いや、それほどじゃないです」と答えると、

「いいんだよ、正直に言って。言ってもらわないと、わたしってかなり失礼な人になっちゃうことがあるから」遥さんが悪戯《いたずら》っぽく舌を出して見せた。

その仕草がめちゃくちゃ可愛い。大人びた冷たい雰囲気が霧散して、そのギャップの大きさに、僕の心臓がドキリと高鳴る。

まるで恋人どうしみたいに僕をまともに見つめている遥さんに、

「あ、えーと、何の話をしてたんでしたっけ」と焦りながら言うと、

「きみが変わる話」

そうだった、その話だった、と思い出したところまではよいのだけれど、

「変わるって言われても、どう変われればいいんだか……。あの、遥先輩が言いたいのは、もっとポジティブになれってことですよね？」

「そんなこと言ってないよ」

「え？」

「わたしが言ったのは、ネガティブなことばかり言っている匠くんが嫌い、ということだけで、ポジティブになって、とは言っていない」

「あ、そうか。確かにそうですよねえ」

「そうだよ」

「じゃあ、何をどうすれば……」

「あー、イラッとくる」

あっ、また遥さんの地雷を踏んでしまったみたいだ。どうやら遥さんは、優柔不断なのが一番我慢ならないらしい。

眉根を寄せている遥さんが口を開く前に、

「遥先輩の言いたいこと、わかりました。ようするに、軽音で僕が何をやりたいのか、具体的な目標を設定しなさいってことですよね。何となく流れに任せるのじゃなくて」

そう僕が言うと、うんうん、と遥さんは大きくうなずいた。

「ほら、もう匠くんは変わっている。さっきよりずっと素敵になっている」

ありがとうございます、とまともに答えるのも照れ臭くて頭を掻いていると、

「それで、匠くんは何をしたいわけ？」そもそもの出発点に戻って、遥さんが訊いてきた。

いや、それはまだ……、と答えそうになったところで踏み止《とど》まり、

「すいませんけど、何日か時間をください。自分なりに一生懸命考えてみますので」

と言うと、いいよ、とうなずいた遥さんが、

「何日待てばいい？」と尋ねる。

「えーと、ちょっと待ってください」そう断って携帯電話を取り出し、カレンダーを表示させて覗き込んだ。

来週の木曜日、始業式と入学式があって新年度がスタートする。その翌日が生徒会の入会式や部紹介になっており、カレンダーの関係で、授業がスタートするのはその翌週からだ。そして、その週の二日目、火曜日の放課後に軽音楽部の新入生歓迎公演

が行われる。

　そこまで確認した僕は、

「ちょっと先になりますけど来週の金曜日まで待ってもらえますか。新入生への部紹介が終わるまでは遥先輩も忙しいでしょうし」と提案した。提案というよりは懇願に近い感じだったけれど。

　携帯電話ではなく生徒手帳を取り出して予定を確認した遥さんが、手帳から顔を上げ、「うん、いいよ」とうなずいた。

「じゃあ、金曜日の放課後、部室に行きます」僕が言うと、

「わかった。楽しみにしてるね」と微笑んだ遥さんが立ち上がった。

　えっ、もう帰るんですか？　と思ったものの、まったく迷いのない遥さんの動きにつられるようにして、僕も椅子から腰を上げる。

　確かにコーヒーカップは、二つとも空になっている。けれど、せっかく遥さんと一緒にいるんだし、だんだん話が噛《か》みあうようになってきたし、もうちょっとくらいは……と、残念でならない。

「ん？　どうかしたの？」

　首をかしげた遥さんに、

「いや、何でもないです」と答えてテーブルを離れ、カウンターのレジのほうへと向

かった。

マスターが何か意味ありげに笑いながら僕に目配《めくば》せしてきた。明らかに僕に向かってだ。口許《くちもと》に浮かんでいる笑みが気になる。何の笑みなのだろう、と思いながらも、さすがに初対面のマスターに訊くのも失礼かと思いつつ、遥さんと割り勘でコーヒー代を払ったあとで、一階へと続く階段を下りていく。

とても気さくそうで優しい感じのマスターなので、近いうちに一人で再訪して、あの笑みは何だったのか、本人が覚えているうちにあらためて訊いてみよう、と階段を下りながら僕は考えていた。

7

その夜、僕は前日の夜と同じように、携帯電話で友達と話をしていた。ただし電話の相手は、軽音部の慎太ではなくて写真部の菅原優人《すがわらゆうと》である。

珈琲山荘おがわの前で遥さんと別れ、自転車を漕いで自分の家に帰ってからあらためて思い出すと、結局僕は、遥さんのことについて知りたかったことを、ほとんど聞き出せていなかった。

いや、違う。音楽のこととか、油絵を描いていた理由とか、気になることは気になるのだけれど、それ以上に知りたいこと、優先順位がずっと上の問題が出現していた。もちろん、遥さんのお兄さんのことである。「どこにもいないよ。四年前に死んだから」と遥さんが口にした時の淡々とした口調と、すべての表情が消えた彼女の顔が、僕の耳と目にしつこく残っていて離れない。

僕が軽音部で何をするかという遥さんに出された宿題――みたいなものだと思う――を解決するのも大事だけれど、優先順位は、やっぱり遥さんのお兄さんのほうにある。

昨日、慎太との電話を終えたあとで優人に電話しようとしていたところに遥さんからのメールが来たせいで、優人のことは完全にすっ飛んでいた。

ともあれ、学年は違っていても、小学校と中学校が遥さんと一緒で家も近所だという優人であれば、かなりのことを知っているに違いない。

「慎太から聞いたんだけど、おまえさ、軽音部の部長の宮藤遥先輩とは家が近所なんだって？」

そう尋ねると、

「そんなに近くはないけど、一応、同じ町内会ではあるね――」と答えた優人が、

「それがどうかしたの？」と訊いてきた。

「遥先輩の家って、何をしてるのかな」

「料亭」

「は？　そうなの？」

「うん。待風屋《まちかぜや》っていう、そこそこ有名な料亭」

「それマジ？　南坂町にある料亭だろ？　そこなら、俺も名前だけは知っている」

「そう。その待風屋」

さすがにちょっと驚いた。ジャズ喫茶のバードランドがある界隈には、居酒屋やスナックに混じって、ちょっと格が高そうな料亭が何軒かあり、待風屋もそのうちの一軒だ。

確かに遥さんからは育ちがよさそうな雰囲気が漂ってくるけれど、有名な料亭の娘さんだったとは……。まあでも、それなら鍵盤楽器だけでなくドラムや弦楽器もこなせるオールマイティな理由がわかる。

遥さんが文字通りいいとこのお嬢さんだと知り、つかの間言葉を失っていたらしい。

「匠――」僕の名前を呼んだ優人が、

「遥先輩がどうかしたの？」と訊いてきた。

「あ、えーと、あの、遥先輩には、ちょっと年の離れたお兄さんがいたんだよね。四年前に亡くなったみたいだけど」

「それ、誰から聞いたの？」電話の向こうの優人が、訝《いぶか》しげな声を出した。

「遥先輩から直接」

「おまえ、遥先輩と話をしたの？」

「そう」

「いつ？」

「実は今日。で、一瞬だけ亡くなったお兄さんの話が出たもんだから、ちょっと気になってさ、優人なら詳しい事情を知っているんじゃないかと思って、電話してるわけ」

「おまえと遥先輩、何で会ったわけ？」

「いや、実は、軽音に入ろうと思ってさ。それで昨日部室を覗いたら、たまたま遥先輩がいて——」

「あれ？　おまえ、バンドのほうは？　そっちはどうすんの？」

「ああ、そっちは解散した」

説明が面倒なので事実だけを伝えると、バンドには興味のない奴なので当然なのだけれど、

「あ、そう」極めてあっさりした相槌が返ってきて、それはそれで拍子抜けするのだが、今日の場合はかえって助かる。

「というわけでさ——」あらためて仕切り直した僕は、

「遥先輩のお兄さんのことが気になってしょうがないもんで、おまえの知っている範囲でいいから、教えてくんないかな」と、再度訊いてみた。

つかの間、携帯は沈黙したものの、

「細かいことまでは俺も知らないんだけど——」と前置きをした優人がしゃべり始めた。

「亡くなった原因はバイクでの交通事故。遥先輩のお兄さん、当時は東京の大学に在学中だったんだ。三年生の夏休みに北海道にツーリングに行っていて事故に遭ったって聞いている」

「どんな事故だったんだろ」

「そこまでは、俺は聞いていない」

「そうか——」とうなずいたところで、あれ？　と思う。

「事故に遭った時、大学三年だったっていうのは間違いない？」

「それは間違いない」

「四年前の夏ってことは、二〇〇六年の夏ってことで、それも間違いない？」

「間違いないけど、それがどうかした？」

「えーと、お兄さんが亡くなったのが四年前の二〇〇六年ということは、遥先輩、その時、中二だったんだよね。でも、お兄さんとは六つ違いだって、遥先輩から聞いたんだけど……」

僕らより学年が一つ上の遥さんは、二〇〇六年の夏は中学二年生だったことになる。その遥さんと六歳違うということは、亡くなった時のお兄さんは大学二年生でなければならない。なので、優人の言っていることが正しいとすれば、辻褄《つじつま》が合わなくなる。優人の認識が合っているとすれば、早生まれや遅生まれの関係でこういう話になるのだろうか……。

一応これでも理系志望の僕なので、数字には強いほう、というか、細かいほうだ。ネクストをやっていた時は、完璧文系の恭介や宙夢からはうざったがられていたけれど。

どうすると計算が合うのか、暗算で確かめようとしていると、

「あ、そうかわかった」という優人の声が携帯から聞こえた。

「何がわかったって？」

「匠が混乱している理由。遥先輩、うちの学校での学年は俺らよりいっこ上だけど、実際には二歳、年上なんだ。だから、お兄さんが死んだ時、遥先輩は中三。これですっきりした？」

計算が合って確かにすっきりした。すっきりはしたけれど、そのせいで、もっと大きな謎が……と思っていると、優人が先回りして教えてくれた。こういうところは、

恭介や宙夢と違って気が利く上に頭の回転が速い。

「実はさ、遥先輩、お兄さんの事故のあと、よほどショックだったみたいで、しばらく学校を休んでるんだよね。半分、不登校みたいになって。でもまあ、頭はいい人なんだろうな。受験した仙河海高校は、余裕で合格したみたい。ところが、五月の連休明けくらいから休み始めて、結局、一年間うちの高校を休学してるんだ。で、そのあと、一年生からやり直しているんで、俺らが入学してきた時は、遥先輩、二つ違いだけど三年生じゃなくて二年生だったわけ。これでわかった？」

「ああ、わかった」と答えたものの、返事とは裏腹に胸の辺りが重苦しくなる。

「遥先輩が休学していた時どうしていたのか、おまえ知ってる？」

「それはちょっとわかんない。元々の学年が二つ違っていたし、あまり根掘り葉掘り詮索するようなことじゃないしさ。でも、そのころ近所で見かけた記憶はないから、もしかして、この街を離れていたのかもしれない」

「どこに？」

「おいおい、俺にわかるわけないじゃん。気になるなら、遥先輩に直接訊いてみろよ。そのほうが早い」

慎太とは違い、優人は遥先輩をネタに僕をからかうことはしない。それに、僕のほうでも、遥先輩ってレズだって噂はほんと？　などと軽口を叩くような気分ではなくなっていた。

「わかった、確かに——」と答えてから、

「最後にもう一つ、訊いていい？」と尋ねる。

「いいけど、なに？」

「遥先輩のお兄さんの名前、何ていうか知ってる？」

「タクミさん」

「えっ？」

「だから宮藤タクミさん」

「それって、俺と同じ？」

「読みはね。字は巧妙の巧《こう》と書いて巧《たくみ》」

「あ、なるほど……」と呟《つぶや》いたあとで、いろいろと教えてもらったことへの礼を口にしてから通話を切った。

ディスプレイが暗くなった携帯電話を勉強机の上に放り出し、椅子の背もたれに体重を預けた。

ちょっと不思議なところはあるけれど、とても意志の強そうなあの遥さんが、僕と同じ読みの名前を持つお兄さんの事故死がきっかけで不登校になり、高校に入ってから一年間も休学していたなんて、ちょっと信じられない。そう思う反面、その時の遥さんの苦しみを想像すると、居ても立ってもいられなくなる。

今日喫茶店で会っていた遥さんの、一瞬だけ表情が消えた顔を、また思い出した。

そのとたん、切なくてもどかしくて、呼吸が困難になるくらい、胸が苦しくなった。

今年で十九歳になる二つ年上の彼女に、たぶん僕は完全に参りかけているのだろう。

8

始業式があった日の夕方、僕は「珈琲山荘おがわ」のカウンターで、マスターがサイフォンで淹れたマイルドブレンドを啜《すす》っていた。

遥さんとこの店の窓際の席に座っていたのは五日前のことである。帰り際、マスターが僕に送ってきた意味ありげな目配せは何だったのか、ずっと気になっていた。だからもっと早く再訪したかったのだが、バイトが忙しくてなかなか寄れないでいた。

僕は、高一の夏休みから、市内のガソリンスタンドでアルバイトをしている。長期の休み以外も、特に予定が入っていない時は、土曜と日曜の両方か片方出勤していることが多い。時給は八百円。高校生のアルバイトとしては悪くない。昔であれば勤労少年などと呼ばれていたかもしれないけれど、僕のバイトにはドラマチックな背景は何もない。単純にバンドのために始めたアルバイトである。

けれど、仕事そのものが今ではかなり気に入っている。店長さんを始め、先輩の従業員やアルバイトの人たちも、気さくでいい人たちばかりなので、妙に居心地がいいのだ。

さほど景気が良くない田舎町で高校生が不定期のアルバイトをしていられるのは、ガソリンスタンドの経営母体の会社に僕の叔父《おじ》さんが勤めているからだ。叔父さんの口利きによる縁故採用、別の言い方をすればコネで雇ってもらっているわけだが、この街ではさして珍しい話ではない。

とはいえ、元々は船舶への燃料補給を本業としていた叔父さんの会社は、今では仙台にも支店を持っていて、フルタイムの正社員を百五十名くらい抱えている。地元資本の企業の中でも、そこそこ大きな経営規模の会社である。

なので、正社員になりたいと思ってもコネだけで入れるわけでは全然なくて、一応、きちんとした手順に則《のっと》っての就職試験がある。実際、この春自分の部署に配属になった新入社員は、仙台の大学を卒業しているものの地元の出身者ではない、と叔父さんは言っていた。

けれど、もっと小さな会社や商店の場合、アルバイトだけでなく就職自体もコネで決まるのが普通、とまでは言わないまでも、かなり多いみたいだ。

ようするに、コネそのものが当人の身元保証として働くのである。○○さんの紹介なら間違いないだろう、と雇い主が考えるのと同時に、紹介してくれた○○さんの顔を潰すわけにはいかない、と雇われる側も気を引き締める、というわけだ。

そんな話が大人たちの会話から漏れ聞こえてくると、中学までの僕は内心で眉を顰めていた。なんかそれって狡《ずる》くねえ？　と。

でも、今の僕はもっと寛容、というか、むしろ肯定的かもしれない。

僕自身がコネでバイトに雇ってもらえている、ということはもちろんだけれど、店長の峻《しゅん》さんの影響が大きいのは間違いない。

年齢は僕よりちょうど一回り上だから、今年で二十九歳。その若さで店舗を任されているのだからすごく仕事ができる人なのだけれど、本人曰《いわ》く、昔はけっこうやんちゃをしていたヤンキーだったとのこと。

で、バイクを買うお金欲しさに、高校生のころ、やっぱり僕のように親戚の口利きでガソリンスタンドのバイトを始めたという話だ。そして、バイトを続けているうちに、高校を卒業したらうちの会社で働いてみないか、と当時の店長さんから声がかかり、とりあえず試験を受けて採用になった、という経歴の持ち主である。

確かに峻さんが今乗っている車は、ちょっと昔の日産シルビア――峻さんは自分の愛車を車の型式で「S15」と呼んでいる――のシャコタン車だ。峻さんの弁では、ヤンキーが乗っている車がイコールヤン車ではないし、シャコタン車イコールヤン車でもないらしいのだが、ともあれ、ヤンキーだったというのは本当みたいだ。しかし、正社員の候補として店長の目に留まるくらいだから、人間的には最初からしっかりしていた人なのだと思う。

その峻さんを間近で見ていると、自分の好きな街でやりがいのある仕事をしていられるのって、実はとても幸福なことなのではないかと、ちょっとうらやましく思う。本人は、「この街から一度も出たことがないってのが、俺の最大のコンプレックス」と笑っているけれど、余裕の笑みのように僕には見える。

そんなバイト先にいるせいか、時おり、妄想に近い想像を巡らせてしまうことがある。

「匠。おまえ、進学先とか就職先とか決まったんか？」

「いや、まだですけど」

「だったら、おまえさぁ。高校を卒業したら、うちの会社で働いてみないか？」

「えー、マジすかあ？」

「嫌なのか？」

「嫌ってことはないすけど」

「そんじゃあ、俺が上のほうに根回ししといてやるから、うちの会社の就職試験を受けてみろよ」

「俺なんか採ってくれますかね？」

「大丈夫だって。おまえの働きぶりを直《じか》に見ている俺が言うんだから、絶対、受かるって」

「すいません。なんか、就職の世話までしてもらうようで」

「なあに、気にすんなって」

というような会話を、あと一年半後くらいに峻さんとしている、という妄想である。

だがなあ……と、この妄想にはいつも疑問符が付きまとう。

高卒で即就職というのは、ちょっと早すぎる。もう少し何か専門的なことを学んでみたい、という気持ちが僕にもある。

大学に進学するとしたら、理科系以外に考えられない。数学や理科がものすごく得意、というわけでもないのだけれど、暗記が苦手な僕の文系科目の成績は、中学時代から決して褒められたものではなかった。

理系の学部と一口に言っても幅が広すぎるものの、どちらかというと実用的な勉強をするほうが、理論物理とか、いかにも研究をしています、みたいな分野よりも向いていると思う。

となると、専門学校という選択肢も出てくるわけで、むしろこちらのほうが現実的かもしれない。

しかし、いずれにしても進学するためにはこの街を離れる必要がある。大学も短大も専門学校も、僕が生まれ育った仙河海市には存在しないからだ。

というようなことを考え始めると、僕は、将来的にこの街で暮らしていきたいのだろうか、それとも違う場所で生活したいのだろうか、という問いに結局のところ行き着くのだ。

東京で暮らしたいとは、正直なところ思わない。一年前、バンドでメジャーデビューして云々《うんぬん》などという夢を語っていた時は、確かに活動拠点は東京を思い描いていた。しかしそれは、ミュージックシーンの象徴としての東京でしかなかった。簡単に言えば、ミュージシャンとして暮らす東京はオーケーだけれど、普通のサラリーマンとして暮らす東京はノーサンキュー、ということだ。あんなに人が多くてゴミゴミしたところで毎日通勤電車に揺られるなんてまっぴら、というのが本音である。

一転して身近なところで最も都会の仙台となると、かなり現実味を帯びてくる。適度に都会で、適度に地方都市で、とりあえず、不自由なく暮らせそうな気がする。実際、たまに遊びに行くと、気分は上がる。

しかし、仙台の街に愛着まではない。実際に暮らしたことがないのだから愛着の生まれようはないのだけれど、それは事実だ。

たとえば、自分の希望する仕事が仙台でも仙河海でもどちらでもできる、というのであれば、ほぼ迷いなく仙河海市を選ぶと思う。

だから、進学先も就職先も、地元ですべてが完結するならそれが一番いいのに、というのが本音なのかもしれない。

というところまで考えると、妄想にくっついていた疑問符が外れかけているのに気づく僕がいる。

将来はプロのミュージシャンに、という少々青臭くて子どもじみた未来像が消滅した今、どうしてもこうなりたいとか、こんな職業に就きたいとか、そういうものが、実は今の僕にはないのだ。

だったら、暮らしたい場所を最優先にして、その範囲で自分でもそこそこ満足できる仕事を探すのが、結局は一番賢いというか、平穏な未来をもたらす選択肢なのではないだろうか。

そして実際、アルバイトの立場ではあるけれど、同じ職場で生き生きと働いている峻さんを見ていると、自分が就職を希望する会社としての優先順位がどんどん上がってきているのが事実で、叔父さんや峻さんに口を利いてもらえば、就職試験がかなり有利になるのでは？　などと、せこいことを考えてしまうのである。

そんなあれこれを、コーヒーを飲みながら考えていた僕は、こんなこと――極めて現実的ではあるけれど、ある意味全然若者らしくない、夢や希望のない話――を遥さんにしゃべったら、絶対に速攻で軽蔑されるぞ、と一人で勝手にうろたえてしまった。

つまんない。ほんとにつまんないなあ。あー、イラッとくる——遥さんが僕に向かって吐き捨てるように言った言葉が、ちっ、という舌打ちの音と一緒に甦《よみがえ》る。だけでなく、その時の彼女の氷みたいに冷たい目までが戻って来て、たぶん、実際にため息を吐いてしまったのだろう。

「どうしたんですか？　コーヒー、口に合わなかったですか？」という声が頭の上でした。

カウンターの中でサイフォンの漏斗《ろうと》を磨いていたマスターが、優しげな目で、しかしちょっとだけ心配の色を浮かべ、僕に向かって口許をゆるめていた。

「いえ、コーヒー、とても美味《おい》しいです」

慌てて僕が答えると、

「ありがとうございます——」目尻に皺《しわ》を寄せたマスターが、

「この前の土曜日だったかな。遥ちゃんと一緒にいらしてましたよね」と口にした。

助け舟を出された気分になった。

カウンターに座ってコーヒーを注文したまではいいものの、この前のことをなかなか切り出せなくてタイミングを計っているうちに余計なことに考えが及び、結局一人で勝手にため息を吐くはめになったのだが、それが僕の背中を押すきっかけとなってくれた。

はい、と答えた僕は、

「あのー、マスターは覚えていないかもしれないですけど、お勘定をしたあと、帰り際に、何かこう、目配せみたいな感じで僕に笑いかけてきたみたいに思ったんですけど、それって僕の勘違いですかね」

よく考えたらずいぶん変な質問だよな、と思いながらも訊《き》いていた。

「あー、あれね。確かに」マスターがうなずいたのでほっとする。

「それって、何か特別な意味があったんですか？」

あらためて僕が尋ねると、

「えーと、きみ――」とマスターが眉根を寄せたので、

「仙高の二年で、庄司匠と言います」自分から名乗ると、

「ということは、遥ちゃんとは同級生ではないんだ」マスターが少し驚いた顔をした。

そこでしばらく首をかしげたあとで、

「いやいや、てっきり同級生で、あの時は、遥ちゃんに交際を申し込んでいたのかと思ったものでね――」と苦笑してから、

「それって、私の勘違いでいいのかな？」と訊いてきた。

そうです、勘違いです、と声には出さずに、そのかわり必要以上に大きくうなずい

てから、

「この前は、部活のことについていろいろ話をしていたんです。あ、えっと、今年度からうちの学校の軽音部に入ることになったもんで、これから具体的にどんな活動をしていくかとか、そんな話をあれこれ」と説明をする。

「なるほど、そういうことだったんだ――」納得した顔になったマスターが、

「いや、あの時の私のあれ、よかったねえ、頑張って、という励ましのつもりだったんだが、勝手な勘違いだったわけだ。いや、これは失礼」と笑ったものの、何のことだか僕には要領を得ない。

「あのー、励ましって何に対する励ましなんだか、意味がちょっと……」

「あー、こりゃあ、確かに説明不足だったね――」と言ったマスターが、手にしていたガラス製の漏斗を布巾の上に置いて、

「実はねえ、少なくとも三回、この店のあの同じ席で男子生徒が遥ちゃんに振られる場面を目撃しているんだよねえ。で、そういう時は必ず遥ちゃんが先に席を立って、自分の飲み物代だけ払って出て行くわけ。そのあと、取り残された男子生徒が、ものすごくバツの悪そうな顔で勘定をして帰っていくのが実に気の毒でねえ」そこで、うんうん、と本当に気の毒そうにうなずいた。

「ところが、この前は、えーと――」

「匠くん、遥ちゃんと一緒に席を立って帰ったでしょ？　だから、てっきり上手くいったんだと思ってエールを送ったわけだ。いやいや、大変失礼しました」

「いや、別にそんな――」と顔の前で手をひらひらさせてから、

「遥先輩にコクってあっさり振られた先輩が何人もいるって話、僕も聞いてはいたんですが、ここがその現場だったとは驚きです」思わぬ発見が嬉しくなって、あらためて店内を見回した。

嬉しさの半分は新発見に対する単純な興奮だったが、あとの半分は、ここに遥さんと一緒に来て振られないですんだ唯一の男子かもしれない、という優越感によるものだ。コクったわけじゃないのだから、振られるも何もあったものではないのだけれど。

「遥先輩、男子には興味がないんですかね」

スツールを回転させてマスターのほうに顔を戻して訊いてみる。

思っていた通り、というか、それ以上に気さくで話をしやすいマスターなせいか、気づくと僕は、ずいぶん前からの知り合いのような会話をしている。

「そんなことはないんじゃないかなあ」

「いやでも、ガードがあまりに固いんで、もしかしたらレズなんじゃないかって噂があったりするんですよ。あ、これ、遥先輩には内緒ですよ」

「それ、遥ちゃん、自分で言っていたから心配する必要はないよ」

「えっ、やっぱり噂は本当だったんですか？」

「いやいや、違う――」と笑ったマスターが、

「いつだったか、遥ちゃんが、わたしってレズじゃないかって噂が流れているみたいなの、って笑いながら言ってたから、その噂は遥ちゃんも知っているということ。で、本人は全然気にしていないみたいだから、内緒もなにも」と言って、小さく横に首を振る。

「あ、なんだ、そうだったんですか」

納得するとともに内心でかなりほっとする。

「それにしても、どうして誰ともつきあおうとしないんでしょうねえ。玉砕した先輩たちって、けっこうイケてる人たちばかりみたいなんですけど」

「理想が高すぎるんじゃないのかなあ」

「遥先輩の理想の男性ってどんなタイプなんでしょうね」

「そりゃあ、もちろん――」と言いかけたマスターが、ちょっと慌てた素振りで口を閉ざした。

そこでピンときた。

「もしかして、お兄さんですか？　遥先輩の」

　僕が口にすると、

「匠くん」マスターが僕の名前をあらたまった口調で呼んだ。

「はい」

「きみは、遥ちゃんのお兄さんのこと、知ってるのかな」

「直接は知らないです。でも、六歳年上のお兄さんがいて、四年前に交通事故で亡くなったってことは、はい」

「それ、遥ちゃん本人から聞いたのかい？」

「あ、えーとですね。遥先輩が初めてこのお店に来たのは小学生の時にお兄さんに連れられて、ということと、四年前に亡くなったという話は、この前ここで遥先輩から直接聞きました。でも、亡くなった原因が北海道でのバイク事故だったというのは、仙河海中出身の友達からあとで聞いたんです」

　僕が正直に答えると、ふーむ、というように軽くうなずいたマスターが、

「遥ちゃんとは、わりと最近知り合ったのかな？」と首をかしげた。

「ええ。遥先輩の存在を知ったのは、実はついこのあいだのことで、ここに二人で来る前日だったんです。軽音の部室を覗きに行ったら、たまたま先輩が一人で絵を描いてたもので」

　なるほど、という顔をしたマスターが、少し何かを考え込む仕草をしたあとで、

「匠くん、もしかしてきみ、遥ちゃんを好きになっちゃったんでしょ。思い切り一目惚《ひとめぼ》れしてしまったとか？」カウンターの上に両手をついて身を乗り出してきた。

言葉で答えるまでもなかった。これ以上ないというくらい頬が火照《ほて》っているのが、自分でもわかった。たぶん、僕の顔は耳たぶまで真っ赤になっていたと思う。

「いや、ごめんごめん。別にからかっているわけじゃないんだ。土曜日に初めて見た時から、この二人なら上手く行くんじゃないかとそんな感じがしたものでさ。それで、老婆心ながら、青春真っ只中《まただなか》の若者たちを応援したくなっているおじさんがここにいる、というわけだ」

そう言って、マスターが悪戯《いたずら》っぽく笑う。

何と答えたらいいのかわからなくなった僕は、

「すいません。ありがとうございます」と言って、ぺこりと頭を下げた。そのあとで、

「でも、どうして応援しようという気になられたんですか？　遥先輩はともかく、僕のことは全然知らないのに」

「まあ、匠くんがどんな人間かはどうでもいいんだ。などと言うときみには失礼だけれど、男の子といてあんなに楽しそうにしている遥ちゃんを見たのは初めてでね。で、あの子、人を見る目が本能的に鋭いところがあって、その遥ちゃんがお気に入りの相手なら間違いないと、そういう理屈になるわけだ」

「あー、なんだか褒められているんだかいないんだか、かなり微妙ですけど……」と言いながらも、まったく悪い気はしていなかった。

この前の遥さん、確かに笑顔を見せた時もあったけれど、すごいきつい目をしていたり素っ気なかったりしていた時間も相当あったと思う。けれど、遥さんをよく知っているマスターが、彼女が楽しそうにしていたと言っているのだから、これはもう額面通りに受け取って喜んだほうがいい。

「実はうちの店、遥ちゃんの家の待風屋さんとは付き合いが長くてね。あのきょうだいが小さいころから知っているんだ。さっき、言いかけたけれど、巧くん、あ、きみじゃなくて、遥ちゃんのお兄さんの巧くんね。とても妹思いの優しいお兄さんで、遥ちゃんもすごくお兄さんを慕っていた。そのお兄さんの存在が大きすぎるところがあって、最近はむしろ、それが心配になってきていたんだ。そこへ匠くん、きみが現れたわけ。きみたち二人が将来どうなっていくかは別問題として、とりあえず二人が上手く行ってくれれば、遥ちゃんもお兄さんのことがふっきれるんじゃないかと、この前見た時からそう思っていたんだ。まあ、余計なおせっかいかもしれないが、私は匠くんを陰ながら応援することに決めたので、何か訊きたいことがあったら遠慮なくどうぞ。答えられることは何でも答えよう」

一瞬、わっ、ちょっと重たい、とは思ったものの、ここまでエールを送ってもらえて、ありがとうございます、以外に何が言えようか。思わず椅子から立ち上がってお礼を言った――条件反射的にこうなってしまうのは、たぶん、ガソリンスタンドでのバイトのせいだと思う――僕は、座面に腰を戻したあとで、

「これも仙中出身の友達から聞いた話なんですが、遥先輩、一年生の時、うちの高校を一年間休学していますよね。決して興味本位じゃないですので、そうなった事情というか、経緯というか、マスターの話せる範囲でいいですので聞いておきたいんです。直接遥先輩に訊くのは、辛《つら》いことを思い出させることになってしまいそうなので、それはちょっとできないなと……」

僕の気持ちをマスターは理解してくれたみたいだ。

わかりました、とうなずいたあとで空になっていた僕のコーヒーカップを覗き込み、

「コーヒー、お代りするかい？　店のおごりにしとくよ」と尋ねた。

「あ、はい。それじゃあ、遠慮なく」

僕が答えると、カウンターに並んでいる中で一番小さいサイフォンに手を伸ばしたマスターは、新しいコーヒーを淹れ始めた。

9

二杯目のコーヒーを飲みながらマスターの話を聞いたあと、丁寧にお礼を言ってお店を出た僕は、夕暮れ時の仙河海の街並みをぼんやり眺めながら、自転車のペダルを漕いでいた。

ペダルがちょっと重い。

坂道に差し掛かっているわけではなくて、ペダルを漕いでいる僕の心が重い、と言ったほうが正確だろうか。

本当に細かいことまでは私も知らないんだけどね、と前置きをしてマスターが話してくれた内容が、今の僕にはかなりヘビーなものだった。

今もそうだけど、幼いころから遥さんはちょっと変わった子どもだったみたいだ。基本的にはひとり遊びが好きで、何かに夢中になるとそこから離れようとしなかったり、ままごとやお人形さん遊びよりも、昆虫採集やザリガニ釣りが好きだったりと、普通の女の子っぽくなかったらしい。

そのせいで、小学校のころの遥さんは周りからかなり浮いていたようだ。それでも本格的ないじめにまで発展しなかったのは、遥さん自身に友達から何を言われても動じないようなところがあったのと、一人でいるのが全然苦痛そうには見えないため、いじめっ子にとってはいじめ甲斐《がい》がなかったのじゃないかな、とマスターは言っていた。

　そんな遥さんを一番心配して見守っていたのは、六歳上の兄、巧さんだった。家が料亭をやっているため、お父さんとお母さんは、二人ともいい人なのだけれどかなり忙しく、子どもの面倒を見てあげる時間が十分になかったみたいだ。

　この前僕が遥さん本人から聞いたように、高校生になった巧さんが連れてきたのがきっかけで、遥さんは、学校帰りとかに、図書館から借りてきた本を持って珈琲山荘おがわにしょっちゅう寄るようになったらしい。

　小川菓子店のマスターも奥さんも、それから跡継ぎの息子さんも、自分の家族のように遥さんや巧さんを可愛がっていたらしい。

　そういえば、とマスターが思い出したように話してくれたエピソードが、自転車のペダルを踏む僕の脳裏に甦る。

「遥ちゃんが中学生になって一ヵ月くらいした時だったかな。夕方近くにうちのお店に寄ってくれたところまではいつもと一緒だったんだけど、目にいっぱい涙を溜《た》めて、ごめんなさいって謝るんだよねえ。私も家内もびっくりしてさ。そしたら、小銭が沢山詰まった巾着袋を取り出して、これまでご馳走《ちそう》になったジュース代とケーキ代です、足りない分はアルバイトをして必ず返しますって言われてねえ」

そう言って、マスターは懐かしそうな目をした。つまり、小学生の遥さんがお店を訪ねるたびに、マスターや奥さんは、おやつをご馳走するつもりで、ケーキやジュースを出してあげていたのだが、中学生になった遥さんは、ある時、それまでずっとタダ食いをしていてお金を払っていなかったと、そう気づいた、いや、思い込んでしまったらしい。それで慌てて貯金箱から全財産を掻き集めて持参したのだった。

「微笑ましいというか何というか、子どものころからずっと見てきているから、いかにも遥ちゃんらしいと思ったんだけど、その時一番驚いたことは別にあってね。お兄さんと一緒に初めてうちのお店に来てから飲み食いしたものを、全部覚えていたんだ。これまでにこれだけの金額のケーキとジュースをご馳走になっているので不足分は何円です、と言われた時には、本当にびっくりしたよ」

それを聞いた僕もびっくりした。僕なんか、一週間前の昼に何を食べたかさえまったく出てこないというのに、信じられないというか、あり得ない話だ。驚いて絶句した直後の「たぶん毎日、日記をつけていたんだろうけどね」というマスターの言葉で、あ、なんだ、と納得はできたけど、危うく勘違いしてしまうところだった。

「遥ちゃんが持ってきたお金、私たちは当然受け取らなかったけどね。でも、それ以後は、いくらご馳走すると言っても聞く耳を持たなくてねえ。ああして、自分の分を払っていくわけ。たとえ男の子と一緒に来ても、きっちり自分の分だけ払ってあとは知らんぷり、というところがまた遥ちゃんらしくて可笑しいんだけど」

そんな遥さんは、中学に入ってからマスターや奥さんも驚くほどの美人さんになっていく。

子どもが男の子二人のマスターも奥さんも、自分の娘みたいに可愛がり、成長を見守っていたという。

そして四年前の夏に、お兄さんの事故があった。

それをきっかけに、遥さんから笑顔が消えた。

もともと頻繁に笑う子ではなかったけれども、たまに見せる笑顔がどきりとするくらい素敵でねえ、とマスターは目を細めたが、それは僕もまったく同感である。

事故の現場は、アップダウンの続く長い直線道路だったという。信号のない交差点を横切っている途中の大型トラクターの側面に巧さんのバイクが衝突した。即死ではなかったらしいのだが、結局、搬送された病院で家族が駆け付ける前に息を引き取った。

マスターや奥さんにとっても他人事ではなかった。高校生のころの巧さんは、春、夏、冬の休みになると、マスターの小川菓子店で、ケーキ作りのアルバイトをしていたのでなおさらだった。

いずれは家を継ぐことになるので、店の味を守りながらもちょっと凝ったデザートを出すとか、新たなことにも挑戦したい。高校生の巧さんはそう言っていたそうだ。お兄さんの死後、笑顔が消えた遥さんは、僕が優人から聞いていた通り、ほとんど学校に行かなくなった。

それでも高校の入学試験は受けて仙河海高校に合格した。遥さんの両親もマスターも、高校に通学し始めた遥さんを見て安堵《あんど》した。生活環境が変わったことが、いい方向へ向かうきっかけになったのだと思っていた。

そうして新しい年度がスタートして三週間ほどが過ぎ、ゴールデンウィークに入ったばかりのある日、久しぶりに遥さんが珈琲山荘おがわを訪ねてきた。

「いやあ、本当に久しぶりに来てくれたんで嬉しくてねえ。コーヒーとケーキをご馳走しようとしたんだけれど、案の定というか、きちんとお金を払って帰って行ったのが最後――」と言ったマスターが、

「いや、正確には、それを最後に北海道に一人で旅立っちゃったんだよねえ」とマスターが付け加えた。

「北海道ですか⁉」

驚きの声を上げた僕に、私もしばらくしてから知って驚いたんだけどね、とマスターが教えてくれた内容が、遥さんについて新たに知ったことの中で最も衝撃的である

とともに不可解なことだった。

一年間の休学届を学校に出して北海道に渡った遥さんが向かった先は、お兄さんの事故の相手が経営している牧場だったらしい。そして遥さんは、その牧場で、住み込みで働き始めた。

いったい何で？　という僕の質問に、マスターは困った顔をして肩をすくめた。遥さんの両親に根掘り葉掘り尋ねるのはさすがにはばかられたので、詳しいことはあえて訊いていないとのことだった。

それから一年弱、新年度が始まる少し前に、遥さんは仙河海市に帰ってきた。

久しぶりにお店を訪ねてきた遥さんは、一年前とは見違えるように元気になり、笑顔も戻っていた。

「遥ちゃんのその笑顔を見た瞬間に、余計なことをあれこれ訊くのはやめようと思ったわけだ」

実際それ以後、遥さんがお店に来ても、お兄さんや北海道の話は一度もしていないということだった。

「でもねえ、とても寂しそうな目をして外の景色を眺めていることがあって。そんな時、遥ちゃんの目には何が見えているんだろうねえ」

それが唯一の気がかりなのだけれど、あえてそっとしといてやっているんだ、と言ってマスターは話を終わりにした。

重い。

ヘビーすぎる。

聞かなきゃよかった。

お店を出た直後はそう思った。

けれど、自転車のペダルを漕いでいるうちに、やっぱり聞いてよかったのかもしれない、と思い直していた。

五日前の遥さんとの会話を思い出してみる。

マスターさえもあえて触れないでいたお兄さんのことを、最初に口にしたのは遥さんだったはずだ。その時の遥さんの口調はごく自然だったと思う。しかし、お兄さんは今どこに？　という、今振り返ってみれば僕の不用意な質問が、遥さんの表情を変えた。

こうしてある程度詳しい事情を知った今、それは当然だと思う。

それにしても、なぜ遥さんは学校を休学してまで北海道に行き、しかも、お兄さんの事故の相手の牧場で働くなどという、普通だったら考えられないことをしたのだろう。

牧場の仕事がかなりきつそうなことくらい、僕でも想像がつく。そこで遥さんはどんなふうにして働いていたのか。いったい毎日、遥さんは何を考えていたのか。そして、何が遥さんに笑顔を取り戻させたのか。

それを知りたい。

切実にそう思った。北海道の牧場にいたあいだの遥さんを知らない限り、永遠に彼女のことはわからない気がした。

しかしなあ……と、深いため息が出るばかりだ。

マスターは僕を応援すると言ってくれたものの、今の僕は応援も何も、スタートラインにも立っていないようなものだ。

JRの高架橋の下をくぐり、街の真ん中を流れる潮見川に架かる橋を渡り切ったところで、ジーンズのヒップポケットに捻《ね》じ込んである携帯電話が震えだした。

そのままペダルを漕ぎ続けたものの振動が止まらない。メールが着信したのじゃなくて電話みたいだ。

歩道の端に自転車を停《と》め、携帯電話を取り出してみると、電話をかけてきたのは慎太だった。

通話ボタンを操作して耳に押し当て、

「なに?」と尋ねると、

「匠。おまえ、今から学校に来れないか? 自分のギターを持って」何の前置きも説明もなく慎太が訊いてくる。

「はあ？　何だよ、いきなり」

「助っ人、頼みたいんだ」

「どういうこと？」

「明日の部紹介、うちのバンドが代表で演奏することになっているんだけどさ。ギターが怪我《けが》してステージに立てなくなったんだ」

「ギターって、亮太郎《りょうたろう》？」

「そう、亮太郎」

「あいつ、怪我って何したの」

「あの馬鹿、バスケやってて指をやった」

「いつ？」

「今日」

「折れたんか？」

「左の薬指をぽっきり」

「あちゃー、それじゃあ無理だ。っつうか、マジ、馬鹿なんじゃねえ？　ギターを弾く奴がバスケなんかやるかよ、普通。しかも本番の前日に」

「なんせ、亮太郎だから」

「アホだな、ほんと。っていうか、おまえのとこのドラム、去年のクリスマス・ライブの直前に膝の皿を割ったとか、この前言ってたよな。それで今度はギターが指を骨折？　それ、マジやべえ。おまえのバンド、呪われてるんじゃねえ？　お祓《はら》いしてもらえ、お祓い」

「匠ぃ。冗談言ってないで頼むよ」

「頼むって、亮太郎のピンチヒッターってことだろ？」

「そう」

「いくらなんでも、無理だって。別なバンドに代わってもらえよ」

「やだよ」

「何で？」

「来週の新歓公演と違って、新入生全員を前にして演奏できるチャンスなんだぜ。せっかく籤《くじ》で勝ったのに、他のバンドなんかに譲りたくない。一曲、演奏するだけなんだから頼むよ」

「やだ」

「今年の一年の女子、かなりの豊作だって話だぞ」

「そういう話じゃないだろ」

「どういう話だよ」

「おまえ、馬鹿じゃねえ？　一曲っつっても、明日の話だろ？　いくらなんでも間に合うわけないじゃん」

「だから、これから合わせようってことで、顧問には許可を取った。ただし、八時には終われって言われてるから、あまり時間がないんだ」

「八時って、おまえ。もしこれから俺が行ったとしても、せいぜい一時間くらいしか練習できねえじゃん。つうか、俺に頼まなくても誰かいるだろ、助っ人してくれそうな奴」

「そりゃあ甘い」

「甘いって、どういうこと」

「助っ人を頼んだとたん、俺らの出演自体を横取りされるに決まってんじゃん」

「うわっ、軽音部、めちゃくちゃ雰囲気悪そう」

「おまえだってすでに部員なんだぞ。で、今のところフリーなわけだから、おまえに出てもらえれば他のバンドから文句は言われないし、すべてが丸く収まる」

「あ、そうだ」

「何？」

「遥先輩に頼めばいいじゃん。前みたいに」

「すでに頼んだ」

「そしたら？」

「断られた」

「で、仕方ないんで俺に頼んでるわけだ」

「違うって」

「どう違うんだよ」

「匠をピンチヒッターにってのは、遥先輩の提案なんだって。提案と言うよりは部長命令」

「それ、マジ？」

「マジ」

「おまえ、嘘吐いてんだろ」

「こんな状況で嘘なんか吐くかよ」

「しかし、なんでまた遥先輩が俺を指名するわけ？」

「自分のバンドで演奏してた曲だから、ちょっと合わせればオッケーなはずだって、そう言われた」

「ちょっと待て。明日の演奏曲って何？」

慎太の答えを聞いて、これまでの不毛な会話は何だったんだよ、と力が抜けそうになった。慎太が曲名を口にしたアニソンは、ネクストのライブの際に毎回演奏していた曲だ。遥さんが見に来てくれていた時も、もちろん演奏している。それを遥さんは覚えていて、僕をピンチヒッターに指名したのだと、やっと辻褄が合った。

「慎太、おまえなあ、最初にそれを言えよ。ほんと馬鹿じゃねえ」

「つうことは、オーケー？」

「その曲なら、ぶっつけでも大丈夫なくらい」

「よかった。助かるよ、恩に着る」

「ところでさあ、まさか、ただってことはないよな」

「匠。おまえ、そんながめついこと──」

「あ、そう。じゃあ、電話切る」

「待て、わかった。今度、モスバーガーおごるから」

「それだけ？」

「ポテトセット付ける」

「チーズモスに付けてくれる？」

「わかったよ。チーズモスのポテトセットだな。これでいいだろ？」

「交渉成立」

「ほんとにもう」

「場所は部室でいいわけ？」

「いや、夜になるんで、防音が利いている放送室。機材はおまえが来るまでには運んでおく」

「わかった」

「急いでくれよな」

通話が切れた携帯電話をポケットに戻した僕は、自転車のペダルに体重を載せた。心なしか、さっきまでよりもペダルが軽くなったように感じられた。いや、確実に軽くなっている。

ずいぶん前のことだというのに、遥さんがネクストで演奏していた曲を覚えていてくれたことが、まずは嬉しかった。

その上で、大事な部紹介でのピンチヒッターに僕を選んでくれたのが嬉しかった。

さらに、僕の考え過ぎかもしれないけれど、もしかしたら遥さんは、ちょっと意地悪心を出して僕を試そうとしているのかもしれない。そうだとしたら、それはそれでむしろ嬉しい。僕が変なのかもしれないけれど、この前、遥さんにさんざんきついことを言われた時と同じような嬉しさを感じてしまう。

そして何よりも嬉しいのは、客席に遥さんがいるとわかっていて演奏できることだ。

ステージ上で演奏する自分を見つめている遥さんを想像しただけで、僕は世界制覇をしたような気分になってしまう。

10

やっぱり、人前で演奏するのは気持ちいい。

慎太に助っ人を頼まれて学校に呼び出された翌日、部紹介のステージを終えた僕は、たった一曲の演奏だったにもかかわらず、最近にないほど高揚していた。

音響は悪い。という以上に、最悪に近いレベルだ。会場が体育館なのだから箱そのものの問題は仕方がない。最大の問題はＰＡである。というよりＰＡの設備自体がなかった。

バンドでライブをやった経験がないと、ＰＡ、つまり音響の機材や設備がどれだけ重要か、なかなか理解してもらえない。ライブハウスでも野外での演奏でも、それぞれの楽器の生音やアンプから出る音をいったんマイクで拾ったり、キーボードなどの場合は電気信号を直接ケーブルで入力したりして、ＰＡ担当のエンジニアが音のバランスを取ったあとでメインのスピーカーから増幅された音を出すという、けっこう複雑な作業をやっている。しかも、単に音量のバランスを取るだけでなく、音の響き方や音色までをも調整するのだ。それでようやく、いい感じ、というか普通に聴ける状態になる。別の言い方をすれば、そこまで面倒な手順を踏まないと、まともに聴けるような音にはならないのである。やけにギターの音だけがでかいとか、ドラムの音が届いてこないとか、ボーカルが妙にこもってしまう、などといった具合に。

いや、それだけならまだいい。一番困るのは、PAなしでは自分たちの演奏している音をまともに聴き取れないこと。それが練習と本番の最大の違いと言ってよいかもしれない。

たとえば昨夜学校の放送室に集まって練習した時には、ドラムセットとギター、ベース、キーボードのそれぞれのアンプを、四面の壁を背にしてセットした。そうすれば、とりあえずはメンバー全員がすべての楽器の音を聞きながら演奏できる。

一方、ステージ上で演奏する際には、当たり前だけれど、ドラムを中心に横一列に並び、会場に向かって演奏することになる。そうするとどういうことが起きるかというと、ギター担当の僕の場合、ドラムの音は、まあ聞こえる。自分のギターの音も、アンプが自分の背後にあるので聞こえる。しかし、離れた位置にアンプが置かれているサイドギターやキーボードの音は、自分が出している音に掻き消されてほとんど聞こえない。ベースの音も微妙だ。周波数が低いので完全に埋もれてしまいはしないのだが、輪郭がかなりぼやけてしまうことが多い。さらにボーカルとなると、スピーカーが客席に向けてステージの前に設置されているのが普通だから、まともに聞き取れない。結局、演奏中に道を見失って迷子になっているような、大変困った状況に陥ってしまうのである。

この問題を解決するために、ステージ上で演奏する際には、ＰＡでバランスを取った音を足下のモニタースピーカーから出してもらい、それを聴きながら楽器を弾いたり歌ったりしているのである。プロのミュージシャンが大きな会場で演奏する時は、最近ではワイヤレスのイヤホンがモニターになっている。いずれにしても、ＰＡを通したモニターがない状態だと、体育館のような広いステージ上ではめちゃくちゃ演奏を合わせにくいのだ。

で、今回の部紹介のステージでは、ＰＡなしでの演奏を強いられることになった。安物のＰＡ機材がうちの学校にもあることはあるらしい。来週予定されている新歓公演や文化祭の時には、そのＰＡ設備を使うとのことだ。今回も、一応慎太が顧問に頼んではみたようだ。けれど、部紹介で一曲演奏するだけなのに面倒だ、の一言で却下されたらしい。

よって、ドラムは生音。ギター、ベース、キーボードの音は、それぞれのアンプからフロアに向かって、てんでばらばらに直接出している状態。ボーカルは体育館の放送設備をそのまま使用。そして無駄に広いステージという、最もやりたくないシチュエーションでの演奏となったのであった。

とりあえず始業前、午前六時に学校に集合してステージに機材をセットしたあと、リハーサルをやりながら、可能な限り音量のバランスを取っておいた。そのため音を見失って途中で演奏が止まるとか、そんな失敗はせずにすんだのだが、演奏の出来としては満足のいくレベルには程遠かった。

しかし、気持ちがよかったのだ。七クラスある一年生の全員が、僕らの演奏をちょっと緊張した面持ちで、しかし、楽しそうに聴いてくれた。誰でも知っている最近のアニソン、という選曲も悪くなかった。それがあったからネクストでも毎回演奏していたわけだけれど、新入生たちはボーカルにうながされると素直に手拍子をしてくれた。ばかりか、最後には決して義理ではない盛大な拍手をしてくれた。ように、ステージ上からは見えた。

ついこのあいだまでの僕は、仙台でも名前の通ったライブハウスで演奏しているということを、ネクストのステータスにしていた。

今になって振り返ってみると、ただの勘違い野郎だったにすぎないのだが、まあでも、それも無理はない。そのライブハウスでワンマンのライブができること。それが、仙台市内の学生バンドや上を目指そうとしているアマチュアバンドにとっての憧れというか最大の目標というのが、何となくの共通理解みたいになっているのだ。それはそれで、バンドにとっての具体的な目標設定になるわけだから、肯定できることだと思う。ただし、自分たちの置かれている状況を客観的に把握できていれば、という条件付きの話だ。

ようするに、ネクストが解散する前の僕は、自分ではそのつもりがなくても、慎太が陰口を叩いていたように、完全になったきしている、激しい勘違い野郎だったのである。

それでたぶん、音楽をやる上で一番大切なことを忘れていた。ライブって、どんな環境で演奏するかが重要なのではなく、どれだけお客さんと一緒に楽しめるかが大事だという、当たり前すぎる真実を見失っていた。

それを部紹介のステージが僕に思い出させてくれた。ライブ演奏ってこんなに楽しかったんだという感慨――ちょっと年寄りくさい言い方だけれど、この表現が一番しっくりくる――に、僕は演奏中もステージを下りてからも浸りきっていた。かなり気恥ずかしい言い方になるけれども、原点回帰をしたような気分になったのだ。

そして、僕に原点回帰のきっかけを与えてくれたのが遥さんだった。遥さんがどこまで考えて僕をピンチヒッターに指名したのかはわからない。でも、遥さんの期待に応えることはできたと思う。

演奏している最中は、久しぶりの全力プレーで演奏に集中していたので気づかなかったのだが、演奏が終わったところで、ステージ上から遥さんを見つけることができた。遥さんは、ステージから見て左手の壁に寄り掛かり、腕組みをして僕らを見ていた。たぶん、演奏中も同じ場所にいたのだと思う。わりと視力のいい僕は、その距離からでも表情を読み取ることができた。

腕組みをしてこちらを見ている遥さんは、まさにクール・ビューティそのものだった。人によってクール・ビューティの定義は違うみたいだが、僕の中では最大級の賛辞だ。

その遥さんと視線が合った。直後に遥さんが微笑んだ。距離が離れているにもかかわらず、この前と同じように心が溶けそうになった。遥さんの目に温かさが溢れた瞬間に、僕は僕じゃなくなった。遥さんの笑顔が見られるなら何でもできる。自分の存在なんかどうでもよくなる。真冬の仙河海湾に飛び込めと言われても全然平気なくらいに。

しかも、それだけじゃなかった。遥さんは微笑みを浮かべたまま、僕に向かって親指を立ててくれた。そう、サムアップだ。それ以上のご褒美は何もいらない。そんな感じに。

結局、僕を満たしている高揚感の半分は、遥さんの笑顔とサムアップがもたらしたものという、あまりにわかりやすい結論に至るしかないのだが、そのおかげで遥さんから出されていた宿題の答えが、最終的に見つかった。軽音部に入って何をしたいのか、具体的に遥さんに表明しなければならないという、例の宿題のことだ。

遥さん自身のことや死んだお兄さんのことが気になって仕方のない僕ではあったが、宿題を忘れたわけではなかった。いや、かなり真剣に考え続けていた。遥さんが満足してくれる回答ができなかったらどうなるか、想像しただけでも恐ろしい。

しかし、なかなかこれといったプランが見つからず、かなり悶々《もんもん》としていた。

それでも、これだったらこの前みたいに速攻で舌打ちされたりはしないだろうな、というプランが、昨日の段階でとりあえず出来てはいた。

結論から言うと、名称は何でもいいのだが、仙河海市内の高校生バンドが合同で開催するロックフェスみたいなイベントを実現すること。

きっかけとなったのは、話が前後するけれど、三日前の宙夢からの電話だった。

「調子はどう？」

「調子って何の」

「いや、なんか全般的に」

「意味わかんねえ」

「いや、ほら、なんかさあ。俺と恭介とで匠を裏切ったみたいな感じになっちゃったから、あれからどうしてたかと思って」

「ふーん、一応、心配してくれてんだ」

「まあな。とりあえず、一緒にあそこまでバンドやった仲間だから」

こういう電話、間違ってもかけてくるような奴じゃない恭介とは違って、宙夢のほうは気にしいなところがある。

宙夢をいじめてもしょうがないので、

「心配しなくていいぜ。俺も軽音に入ったから」

「マジで？」

「そう、マジで」

「どんな感じ？　そっちの軽音部」

「といっても、入部届出しただけで、まだ実質的には活動してないから、なんとも」

そこで少し間が空いた。

「もしもし？」

僕が尋ねると、

「部長には会ったんか？」と宙夢が訊いてきた。

「うん」

「どんな感じだった？」

「どんな感じって。おまえ、うちの部長のこと知ってんの？」

「直接は知らないけどさ、うちの部員のあいだで話題になってたもんで」

「どーゆうこと？」

「ほら、この前の女の子たちいただろ」

「おまえと恭介が頼み込んでバンドに入れてもらえた、この前のあの子たち？」

「あのなあ、別に頼み込んだわけじゃなくてだな——」

「まあいいや。で、その子たちが何だって？」

「去年、おまえんとこの文化祭を観に行ったらしいんだけどさ。そん時にめちゃくちゃかっこよくドラムを叩いているのを観てファンになったというか、まあ、そんな感じ」

「あの子たちがファンになったって？」

「そう」

「でも、うちの部長って女子だけど」

「それはわかってる」

「はあ……」

「はあって、それだけ？」

「それだけって、ますます意味わかんねえ」

「いや、なんか、ドラムが上手いだけじゃなくて、ものすげー美人だって話だから……」

「なんだ、宙夢。結局、おまえが気になってるだけじゃん。そうならそうと、最初に言えよ」

「で、実際、そうなんか？」

「まあ、そうだと思う」

「彼氏とかいるんかな」

「何でおまえが気にする」

若干警戒しながら僕が言うと、

「いや、同じドラムスとして、めちゃくちゃ上手い女子ドラムがいるって聞けば、やっぱ、気になるじゃん」

「それと彼氏がいるいないは関係ないだろ」

「そりゃそうだけどさあ」と、電話の向こうで宙夢があからさまなため息を吐《つ》いた。

「なんだよ、どうしたんだよ」

「いや、この前の三人のうちで、結局、フリーの子は一人だけだったんだよなあ」

「まあ、あれだけ可愛いんだから。普通、つきあってる相手くらいいるだろ」

「冷たいなあ、その言い方」

「やっぱりおまえら、女子目当てで軽音に入ったんだ」

「いや、そういうわけじゃないんだけどさ。まあでも、この際だから白状すると、そのフリーだった一人を巡って恭介と俺の関係、若干ぎくしゃくし始めてんだよな。つうか、俺がコクろうかなと思っているうちに、恭介に先をこされた」

呆れた。気にしいの宙夢が僕を気遣って様子伺いの電話をしてきたのかと思ったら、結局、自分の愚痴を聞いて欲しかっただけじゃないか。近くにいたら蹴りを入れているところだ。

「勝手にしてろって、俺は知らん」

「怒んなよ」

「呆れてるだけ」

「なんだかなあ」

「何がなんだかなあだよ」

「ネクストで夢を見ていたころが懐かしいなって思ってさあ」

「年寄りみたいなこと言うなよ」

「いや、実際女子の問題は置いといて――」

「自分から持ち出しておきながら、今度は置いとく？」

「そう言うなって――」と電話の向こうで苦笑した宙夢が、

「軽音に入ってみたのはいいんだけどさ。なんかこう気が抜けたような感じというか、腑《ふ》抜《ぬ》けになっちまったような感じがしてしょうがないんだよな。学校の内側で小さくまとまって自己満足してるみたいで」

「っていうほど、おまえらだってまだ活動してないだろ」

「いや、雰囲気でわかる。なんかこう、いま一つハングリーじゃないというか、惰性で流されてるっていうか、そんな空気が漂ってんだよねえ、うちの部活」

「だったら、自分で変えていけばいいじゃん」

「変えるって言ってもなあ……」

「うだうだ言ってる暇があったら、具体的な目標を設定してみるしかないだろ」

　突き放す感じで宙夢に言いながらも、これってこの前の僕と遥さんとのあいだで交わされた会話と似ているというか、本質は同じだよなと気づいた。

「あーあ、仙台で対バンやってたころが懐かしい」と、またしても宙夢が年寄りくさいことをしみじみと漏らしたところで、ちょっと閃《ひらめ》くことがあった。

　その後、宙夢とは、あっちへ行ったりこっちへ行ったりと、いつものように脈絡のないやり取りをしばらくしてから通話を切ったのだが、電話をしながら鉛筆に手を伸ばして書き付けたメモに、「対バン」と残っていた。

　対バンという単語がどこから発生したのか僕は知らないけれど、いわゆるブッキングのライブの別名のようなものである。そのメモを見ながら、自分が遥さんと一緒にバンドを組んで、宙夢や恭介たちのバンドと対バンしたら面白いだろうな、と何となく思ったのがきっかけだ。面白いだろうな、と思った理由は、遥さんと僕が同じバンドで演奏して、しかも互いにいい感じなのをあの二人に見せつけてやることができたら、あいつら絶対に悔しがるに違いない、という妄想が膨らみ、その妄想が、どうせだったらロックフェスみたいなイベントを自分たちで開催できたら最高かも、という着想にまで至ったと、そういうわけである。

確かにこれなら、遥さんは、いきなり却下などということはせず、耳を傾けてくれるかもしれない。

そうは思ったものの、何かが足りない気がして仕方がなかった。そんなふうに完全にはすっきりしない状態でこの三日間を過ごしていたのだが、部紹介のステージをやり終えた今、足りないものの正体がわかった気がした。

何かが足りないと僕が漠然と感じていたものは、そのままこの街に足りないものだ。それを自分たちで創ることができたら、かなり面白いんじゃないだろうか。

というあれこれを、今日の放課後、僕は遥さんに話すことになる。

11

「それで、匠くんが思いついたこの街に足りないものってなに?」

僕の目の前で遥さんが首を傾《かし》げた。

僕たちのいる場所は、軽音部の部室ではなくて図書室だ。

放課後、部室を覗いてみたら遥さんはいなかった。

僕が助っ人をしたバンドのメンバーの一人、キーボード兼コーラス担当の佳奈《かな》——呼び捨てなのは学年が同じで一年の時に一緒のクラスだったから——がいたので、「遥さんは？」と訊くと、

「図書室で待ってるって、匠くんに伝言」

「もう行ってるのかな」

「たぶん」

約束の相手を待って一緒に行く、ということをしないところが遥さんらしい。

しかし、遥さんが場所を変更した理由は明らかだった。三年生部員がドラムセットを叩き始めた瞬間から、軽音部の部室は人間が会話をできる環境じゃなくなった。

遥さんは、図書室の窓際のテーブルで文庫本を読みながら僕を待っていた。僕としては部紹介での演奏の感想をまずは聞きたかったところなのだけれど、パイプ椅子を引いて向かい側の席に座るなり、遥さんは、

「何をしたいか決まった？」いきなり本題に突入した。

というわけで、そもそものきっかけとなった宙夢との電話の件は省略して、市内の高校生バンドが集まるロックフェスのようなイベントを企画して実行してみたい、と

いう話をしたあと、

「でも、何かが足りないような気がずっとしていたんです。それが、今日になってようやくわかりました」

そう言った僕に向かって、遥さんが首を傾げてみせたのだった。

ここまでの遥さんは、この前みたいに舌打ちもしなかったし、僕の話を途中で遮ることもしていなかった。ということは、今のところは合格点なのかな、とは思う。という具合にちょっと自信がなさそうになってしまうのは、NGこそ出されていないものの、遥さんはずっと難しい顔をしたままで、僕が期待していたような笑顔を見せないどころか、にこりともしていないからだ。

しかし、ここまで話した以上、後戻りはできない。

「えーとですね、結論から言うと、僕ら高校生が気軽にライブをやれたり練習したりできる箱が、この街にはないんですよね。だから、小さくてもいいからそんな場所を作れたらいいのにって思うんです。そして、そこを会場にロックフェスを開催できたら最高なんじゃないかと……えーと、あの……そんなふうに……思うんですけど……」

あとのほうが尻すぼまりになってしまったのは、僕の話に耳を傾けている遥さんの表情がどんどん厳しくなってきて、ついには眉間に皺が寄せられたからだ。

匠くん、きみって実はアホだったの？　という声が聞こえた。いや、まだ遥さんの口は開かれていないのだが、絶対にそのたぐいの言葉が飛び出してくる。

　そう予想して身構えていると、

「具体的にはどんな箱を考えているわけ？」遥さんが眉根を寄せたまま訊いてきた。

　首の皮一枚で繋《つな》がっているような心許《こころもと》なさを覚えつつも、僕は必死になって説明を始めた。

「大きさはそれほどでかくなくても……えーと、スタンディングでマックス百弱くらいかな。つまり、ステージとかＰＡスペースを含めて、普通の教室と同じか一回りくらい小さい程度でオッケーです。で、普段は練習スタジオとして使えて、ライブもそれなりにできる、みたいなイメージなんですけど」

　僕がイメージしていたのは、以前、仙台でのライブの本番前に一度だけ借りたことのある練習スタジオだ。普通の練習スタジオの三倍くらいの広さがあって、お客さんが二、三十人程度であれば、ミニライブを開催できるスペースがあった。実際、そういうイベントに使われることもあるみたいで、それに対応できる機材も揃《そろ》っていた。

　そういう箱がこの街にも欲しいと、以前よりも切実に思うようになったのは、昨日から今日にかけて、慎太のバンドでピンチヒッターとして慌ただしく過ごしたことが、やはり大きい。

この街に、仙台のその練習スタジオをもう少し大きくした程度の箱があればどんなにいいことかと、気づくと僕は、かなり力を込めて遥さんに説明、というよりは力説していた。そして最後には、

「――そんなふうに気軽にバンド練習やライブができるような音楽環境が、この街に足りないものの一つだと思うんですよ。そういう箱がこの街にもあって、街のみんなで大事に育てていければ、この街で暮らしていることに誇りを持てる市民がもっと増えていくと思うんです。そもそも、文化ってそういうものですよね。直接お金になるかならないかで計るようなものじゃなくて、みんなで育んでいくものだと思うんです」などと大風呂敷を広げていたというか、青臭い文化論にまで言及してしまい、かなり気恥ずかしさを覚えつつ、説明を終えた。

やばい、さすがに呆れられちゃったかも、と思いながら遥さんの顔色を窺《うかが》うと、

「照明は？」と訊かれた。

「え？」

「だから――」と言って、天井の蛍光灯を指さした遥さんが、

「照明設備はどうするの？」

「えーと、そりゃあ、ないよりあったほうがいいですけど。でも、大事なのはＰＡ機材のほうですから、余裕がなければダウンライトくらいでもいいと思います。光量を

調整できるタイプの」

「防音は？」

「そりゃあダダ漏れは近所迷惑ですから、ある程度はしっかりしていないと」

「空調は絶対に必要よね」

「そ、それはそうです」

「楽屋も必要でしょ？」

「あ、そうですね、確かに」

「ドリンクブースは？」

「いや、それはなくてもかまわないいんじゃないかと――」と答えた僕のほうが今度は首を傾げていた。

「あの、遥先輩」

「なに？」

「どうしてそんなにあれこれ訊くんですか？　僕にしたところで、思いつきの範囲を超えていないことなんで、具体的なことは全然考えていないんですけど」

狐につままれたような顔をして遥さんが僕の顔を覗き込む。

「え、あ、あの……俺、何かまずいこと言ったかな……」

どぎまぎしている僕に、

「探してみようよ」と遥さん。

「え？　探すって何を？」

「匠くんの希望に適《かな》うような場所、というか、箱の候補。探せば仙河海市にもあるかもしれないでしょ」

「え、えーっ？」

「えーって、何よ。自分で言っておいて」

「いや、それはそうなんですけど、そんな箱があったらいいだろうなという、希望というか理想というか、あくまでもそういう話であって、僕らみたいな高校生にはさすがに不可能なんじゃないかと。お金もかかることだし……」

「そんなの、やってみなければわからないじゃない」

それでようやく、遥さんが難しい顔をしていた理由がわかった。遥さんは僕の提案に呆れたり異論があったりしていたのではなく、どうやったら実現できそうか、真面目に考えていたみたいだ。

でも、本当にそうなのか、一応確かめておかなくちゃ、と焦った僕は、

「あのー、俺の、いや僕の——」話をちゃんと聞いていたんですか？　と訊きたいのは山々だったけれど、

「提案というかプラン、気に入っていただけたんですか？」と尋ねてみた。

　すると遥さんは、

「そんなふうにかしこまったしゃべり方しなくていいよ、ってこの前言ったでしょ――」と、たしなめる口調で言った――この前っていつのことだ？　と僕は内心で首を傾げていたのだけれど、遥さんがそう言うからには、たぶんその通りなのだろう――あとで、

「わたし、全面的に賛成だよ。それが実現出来たらすごいと思う」と言って、初めて口許をほころばせた。その微笑みで、遥さんが正真正銘そう思っているのがわかった。

「匠くん」

「はい」

「わたし、匠くんがうちの部に入ってくれて嬉しい。どうもありがとね」

「いや、そんな」

「わたし、きみのような子が現れるのを待ってたんだと思う。匠くんと出会えて本当によかった」

　ドキリとするようなことを遥さんは言った。しかも、時おり見せるあの柔らかな表情で、真っ直ぐ僕の眼を見つめながら。

　しかし、彼女の言葉に深い意味は全然なくて、思ったことをそのまま口にしているだけなのだと思う。たぶん。なので、

「ありがとうございます。僕も先輩に出会えてよかったです――」と、まともに返したあとで、

「でも、先輩に気に入ってもらえたのはすごく嬉しいんですけど、やっぱり、僕ら高校生だけで実現するのは、不可能じゃないかもしれないですけど、かなり難しいと思うんですよねえ、現実的には」僕が言うと、

「わたしもそう思う」遥さんがあっさり同意した。

え？　それじゃあ言ってることがさっきとはまるで正反対では……と僕が戸惑っていると、ふいに椅子から腰を上げた遥さんが、

「ちょっとここで待ってて。廊下で電話を一本かけてくるから」と言い残して図書室から出て行った。

訳がわからず待つこと三分あまり。まさか僕を置いて帰っちゃったんじゃ……と焦り始めたところに遥さんが戻ってきた。

椅子には腰を下ろさずに、自分の鞄《かばん》を手にした遥さんが、

「匠くん、鞄は？」と尋ねた。

「教室ですけど」

「じゃあ、校門のところで待ってるから、鞄取って来て」

「え？　どこか行くんですか」

「うん。珈琲山荘おがわ」

「これから？」

「そうよ。ヒロミチさんたち、相談に乗ってくれるって」

「だ、誰ですか。ヒロミチさんって」

「小川菓子店の若旦那」

「電話してた相手って、そのヒロミチさん？」

「そうよ。自分たちだけで無理そうな時は、大人の力も借りればいいじゃない」

自明のことのように言う遥さんだったが、普通とはちょっと違う思考回路の持ち主であるのは確かなようだ。僕には、それがますます遥さんの魅力に映ってしまうのだけれど。

12

小川菓子店の若旦那、小川啓道《ひろみち》さんは、市内の若者たちが集まって四年ほど前に作った「楽仙会《らくせんかい》」という、いわゆる街おこしグループの代表だと、珈琲山荘おがわに向かう道すがら、遥さんは教えてくれた。

面白そうなことがあったら何でもチャレンジしてみよう、というのが楽仙会のモットーだとのことで、堅苦しい規約があるような組織では全然ないらしい。一つだけ決まっているのは毎週必ず定例会を開くことで、発足からこれまで、本当に一度も欠かさず続いているという話なので、それは確かにすごいことだと、僕も感心した。

その定例会がもたれている場所が珈琲山荘おがわで、今週はちょうど今日が定例会の日に当たっている、という話だった。

「なんか、そんな大事な会議の場所に、僕なんかが顔を出していいんですかね」若干腰が引け気味に言うと、

「全然平気。時々わたしも様子を見てるけど、集まれるメンバーで集まって、コーヒーを飲みながら雑談してるみたいなものだから。でも、決める時は決めるって感じで、なんか面白いんだ。みんな、優しくて気さくな人たちだから、匠くんの話を聞けば力になってくれると思う」

そう遥さんが言った通り、啓道さんをはじめ、この日集まっていた四人ほどの楽仙会のメンバーは、高校生の僕のつたない話――緊張していたせいもあって、かなりたどたどしかったと思う――に真剣に耳を傾けてくれた。

「なかなか面白そうだよね、匠くんの話」

啓道さんが言うと、

「確かになあ、俺も高校の時、練習場所で苦労したもんなあ――」とうなずいた病院

勤務の吉大《よしひろ》さんが、

「他の学校のバンドと一緒に対バンをやったこともあるんだけどさ。会場の手配から始まって、機材の調達とか、ＰＡはどうするとか、かなり大変だった。あのころ、練習スタジオとかライブハウスがあればどんなに楽だったことか」と懐かしそうに言った。

「あのー、その時って、会場はどこを使ったんですか？」

僕が尋ねると、

「公民館を借りた。で、アンプとか演奏機材はみんなで持ち寄り。一番の問題はやっぱりＰＡだった。確かあの時は、楽器屋の親父《おやじ》に頼んでレンタルしたんじゃなかったかな。でも、結局、赤字になってさ。これじゃあやってらんないって話になって、その一度だけで終わったたっけ」と吉大さんが答えた。

「ライブハウスなら、確か南駅の近くにあるよね」

そう口を挿《はさ》んだのは、地元紙の新聞記者をしている晴樹《はるき》さんだ。

あーあー、あそこ、と啓道さんがうなずき、

「でも、あそこ、どっちかっというとＤＪメインのビリヤード・バーって感じでしょ」

「ライブにも使わせてくれるみたいだぜ」

「でも、高校生が出入りするのはちょっとなあって感じだよね」

「確かに」

だよなあ、うんうん、と一同がうなずいたあとで、

「そういえば、練習スタジオにも使えるようになっているカラオケボックス、なかったっけ？」と、俊也《しゅんや》さんが首をひねった。俊也さんは、水産関係の業務を中心に手広く商売をやっている商社の息子さんで、その会社は僕でも知っている。

「いや、そのオケボそのものが今はないから」

「潰れたんか？」

「だいぶ前に」

「そうかあ」

俊也さんと晴樹さんのやり取りを聞いていた啓道さんが、

「俊くんさあ、きみんとこの倉庫、一つくらい余ってないの？」と俊也さんに訊いた。

「いや、ないなあ。今のところ」

うーむ、と全員が腕組みをしたところで、何かを思いついたような顔になった吉大さんが、カウンターのほうに首を伸ばして、

「ノゾミ先輩。音楽スタジオやライブハウスに使えそうなところ、どこか心当たりありませんか？」と言った。

そちらに視線を向けると、カウンターでコーヒーを飲んでいた女の人が、スツールを回転させて僕たちが座っていたテーブル席のほうに身体を向けた。

何をしている人なのだろう？　ちょっと派手目の化粧をしてはいるけれど、凄く綺麗な人だった。

「あ、俺、中学時代に陸上やってたんだけど、その時の先輩のハヤサカノゾミさん。昔、実業団にいたこともある人で、今は——」

「吉大くん。余計なことをペラペラしゃべんないの——」たしなめる口調で言ったノゾミさんが、

「心当たり、ないこともないよ」と微笑んだ。

「えっ、どこですか？」

そう言って腰を浮かし気味にした吉大さんに、

「実際どうなのかはオーナーさんに訊いてみないとわからないしね。あたしの推測だけで期待を持たせちゃ悪いから、ちょっと待ってて——」と言ってから、

「そんなに急ぐ話じゃないんでしょ？　遥ちゃん」と、遥さんに尋ねた。どうやら、遥さんはノゾミさんとも知り合いみたいだ。

「急いではないですけど、でも、早い方が助かるかな」

遥さんが答えると、わかった、とうなずいたノゾミさんが、

「じゃあ、何か進展があったら、直接遥ちゃんに連絡するね」と言って微笑んだ。

「よろしくお願いします」

遥さんと一緒に頭を下げると、僕と遥さんに交互に視線を向けたノゾミさんが、カウンターの中にいたマスターに、

「なんかこの二人、お似合いだと思いません？」と笑いかけた。

マスターは軽く眉を上げてから口許をゆるめただけで何も言わなかったものの、この前と同じような目配せを僕に送ってきた。

13

定例会の続きを再開した啓道さんたちにお礼を言ってから店を出た僕と遥さんは、仙河海湾を右手に見ながら歩いていた。遠回りになるからいいよ、と遥さんは言ったのだけれど、暗くなってきたから、という理由で家まで送っていくことにしたのだ。もちろん、遥さんと一緒に二人で肩を並べて歩きたい、という下心が満々でのことではある。

でも確かに、こうして日が落ち、海面が暗くなってきた内湾のそばを歩いていると、デートをしているような気分になってくる。今日のように風がなくて穏やかな天気だ

と、街の明かりが静かな水面に反射して、宝石みたいに綺麗なのだ。

それにしても不思議な人だなと、隣を歩いている遥さんの横顔を盗み見ながら思う。

この前本人が言っていたように、ちょっとコミュニケーションが取りにくいところがあったり、かなり唐突な部分があったり、あるいは、何を考えているのかわからない、というか、ペースについていけなくなるような時もある遥さんだけれど、啓道さんやマスターをはじめ、周りにいる大人の人たちからもすごく愛されているんだな、という様子が嘘偽りなく伝わってきた。

遥さんと話をするたびに、一緒に行動するたびに、新しい発見があってそれがすごく新鮮で楽しい。同時に、もっと沢山遥さんのことを知りたいという気持ちが、日ごとに膨れ上がってくる。

けれど、そこで僕は、心のブレーキをかけている自分がいるのに気づく。

この前、マスターに聞いた遥さんのお兄さんの話が、やっぱり頭から離れない。バンドのことや練習スタジオ、あるいは、ライブハウスの件を考えていても、いつもそれが頭の隅に引っ掛かっている。

遥さんと話をしていても同じだ。会話が少しでも途切れた瞬間に、目の前にいる現実の遥さんの向こうの世界にもう一人の遥さんがいて、そこでの遥さんはとても悲しげな目をしている。

僕が遥さんをもっと知ろうとすれば、そのもう一人の遥さんをこちらの世界に招喚することになってしまうのじゃないかと、それが不安でならない。僕の勝手な思い込みかもしれないけれど、それがあって、遥さんに直接お兄さんのことを聞くことが、僕にはできないでいる。

もしかしたら、少しずつ傷つけ合わないと、人と人の距離って縮まらないのかもしれない。こんなこと、これまで考えたことすらなかったけれど、隣を歩いている遥さんの存在が、僕をやけに哲学的にさせる。

気づくと僕と遥さんは、しばらく前から無言で歩いていた。それが全然苦痛じゃないのと同時に、胸が苦しい。こんなタイプの胸の苦しさを、これまで僕は経験したことがなかった。

本当に人を好きになると、誰でもこうなってしまうのだろうか……。

胸中でそう問いかけたところで、僕は降参した。やっぱり僕は、単純な一目惚れとかそんなことではなくて、本当に遥さんが好きになってしまった。そして、後戻りできないところまで来てしまったみたいだ。

こうなったら、思い切ってこの場で「好きです」と言っちゃおうか、という考えが頭をよぎる。実際、告白するなら今しかないだろ、というシチュエーションではあるし……。

いや、しかし、玉砕の確率が百パーセントであるのは確かそうだし……。

でなければ、そうだ、そっと手をつないでみたらどうだろう。

いや、やっぱり、手の甲を引っ叩《ぱた》かれて終わっちゃいそうだし。

ならばむしろ、手をつないでいいですか？　と訊いてみるのはどうだ？　案外、いいよ、と遥さんはうなずいたりして……。

半分妄想チックなことを考えながら歩いていると、フェリー乗り場の桟橋のちょっと手前に差し掛かったところで、遥さんが歩を止めた。

「送ってくれてありがとう。うち、すぐそこだから、ここで大丈夫」

うっかりしていた。もやもやを抱えてあれこれ考えながら歩いているうちに、もうここまで来てしまった。

それで現実に引き戻された。よく考えてみれば、遥さんの存在を知り、話をするようになってからまだ一週間しか経《た》っていないんだった。僕個人的には、知り合ってからもう何ヵ月も経っているような気がするのだけれど、ほとんど初対面に近い関係でしかないというのに、コクるだとか手を握るだとか、俺っていったい何を考えてんだか……。

自分を戒めつつ、

「啓道さんたちを紹介してくれて、今日は本当にありがとうございました」とお礼を述べた。

「どういたしまして」

「でも、啓道さんって、お父さんのマスターもそうですけど、本当にいい人ですね」

正直な感想を口にすると、僕の言葉に嬉しそうにした遥さんが、

「わたしも啓道さんが大好き――」とうなずいてから、

「あ、でも恋愛感情とかそんなことじゃなくてね。一人の人間として大好きっていう意味」と付け加える。

「うん。それ、俺もよくわかります」

「でしょ？　お兄ちゃんも啓道さんのことはすごく尊敬していた」

「啓道さんのお店なら、バイトしてても楽しかったでしょうね」

何気なく僕が言った瞬間に、遥さんがフリーズした。

えっ？　何で？

リアクションが何もできずに、僕も一緒になってフリーズする。

最初にフリーズが解けたのは遥さんのほうだった。

「どうして、それ知ってるの？　お兄ちゃんが啓道さんのお店でアルバイトしてたこと、匠くんには話してないはずだけど」

わずかに首をかしげ、眉根を寄せて訝しげに言った。

うっかり口を滑らせたのを後悔しても手遅れだった。遥さんに内緒であれこれ嗅《か》ぎまわるなんて、やっぱりしちゃいけなかった。お兄さんのことを僕のほうから訊けなかったのは、その後ろめたさもあってのことだったのだと、いまさらながらに思い知らされた。

でもこうなった以上、正直に話して謝ったほうが絶対にいい。

「実は俺、昨日も一人でおがわに行っていたんです。で、マスターに無理を言って、遥さんのお兄さんや、遥さんのことを色々教えてもらいました。遥さんのお兄さんが亡くなったのは、北海道での交通事故が原因だって優人から聞いてたもんで、どうしても気になってしまって……」

「そうだったんだ」

「ごめんなさい」

「わたしが北海道の牧場で働いていたことも聞いたの？」

「はい」

「事故の相手の牧場だったことも？」

「ええ」

遥さんとのあいだに沈黙が落ちた。

ひどく居た堪《たま》れない気持ちになり、足下に視線を落としたままうつむいているしかなかった。

完璧に遥さんを怒らせてしまった……。

自分のこれまでの言動をすべて取り消したくなった。

裁判で判決が言い渡される前の被告人になったような気分で、遥さんの言葉を待ち続ける。

どんな言葉を投げつけられても甘受するしかないと覚悟はしたものの、なぜか遥さんは一言も発しない。

言葉にできないほど怒っているのだろうか……。

そう思いながら恐る恐る顔を上げた僕は、遥さんと視線が合って、再びフリーズした。

遥さんは泣いていた。声を出さずに、表情も変えずに、僕を真っ直ぐ見つめたまま、両方の目から大粒の涙をぽろぽろこぼしていた。こんな不思議な泣き方をする人を、僕はこれまで見たことがなかった。

僕を見つめながら涙をこぼし続ける遥さんに、僕の右手が伸びていく。

遥さんを抱き寄せようとしたのかどうか、実は自分でもよくわからない。遥さんの頬を濡《ぬ》らす涙を拭いてあげたい。そう思った、としたほうが正解のような気もする。

いずれにしてもこの時の僕には、十七歳になろうとしている男子高校生であればむしろ健全と言えるような、性的な衝動はなかった。

目の前にいる今にも壊れてしまいそうな少女を、あらゆるものから守ってやりたい。純粋にそう思った。


僕にとってこの時の遥さんは、自分よりも二歳年上の大人になりかけている一人の女性ではなく、危ういまでに脆《もろ》くて未完成な、僕よりもずっと年下の少女になっていた。


伸びていく僕の指先が、彼女の頬に触れる直前に、

「え？」という驚きの声が遥さんの口から漏れた。それと同時に僕の手の動きが止まる。


戸惑いのせいですぐには理解できなかったのだけれど、遥さんは僕が触れようとしていたことに驚いたのではなかった。彼女は、自分自身に驚いていたのだった。

「え？　嘘」

もう一度声を漏らした遥さんが、自分の頬に右と左、両方の手のひらを交互に当て、涙で濡れた手を見つめてから、眉根を寄せて顔を上げた。

「わたし、泣いてた？」

訊かれた僕は、一瞬返答に詰まった。

「あ、はい……」

そう答える以外に何が言えるだろう。

こんな時、もっと気の利いた言葉をかけてあげられたり、さりげなくハンカチを差し出すとか、そういうリアクションができたりしたらよいのに、ともどかしく思う。しかし、それが僕にできたとしたら、いわゆるキャラが違うというやつで、僕が僕ではなくなってしまう。

人間って、こうなりたいだとか、こうありたいという、自分にとっての理想のキャラがあり、そうなれるのを願って、じたばたしたりもがいたり努力したりする。でもたいてい、なかなかそうはなれない。だからこそ、自己啓発の類の本があんなに次々と出版されるのだろう。けれど、そういう本が沢山読まれるということは、逆説的に言えば、本を読んだくらいでは簡単には変われないのが人間、ということなのだと思う。だから時おり僕は、背伸びしすぎて疲れ果てちゃうよりも、その人本来のキャラをもっと大切にしたほうがいいんじゃないかと、月並みだけれどかなり真剣に考えることがある。メーテルリンクの『青い鳥』の童話みたいに、変わりたいと願っても変われない自分の中に、実はその人本来のよさがあるのが真実じゃないのかと。

でも、この時ばかりは、「あ、はい……」としか答えられない自分のキャラに、心からうんざりしていた。

けれど遥さんは、そんな僕の葛藤なんかに気づくはずはなく、

「ごめん。びっくりしたよね――」と言って自分のハンカチで涙を拭いてから、「お兄ちゃんが死んでから、時々わたし、こんなふうに自分でも気づかないうちに泣いていることがあるの」と、バツが悪そうに唇を噛んだ。

お兄ちゃんが死んでから、という遥さんの言葉に僕の心臓がズキズキ痛む。そしてあくまでも情けないキャラの僕は、何も言えずに困っているだけだ。

「変だよね、わたし」

変じゃないです、と答えるのも変な気がしてやっぱり何も言えないでいる僕に、「匠くん、たぶん、わたしのこと気持ち悪いと思ってるよね」遥さんが確信しているような口調で言う。

それには即座に反応できた。

「思ってないです」と。

すると遥さんは、

「なぜ?」と首をかしげ、

「突然、何の脈絡もなく泣き出して、しかも泣いていることに自分で気づいていない女が目の前にいたら、かなり気持ち悪いはずよね。そうでしょ?」涙の乾いた目で僕を見る。

これが遥さんのキャラだ。その遥さんのキャラを、僕は気持ち悪いとも変だとも思わないし、感じもしない。でも、どうやったらそれを遥さんに理解してもらえるか、それが最大の問題だ。

遥先輩が好きだからです。

そう言えればどんなに楽なことだろうと思う。けれど、二重の意味でそれは言えない。

一つには、好きだからすべてがオーケーということなのね、と遥さんが言いそうな気がするからだ。それってよく考えてみれば、そうなんです、遥さんは変です、そしてキモイです、でも好きだからそんなことは気にならないです、と言っているのと同じになる。少なくとも遥さんの理屈ではそうなるような気がする。

もう一つは、たぶん、かなりの確率で、「わたしのどこが好きなの?」と質問され、こんなところが、と答えると、なぜそこが? とさらに突っ込まれ、やがては答えに窮してしまうという、僕としてはとても不本意な状況が見えてしまうのだ。

どうしよう……と、困り果てていた僕だったのだが、そこで天啓と言ったら大げさすぎるものの、それに匹敵するようなインスピレーションが浮かんだ。

これまで遥さんにコクった先輩たちが、慎太や珈琲山荘おがわのマスターから聞いたように、なぜ秒殺で振られたのか、このシチュエーション下では文脈的に唐突すぎるけれど、ふいに理解できたのである。

先輩たちはたぶん、遥さんに「俺とつきあってください」といったように、ある意味単刀直入に、ある意味潔く、またある意味では古典的に、まともに交際を申し込んだに違いない。だとすれば、遥さんは躊躇《ためら》いなくノーの返事をするはずだ。自分のほうでもコクっている相手とつきあってみたい、と思っているのでない限り。

だから、先輩たちがいきなり本題に入らずに、「好きです」と告白しただけだったら、少なくとも秒殺だけは回避できたはずだ。おそらく僕の懸念通り、遥さんは「わたしのどこが好きなの？」と訊くだろうから。

たまには俺、冴《さ》えてる時もあるじゃん。

内心で自画自賛した僕は、遥さんの問いかけにはあえて答えずに、

「遥先輩」と名前を呼んだ。

「なに？」と遥さんが首をかしげる。

「そこのベンチでちょっと話をしませんか？」

海に面した公園のベンチを指さして言ってみた。

「うん、いいよ」

うなずいた遥さんがベンチのほうに歩いていく。

少しあいだを空けて隣に腰を下ろした僕は、遥さんが口を開く前に、

「遥先輩、自分のことを、変だよね、ってさっき言いましたけど、確かに変わってる

なとは思います。というか、不思議な人だなと思う、という表現のほうが正確かも
――」と言ったあとで、

「えーと、で、何が言いたいかというと、不思議だなと思うことは、どんな人なのか純粋に興味を惹かれることになるわけで、だから、遥先輩があんなふうに急に泣き出したのはなぜなのだろうという疑問が、今の僕の中では最大の問題なんですよね。だから、気持ち悪いとか、そういう感覚って、実際のところかけらもないんです。こんな説明でわかってもらえるかどうか、かなり心配なんですけど」と説明した。

暗い海を見つめるようにしてしばらく考える仕草をしていた遥さんが、

「ということは――」と言いながら顔を上げ、「匠くんって、わたしのこと、気持ち悪いとは思っていないんだ」と確かめるように僕の目を覗き込んできた。

「はい」

僕がうなずくと、

「そうかあ――」と漏らした遥さんが、僕の目から外した視線を再び海に向けて、

「それって、かなり嬉しいかも」と口許をゆるめた。

遥さんよりも僕のほうが何倍も嬉しいのは確かだ。

よかった、と安堵している僕に、

「匠くんの疑問への答え、話そうか」と遥さんが自分のほうから切り出した。

「いいんですか？　あの、話すのが辛《つら》いようだったら、無理しなくていいですけど」

「匠くんになら話してもいいかな、と思っただけだから、無理はしないよ」

思っただけ、というのも遥さんらしい素っ気なさだけれど、彼女の信頼を勝ち得たように思えていっそう嬉しい。

「じゃあ、お願いします」

僕が言うと、遥さんは、

「話は四年前の夏まで遡《さかのぼ》るんだけど——」と前置きをして、お兄さんの事故のことを話し始めた。

14

港の公園で遥さんと話をしてから二週間とちょっとが経過して、今週末からゴールデンウィークに突入というその日、僕は六時間目の授業をさぼって、遥さんとの待ち合わせ場所に向かっていた。待ち合わせというよりは、呼び出された、としたほうが正しいのだが。

五時間目の授業が終わった休み時間に、遥さんからのメールが僕の携帯電話に着信した。僕らが探していた箱の候補が見つかったみたいだ。この前、珈琲山荘おがわで会った早坂希《はやさかのぞみ》さんが、その箱のオーナーさんを紹介してくれるらしい。これからオーナーさんに会うので匠くんもすぐに来て、というメールだった。

ただし、今日の待ち合わせ場所は珈琲山荘おがわではなく錨珈琲のほうで、どうやらすでに遥さんは希さんと一緒にお店にいるようだった。ということは、少なくとも五時間目の授業からさぼったに違いないのだが、そういう部分、遥さんはあまり頓着しない。授業を受けるよりもそちらのほうの優先度が高かった、というだけなのだろう。で、僕も当然ながら右へ倣《なら》えとなるわけで、それ以外の選択肢は存在しない。

あれ以来、僕と遥さんの関係は普通だ。普通という言い方をすると、なにそれ？と突っ込まれそうだけれど、部活の先輩と後輩としての関係プラスそこそこ心を許せる友達みたいな、遥さんを好きになってしまった僕からしてみれば少々もどかしくはあるけれど、それなりに安定していてこれはこれで居心地は悪くない関係、とでも言えばいいだろうか。

いずれにしても、最初のころと比べると、僕はずっと深く遥さんを知るようになっていた。

初めて僕が遥さんと会った時、彼女が部室で描いていた油絵は、窓の外の風景ではなかった。遥さんが描いていたのは、北海道の牧場の風景だった。遥さんが一年間休学してアルバイトをしていた牧場だ。その牧場の牧場主が遥さんのお兄さんの事故の相手でもあるのだが、さらにそこは、遥さんのお兄さんの巧さんが、以前アルバイトをしていた牧場だったのである。

「実はね、わたしがバイトした牧場って、お兄ちゃんも働いていたことがある牧場なの」

最初にそう切り出された時の僕は、意味がうまく呑み込めず、かなりの間抜け面をしていたと思う。

高校生のころからバイク好きだった巧さんは、大学一年の夏休みに、初めて北海道ツーリングに行ったそうだ。

北海道を走り始めてから一週間ほどが経ったころだった。そろそろ懐が寂しくなってきたこともあり、二、三日中に帰りのフェリーに乗ろうか、と考えていたところでガス欠になってしまった。その時、立ち往生していた巧さんを助けてくれたのが、丹《たん》後《ご》牧場の牧場主である丹後さんだった。年齢は五十歳前後というから、僕や遥さんの両親とほぼ同世代だ。実際そのころ、丹後さんの家には地元の高校に通っている娘さんがいたという話だ。

そろそろ日が暮れる時間帯だったこともあり、よかったら今夜は家に泊まっていきなさい、と丹後さんに勧められ、巧さんは恐縮しながらも厚意に甘えることにした。

それがきっかけとなり、巧さんはそのまま住み込みで丹後さんの牧場を手伝い始めた。二週間ほどアルバイトをして稼いだお金をその後のツーリング資金に充て、夏休み一杯北海道を旅して帰ってきたという。

「お兄ちゃん、それですっかり北海道を気に入っちゃったみたい――」と言ったあとで、

「もしかしたら、丹後牧場の娘さんを好きになっちゃったのかも」と遥さんが微笑んだように、翌年も巧さんはバイクで北海道に渡り、途中、丹後さんの牧場で働かせてもらいながら、ツーリングを続けた。

さらに次の年の夏休み、巧さんは三度目となる北海道ツーリングに出発し、いつものように丹後牧場に向かっている途中で事故に遭った。その時の事故の相手、巧さんのバイクが突っ込んだトラクターを運転していたのが、偶然にしてはあまりにも皮肉な運命の悪戯でしかないのだが、巧さんが会いに行こうとしていた丹後さん本人だった、という訳である。

聞きながら、僕は言葉を完全に失っていた。比較的淡々と遥さんが話をしてくれたおかげで、必要以上に暗い雰囲気にはならなかったのがせめてもの救いだった。

しかし、なんて酷《むご》いことを神様はするのだろう。何もそんな形で遥さんからお兄さんを奪わなくてもよいだろうに……。

事故の相手を恨んだり憎んだりできるのならまだましだった……と、遥さんは暗い

仙河海湾に目を向けながら言った。それすらもできないなかで、遥さんは次第に心の平衡を欠いていった。自分では気づかないうちに泣いていてそれに驚く、ということが起きるようになったのも、そのころからだという話だ。

もちろん、心配した両親に連れられて、心療内科や精神科にも通ったらしいのだが、遥さんの状態はなかなか快復しなかった。

それが変わるきっかけになったのが、丹後さん本人の訪問だった。娘さんが仙台の大学に通うことになり、その引っ越しで仙台に来ていた帰り、巧さんの墓参りをするために、丹後さんは思い切って遥さんの家を訪ねた。

丹後さんに会った遥さんは、お兄さんが大好きだった北海道に自分も渡り、お兄さんが働いていた牧場で働き、お兄さんが見ていたもの、感じていたものを、自分も見たり感じたりしたいと、切実に思った。

最初、両親からは当然のごとく反対されたみたいなのだが、頑として譲らない遥さんについに根負けして、一年間の休学と北海道行きを許してくれたのだという。

そうして渡った北海道の大地と空と空気とそして人が、遥さんを快復させた。牧場の仕事は想像を絶するほど大変だったけれど、それがわたしにはちょうどよいリハビリになったみたい、と遥さんは小さく笑いながら語った。そして、珈琲山荘おがわのマスターが驚いたように、以前と変わらないくらい元気になって仙河海市に帰ってきた。

「ただ時おり、以前よりも頻度はずっと少なくなっているんだけど、何かがきっかけでさっきみたいに自分でも気づかずに泣いていることがあるの。たぶん、まだ完全には元に戻っていないんだと思う。それで匠くんを驚かせちゃった。でも、人前で泣いてしまったのって、こっちに戻ってからは初めてだったの。だからわたし自身かなり驚いているんだ。ごめんね、匠くん」

最後に遥さんはそう言って、僕に謝った。謝る必要なんか全然ないのに。むしろ、こんな僕に、ここまでのことを話してくれた遥さんには、ただただ感謝するばかりだ。

これで遥さんのすべてがわかったわけでは全然ないのだけれど、今の僕には十分だった。十分だったというのは変な言い方かもしれない。遥さんが語った内容は、色々な意味で決してマッチョとは言えない僕が受け止めることのできる限界ぎりぎりのものだった。そう言ったほうがより正確だろう。

ともあれ、これによって遥さんとの関係が少し落ち着いたのは事実だ。好きで好きで仕方がない、という熱に浮かされたような状態から、もう少し安定した感じとでも言えばよいのか、以前のような焦りは、いい意味で消えた気がする。

だから今の僕は、この関係を大切にしながら、少しずつ遥さんとの距離が縮まっていけばいいなと願っている。

でも、傍《はた》から見ていると、僕と遥さんの関係が確実に変わったように見えるみたいだ。

先週末、部活が終わったあとで慎太に訊かれた。

「匠、おまえさあ、もしかして遥先輩と付き合い始めてんのか?」あたりを憚《はばか》りながら声を潜めて、しかも、思い切り真剣な顔つきで。

もちろん僕は、

「別に、そんなことはないけど」と、事実を述べたわけだけれど、周りからそう疑われていると思うと、内心ではなかなか気分がよかった。優越感を覚えるとかそんな感じじゃなくて、何を言われたり訊かれたりしても余裕、という感じで。

遥さんが僕のことをどう思っているかは棚上げにしておくしかないが、何はともあれ、遥さんを好きになった歴代の男子のなかで、今の僕は最もいい線まで行っているのは確かみたいだ。

15

自転車を飛ばして港のそばの錨珈琲まで行ってみると、希さんと一緒に店内にいるとばかり思っていた遥さんは、中庭のテラス席で文庫本を読みながら僕を待っていてくれた。

桜の季節も終わりに近づき、そろそろ戸外のテラス席も心地よくなってくる季節とはいえ、日によってはまだまだ寒い。昨日の日曜日はこの春一番のぽかぽか陽気だったのだが、週が明けた今日は一転して気温が下がり、晴れてはいるもののかなり肌寒い。事実、テラス席にいるのは遥さんだけだ。

「寒いところで待たせちゃってすいません。二階に上がってもらっていてよかったのに。希さんも一緒なんでしょ？」

自転車を止めたあと、遥さんが手を振ってきたテラス席に小走りに駆け寄って言うと、

「空、晴れてるし、冷たい空気が気持ちよかったから――」と答えた遥さんが、

「それに、希さん、友達と一緒だから、匠くんが来るまで席を外すことにしたの」と付け加える。

「希さんの友達って、遥先輩も知っている人なんですか？」

「ううん。見たのは、わたしも今日が初めて」

そう言った遥さんが、文庫本を閉じて椅子から腰を上げ、

「じゃあ、上に行こっか」と僕を促した。

遥さんが「上」と言ったのは、中庭のテラス席以外の席はすべて建物の二階にある

からだ。一階部分は表に看板が出ている通り、コーヒー豆の焙煎所《ばいせんじょ》とお菓子の工房になっていて、いつも芳《かんば》しい香りが漂っている。

店内に入った僕らを見つけた希さんが、窓際のテーブル席から手を振ってきた。それと同時に希さんと同じくらいの年齢の女の人が席を立った。僕と遥さんに軽く会釈してお店から出て行く。

ずいぶん綺麗な人だなと、一瞬、後ろ姿に見とれてしまった。南坂町でスナックを経営しているという希さんも美人だけれど、また少し違ったタイプだ。ちょっと見、清楚《せいそ》で理知的な感じがするものの、それと同時にまったく正反対の妖《あや》しい色気を隠しているような、不思議な雰囲気を持った人だった。

カウンターで飲み物をオーダーしてから僕と遥さんが席に着くと、

「匠くん――」と僕の名前を口にした希さんが、

「さっき、彼女に見とれてたでしょ。ダメだよ、自分の彼女の前で他の女の人に見とれちゃ」たしなめるように言った。

「わたしたち、つきあってないですよ」

冷静な口調で言った遥さんに、

「あら、そうなの？」と眉を上げた希さんが、

「どう見ても、お似合いのカップルなんだけどなあ、あんたたち」僕らを見比べなが

ら微笑んだ。

「お似合いですか？　わたしたち」

「うん」

「どんなところが、なのかな」

「背丈のバランスもちょうどいい感じだし。何より、そうして並んでいて自然」

「そうですか？」

「うん。余計な緊張感が漂ってこない」

「確かにわたし、不思議なことに、匠くんといても全然緊張しないんですよねえ。わりと男の人には身構えるタイプなんですけど」

「遥ちゃん、そんなことまともに言ったら匠くんが可哀相《かわいそう》」

「え？　何でですか？」

まあいいや、という具合に希さんが肩をすくめたところに、僕と遥さんがオーダーした飲み物が運ばれてきた。

「ところで希さん。さっきのお友達って同級生か何かなんですか？」

遥さんが希さんに尋ねた。僕と同様、さっきの人がどんな友達なのか、かなり気になっていたみたいだ。

「そうだよ。中学の時に同じ学年だったの——」と答えた希さんが、

「といっても、そのころは話をしたこともなかったんだけどね。あたしがこの街に戻ってきてから偶然再会して、それから仲良くなって、今では、うーん、親友みたいなものかな」と説明した。

「ほんとなんですか？」

　遥さんが少し驚いたように言う。

「ほんとなんですかって、何が？」

「希さんと親友というのが」

「うん、まあ――」とうなずいた希さんが、

「どうしたの？　腑《ふ》に落ちない顔しちゃって」と遥さんに尋ねる。

「とても綺麗な人ですけど、なんか、希さんとは全然タイプが違うというか、合わない気がして」

「相変わらずはっきりしてるねー」と笑った希さんが、

「でも、共通点が何もないからいい友達になれるってこともあるんだよ」僕から見ていると大人の余裕を漂わせて言う。

「そうなんですか」

「そういう場合もあるってこと」

「何をなさっている方なんですか？」

「今は美術館の学芸員」

「じゃあ、上の美術館に？」と言って、街の西側にある山並みのほうを指さした遥さんに、

「そうだよ。今日は月曜日だから美術館はお休み。それで久しぶりにお茶してたわけ」と答えた希さんが、

「それより、本題に移らなくちゃね——」僕のほうを見たあとで、

「すぐに二人を呼ぶからちょっと待ってね」と言って携帯電話を手にした。

「オーナーさんって二人なんですか？」

そう尋ねた遥さんに、

「片方はあたしの同級生で、もう片方がオーナーさん。今回の話に二人とも関係しているから同席してもらうことにしたわけ」と説明した希さんが、携帯電話のボタンをプッシュし、口許を手で覆いながら小声で何かしゃべった。

一言か二言、しゃべっただけで携帯を畳んだ希さんが、

「すぐに来るって」と微笑んだ。

その言葉通り、三分も待たないうちに、希さんがお店の出入り口のほうに向かって手を挙げた。

遥さんと一緒にそちらに目を向けた僕は、思わず腰が引けそうになった。

どう見てもプロレスラーにしか見えないような威圧感たっぷりの男の人が二人、僕らのいるテーブルに向かって店内を横切ってきたのである。

恐ろしげな姿にびびりまくりの僕だったが、希さんの紹介でそれぞれ挨拶を交わしてみると、二人とも強面《こわもて》の見た目とは違って話しぶりが面白く、優しい人たちだった。

巨漢と言うより巨人と言ったほうがいいような小野寺靖行《おのでらやすゆき》さんは、さっきの女の人と同じく中学時代の希さんの同級生で、この店、錨珈琲のオーナーさんだった。それがわかったところで、そういえば、と思い出した。靖行さんがお店に立っている姿は見ていないのだが、一階の焙煎室でコーヒー豆を焙煎しているところを何度か見かけている。

もう一人、希さんや靖行さんのちょうど十コ上の先輩で、磯浜《いそはま》水産という魚屋さんの社長だと紹介された遠藤遼司《えんどうりょうじ》さんのほうは、この肌寒さだというのにTシャツ一枚で、背丈はそれほどでもないのだけれど、着ているTシャツから覗いている二の腕が尋常な太さじゃなかった。

その腕に思わず視線が張り付いていると、

「遼ちゃん、アームレスリングやってたから」と教えてくれた希さんが、

「やっちのほうはラガーマン」と付け加えた。

どちらに対しても愛称で呼んでいるところを見ると、三人ともずいぶん親しい間柄

みたいだ。というか、あらためて確認してみると、僕以外の四人は、遥さんを含めて全員が仙河海中出身だ。こういう時って、なんとなく無意味にアウェイ感を覚えてしまう。

とはいえ、話をしているうちに次第に緊張が解けてきた。昔はずいぶんやんちゃだったらしい遼司さんが、自分の中学時代に他校生と決闘した話を面白おかしく披露して、全員がひとしきり笑い転げたところで、

「このまま遼ちゃんにしゃべらせておくと日が暮れちゃうから、そろそろ本題に入るわね」と口を挿《はさ》んだ希さんが、

「この二人には、わたしのほうからもある程度の話はしてあるけど、匠くん、あらためて説明してあげて」と僕を促した。

はい、とうなずき、この前珈琲山荘おがわで啓道さんたちに話した内容をあらためて説明する。

遥さんが僕の話にいくつか補足をして、一通り説明が終わったところで、

「なるほどね。うん、よくわかった」とうなずいた靖行さんが、ライブハウスの候補になりそうな物件について、現状を教えてくれた。

その建物自体を、実は僕もしょっちゅう目にしていた。というより、さっきも、ここまで乗ってきた自転車をその建物の壁に立てかけている。今僕たちがいる錨珈琲の

隣に建っている、今は使われていないかなり大きな蔵、つまり土蔵がそれで、その蔵と土地の所有者が磯浜水産の遼司さん、というからくりだった。

その蔵を利用して錨珈琲の店舗を拡張する計画を進めようとしているところだったという。つまり、靖行さんが経営する錨珈琲のアネックス版的な拡張店舗の大家さんが遼司さん、という構図になる。

で、単なる拡張ではつまらないので何か面白い店舗にできないかと、靖行さんと遼司さんが思案していた。それを希さんは知っていたので、こんなことを考えている高校生がいるのだけど会ってみる？　と打診してみた結果、今こうして、三人の大人と二人の高校生が一つのテーブルを囲んでいる、という経緯である。

靖行さんも遼司さんも、この街にライブハウスを作りたいという僕の提案自体には、それは面白そうだ、と賛成してくれた。とはいえ、もちろんそれでとんとん拍子に話が進むわけじゃない。

「実際、どう思う？」

遼司さんに訊かれた靖行さんが、うーむ、と腕組みをして、ちょっと難しそうな顔になる。

「最大の問題は、純粋なライブハウスの経営は、この街の人口や現状だと難しいということだね。どう計算しても、それだけじゃ回っていかないな」

「やるなら、おまえの店との抱き合わせで行くしかないだろ。通常はコーヒーショップでライブの時にはライブハウス。案外、受けるかもよ。それに、あの蔵、二棟続きになっているだろ。奥の小さいほうは、練習スタジオとか楽屋に使えるんじゃないか」

「遼司さん、もしかして俺よりも乗り気？」

「せっかく若者が頑張ろうとしてるんだからさあ。大人の俺らがある程度応援してやらないと」

「またまたあ。遼司さんはうちから家賃を取ればいいだけだから簡単に言うんでしょ。実際に経営するのは俺なんすよ」

「おまえの経営センス、俺は買ってる」

「あ、そんなこと言って遼司さん。希の頼みだから甘くなるんでしょ」

「それはある」

「遼司さーん」と苦笑した靖行さんが、真顔に戻って言う。

「蔵を利用したライブハウスって確かに付加価値があるし、それほど大掛かりな防音工事もなしで行けそうだから、希が目を付けたのは、うん、着眼点としてはいいと、俺も思う。けどさ、初期の設備投資の額が半端なく跳ね上がるのは事実だからなあ。そう簡単にはうなずけないのも確か。遥ちゃんと匠くんの、この街に新しい音楽文化を根付かせたいという熱意は俺も応援したいんだけどさ。現実問題として果たしてどこまで可能かとなると、かなり難しいだろうなあ」

「やっち、話が振り出しに戻ってる」

希さんに指摘された靖行さんが、

「確かに――」とうなずいたあとで、

「実際のところ、匠くんが考えているライブハウスのイメージがいま一つつかめていないんだよね。俺、その手のライブハウスの実物って見たことないし。遼司さんはあります？」腕組みをしたまま、隣の遼司さんのほうに身体をねじった。

「昔のディスコやクラブならあるけど、それとは違うの？」

遼司さんに訊かれた僕が、テレビドラマで見たことのある映像を思い出しながら、

「ちょっと、違うと思います」と答えると、

「匠くんと遥ちゃん、蔵の中、見てみるか？　ブレーカーを入れれば電気は点《つ》くから」と遼司さんが僕と遥さんに言った。

「見せてもらえるなら、ぜひ」

遥さんが答えると、

「よし。それじゃあ、鍵は持ってきてるから、これからさっそく見に行こう」と言って遼司さんが立ち上がった。

そうして内部を目にすることになった蔵を、僕はいっぺんで気に入ってしまった。踏み込んだ瞬間、ここで演奏ができたらどんなに気持ちいいだろうと、バンドで演奏している自分の姿が明確にイメージできた。

この辺にエスプレッソマシンを置いて、だとか、ここが受け渡しカウンターで、だとか、テーブル席は何席の予定で、などと、現状で描いている店内のイメージを靖行さんが説明してくれたのだが、それらの設備を配置しても、フロアには十分な広さがあった。移動が可能なテーブルを置いてもらうという条件付きではあるものの、最も奥にステージを設置したとして、フル編成のバンドが演奏できる広さは確保できそうだ。一方、フロアのほうは、小さめのスツールを置いて三、四十人、スタンディングで七、八十人くらいのお客さんを入れてのライブなら、十分に開催できると思う。

「いいなあ、この空間。凄く素敵」

僕の隣で遥さんが感嘆の声を漏らした。その遥さんの手を握って振り回したくなるくらい、僕もまったく同じ感想を抱いている。

「匠くんと遥ちゃん。二人ともその顔、ここがかなり気に入ったみたいだねー」

希さんに言われた僕は、一も二もなくうなずいていた。

その様子を見ていた靖行さんが、

「よし、わかった。それじゃあ、店に戻ってもうちょっと具体的に検討してみよう。

幸い、まだ設計変更は可能だし」と言って、僕の肩を叩いた。

ありがとうございます、とお礼を言いながらも、やっぱり問題は資金だよなあ、とあらためて考える。

ライブハウスとしての設備をどの程度整えるかで、必要なお金がだいぶ違ってくる。実際にどれだけ費用がかかりそうか、この二週間のあいだに、僕なりにあれこれ調べていた。結論としては、最低限の機材を揃えるのでさえ、高校生の財力ではどうなるものでもない、というところに落ち着くしかなかった。

なので、やっぱり夢物語に過ぎないかな、と半ばあきらめかけていた僕だけれど、箱の候補となるあの蔵を実際に見てしまった今、何とかして実現できる方法はないだろうかと、これまでとは比べ物にならないくらい懸命になって考えを巡らせていた。

16

かなり突然で唐突だと、どうしても類語を重ねたくなる話なのだが、季節が飛んで夏休みに入った初日、僕は北海道にいた。実際には突然でも唐突でもないのだけれど、ここに至った経緯は別として、とにかく僕は、深い感嘆とともに生まれて初めて北海道の大地に立っていた。

いや、まさに大地と呼ぶに相応《ふさわ》しい光景が、駅舎を出た僕の目の前にはあった。駅前には一応街並みが広がっているものの、高い建物がないので、はるか彼方の山並みや地平線まで見渡せる。

十勝《とかち》平野が広いことを知識では理解していた。テレビやパソコンで映像も見ている。けれど、実際に身を置くのとそうでないのとでは、如実に違うものがある。

一言で言うなら、とにかく空がでかい。こんな大きな空を見たのは生まれて初めてだ。

などと言ったら、仙河海市で暮らしているおまえは、いつも海と一緒に広い空を見ているだろう、と突っ込まれそうだ。しかし二重の、いや、三重の意味でそれは違っている。

僕らがいつも見ている仙河海湾は、大島《おおしま》や唐島《からしま》半島で囲まれている全長十キロメートルあまりの、いわゆる内海《うちうみ》だ。島や半島の稜線《りょうせん》が手の届きそうなところを横切っているので、空は決して広くない。

あるいは、僕の家がある条畠中の学区は、旧国道を挟んで内陸側に位置している。したがって、その界隈《かいわい》で生活していると、わざわざ出かけて行かない限り、海そのものがまったく見えない。その上、リアス海岸の特徴の通り、海と反対側には山並みが連なっている。つまり、空は全然広くない。という以上に、まるで山間《やまあい》の村や町にいるみたいに、実際の日没時刻以上に早く日が沈むのがいつものことだ。

太平洋をまともに臨むためには街の中心部から離れて、目の前の大島が途切れる瀬《せ》の波《は》多《た》地区あたりまで南下しなければならない。たとえばその地区の岩根崎《いわねざき》から眺める太平洋は、確かに広くて大きい。しかし、なぜか海と対になっている空を、ここまででかいと感じたことはなかった。

なぜだろうと、十勝平野の空を眺めながらしばらく考えているうちに、そうか、と原因に思い当たった。

真っ平で何もない水平線の上にある空は、比較の対象がないために何となく海と繋がって一体になっているように見える。だから、明確に「空だ」と意識して見ていないのだと思う。ところが地平線と接している空は、遠い山脈の連なりや平原でくっきりと切り取られている。たぶんそのせいで、空の印象が意識に強く迫ってくるのだろう。しかもそれが、三百六十度のパノラマとなって自分の周囲に広がっている。佇《たたず》んでいるだけで開放感一杯のこのシチュエーションは、リアスの街の仙河海市では、確かにあり得ない。

そして空が綺麗に晴れ渡り、絵本に描かれるような綿雲があちこちに浮かんでいるのも、空を大きく感じさせる一因になっているのは確かなようだ。

こんな天気のよい日に渡って来ることができた北海道を、僕はいっぺんで好きになってしまった。遥さんのお兄さんが、夏の北海道に毎年通っていた気持ちがわかる気がする。バイクに乗ったことのない僕でさえそう思うのだから、この大きな空の下をバイクで走ったら、どんなにか気持ちよいことだろう。

などと感慨に浸っている場合じゃなかった。なぜ僕が北海道の、しかも十勝平野の真ん中の小さな駅舎の前にいるのか、である。

17

希さんの紹介で靖行さんと遼司さんに会ったあと、ライブハウスの実現に向けて最初の一歩は踏み出せたものの、クリアしなければならない問題は山積みだった。

最初にぶつかったのは、法律関係の問題。高校生の僕にはさすがにそこまで頭が回らなかったのだが、本格的なライブハウスとなると、消防法をはじめ、そもそもお店の形態を興行場にする必要があるかもしれないなどといった、開店申請に際して面倒なことが次々と出て来るみたいだ。

みたいだ、なんて他人事のような言い方になってしまうのは、このあたりのことは、靖行さんが一手に引き受けてくれたからだ。いつの間にか、靖行さん自身がライブハウスに強い興味を持ったみたいで、知り合いの行政書士さんに相談してみたり、商売の伝手《つて》を使って仙台でライブハウスをやっているオーナーさんに連絡して話を聞いてみたりと、僕らのためにあれこれ骨を折ってくれたのである。

結論としては、僕らが考えている程度の箱であれば、飲食店としての形態でオーケー、ということになったようだ。でなければ、何も進展していない段階で頓挫《とんざ》することになっていただろう。

ともあれ、最初の問題がクリアできたことで、いよいよ費用面の検討に移ることになった。

そこで僕は、この街で商売をやっている大人のネットワークは凄いなと、あらためて感心することになる。

まずは、改装工事を依頼する予定の工務店に靖行さんが相談してみたのだが、さすがに音響関係のノウハウは持っていなかった。そこで人脈の威力が発揮されることになった。

靖行さんの同級生にこの街でフォトスタジオを経営しているカメラマンさんがいるのだが、その妹さんがシンガーソングライターさんで、彼女のマネージャーさんを通して仙台にある音響設備会社の社長さんを紹介してもらい、その社長さんに実際に蔵を見てもらってあれこれアドバイスをしてもらった、という次第である。

その結果、蔵自体の改装費用だけで二割増し近い金額になりそうなことが判明した。

最も懸念されたのは音の問題だったのだが、防音に関しては、元々が壁の分厚い土蔵であるのと隣近所に民家がないため、大きな追加工事は必要ないだろう、ということになったのは幸いだった。そのかわり、漆喰《しっくい》の壁のままだと音の反響が強すぎるのが明らかなため、内装材を吟味する必要があった。加えて電源の問題が出てきた。本格的なライブハウスではないとはいえ、家庭用に毛が生えた程度の電源では十分に対応できない。それ相応の容量の電源を確保しておく必要があった。一方で、照明についてはステージの周辺に光量の調整できるダウンライトを何個か追加してもらうことで済ますことにした。

そうした追加費用を計算してみると、当初の予定の二割増しという数字が弾《はじ》かれたのだが、そこまではぎりぎり許容範囲かな、というのが、靖行さんが出した結論だった。そこまでは、というのは、ＰＡをはじめとした演奏に必要な機材は、僕らが自分たちで何とかしなくてはならない、ということである。

そこで一度、ライブハウスの計画は暗礁に乗りかけた。先立つものがないのだから当然である。

しかし、すっかり途方に暮れてしまった僕と違って、遥さんはあくまでも前向きだった。

「ドラムセットはわたしのうちのを提供できるよ。ＰＡの問題はとりあえず後回しにして、市内の軽音部に呼びかけてみない？　ギターアンプとかベースアンプだけじゃなく、何でもいいから提供できる機材を誰か持ってないか、訊いてみようよ」

どうやって訊くわけ？　という僕の質問に遥さんは、

「企画書を作って、一校一校回ってみればいいじゃない――」と当たり前のように言ったあとで、

「あ、そうだ。楽器屋さんにも頼んでみようよ。在庫処分で安く譲ってもらえる機材があるかもしれないし、ちゃんとしたものなら中古品でも問題ないよね」と付け加えた。

遅れをとっちゃまずいと思った僕は、

「ネットオークションを利用するのもありかもしれないですよね」と言ってみた。案外いい思いつきだと思ったのだけれど、それに対して遥さんは、うーん、と難しい顔をした。

「ネットオークションはやめたほうがいいと思う」

「どうしてですか？」

「掘り出し物に当たる確率がないとは言えないけど、ジャンク品が多いはずだよ。いくら安くても、すぐに使えなくなったり故障してばかりいたんじゃあ、かえって問題。自宅用ならそれでもいいけど、ライブハウスで使うとなると、たとえ中古品でもしっ

かりしたものじゃなくちゃ」

「ですよねえ」あっさり同意してしまう自分が少々歯がゆくなり、

「だったら、オークションは避けて普通にネットで中古品を探してみるのは？」と食い下がってみた。

「そうねえ、それはありだと思う。でも、まずは手間のかかるほうからやってみようよ。それでいいものを安く、あるいはただで譲って貰《もら》えたりしたら、そのほうがいいよね」

「確かに」と答えながらも、その時は若干億劫がっている僕がいた。ネットで済むならネットで済ませちゃったほうが楽でいいじゃん、という一種の症候群みたいなものに罹《かか》っているのが現代の僕らなのかもしれない。

そういう意味では、遥さんは古典的ともいえる行動力の持ち主かもしれない。そして僕は、そういう遥さんの爪の垢《あか》を煎じて飲んだほうがいいようだ。

というのも、実際に企画書を作って市内の高校や楽器屋さんを回ってみると、宙夢の高校の先輩がマーシャルのギターアンプを提供してくれることになった。それを筆頭に、灯台下暗しの格言通り、うちの軽音部の先輩のお兄さんから、今は使っていないというフェンダーのアンプを譲ってもらえることになった。どちらもチューブアンプ、つまり真空管を使ったアンプで、性能的には十分である。その二台のギターアンプのほかにも、マイクスタンド五本とマイクが六本にキーボードスタンドが一台、モニター用のスピーカーが一台、あちこちから集まった。

キーボード本体はバンドが自前の機材を持ち込む場合が多いので、あってもなくても可だったのだが、とりあえずローランドの六十一鍵のキーボードが調達できた。鍵盤数が少ない型遅れとはいえ、出せる音色の種類が豊富なのでライブ演奏にも十分に使えるものだ。

さすがにベースアンプは簡単には見つからなかった。恭介もそうだったが、高校生でベースアンプまで持っている奴なんか、めったにいるものじゃない。しかしこれも、ダメモトで最後に足を運んでみた楽器屋さんが、自分の家にある中古のベースアンプを譲ってくれることになった。これに遥さんのドラムセットが加われば、常設用の演奏機材はとりあえず揃う。

案ずるより産むが易《やす》しというのはこのことだと、その結果に僕は少々驚いていた。実際に会って話をしてみると、靖行さんや遼司さんと同じように、楽器屋さんをはじめとした誰もが、この街にライブハウスを作ってロックフェスを開催したいという僕らの企画を応援したがっているみたいなのだ。

その段階で、最小限の機材でのライブハウスの実現が、とりあえず可能にはなった。大きさ的には、生音のドラムでもそれなりに聴ける演奏が可能な会場ではある。つまり、部紹介の際に演奏した時と同じように、ドラムは生音、ギターとベースはアンプからの音を直接出して、ボーカルとキーボードは簡易PAから出力するというスタイルだ。体育館よりはずっと狭いステージなので、そのスタイルでも案外いい感じで演奏できるのではないかと思えた。その程度のPA機材であれば、夏休みにめいっぱいバイトをすれば手が届かないこともない。

とりあえずはそのレベルの機材でスタートしてみたらどうだろう、と僕が提案してみると、だったらその前に試してみようよ、と遥さんが言った。

「試すって、どうやって？」

「うちの学校のPAを他の機材と一緒に蔵に持ち込んで実際に演奏してみるわけ。蔵の改装工事はまだ始まっていないから、遼司さんに頼めば使わせてくれるんじゃないかな」

「機材の搬入、けっこう大変だと思うなあ」

「うちの部員に声をかければ人手は集まる」

「それにしても、リヤカーでも借りて運ぶしかないですよね。けっこう距離がありますけど」

「それくらいの労力を厭《いと》うようじゃ物事は前に進まないよ」

「それもそうですよね」

ということで、土曜日と日曜日を利用して、それを実行してみた。演奏は慎太のバンドに任せて、僕はＰＡのオペレーターに専念した。といっても、生音のドラムの音量に合わせてＰＡを通したボーカルとキーボードの音のバランスを取り、ギターアンプとベースアンプの音量を演奏者に指示するくらいの仕事なのだが、案外、その場を仕切っている気分に浸れて面白かった。

で、実際に試してみた結果はというと、そのスタイルでの演奏は不可能ではないけれど、満足できる状態には遠い、というものだった。

演奏する側の問題としては、予想はしていたのだが、ドラムが一番難しいことがあらためてわかった。スピーカーをドラムの背後に置かないと、ボーカルとキーボードの音が自分の出す音に消されて、上手く聞き取れないのだ。ところが、その位置にスピーカーを設置すると、今度は聴く側に問題が出てくる。ドラムセットの背後から音が出るため、ボーカルがどうしてもクリアに聞こえないのである。練習で合わせるだけなら問題はないレベルなのだが、お客になった立場で聴いてみると、けっこうなストレスになる。

やっぱりモニタースピーカーは必要だということになり、学校と蔵のあいだを往復してドラム、ボーカル、キーボード用に、モニターを三台搬入した。その上でスピーカーの位置を本来あるべきステージ袖にセッティングし直して演奏してみると、だいぶよくなった。

演奏しやすいとは決して言えないものの、これで何とかいけるんじゃないか、と慎太やバンドメンバーはうなずきあった。しかし、僕としては、どうしてもこれでいいとはうなずけなかった。

ＰＡ側のミキサーでミックスしていない演奏なのだから仕方がないと言えば仕方がないし、このくらいが限界というか妥協点ではあるのだが、演奏の音自体がガシャガシャして耳障りな成分が多い。特に、ドラムが生音のまま壁に反響するので、シンバル系の音が耳障りだ。内装工事が施されればだいぶましになるかもしれないが、それでも限界はある。

こういう場合、イコライザーでよけいな音を抑えるとか上手く調整してやればよいのはわかっている。しかしそのためには……と、その時の僕は、よほど難しい顔をして考え込んでいたのだろう。

「やっぱり満足できないの？」

遥さんに訊かれた僕は、正直な意見を口にした。

「文化祭とか、内輪で盛り上がればいいって話ならこれでもオーケーだと思うんですけど、そうじゃないお客さんに演奏を聴いてもらうとなると、この音では申し訳ないというか悪いというか……」

「そうかなあ。そこそこいい感じだと俺は思うけど」

そう言った慎太に、

「いや、やっぱり全部の楽器の音を拾ってミックスしたほうが絶対によくなる。それにこのスタイルでのセッティングだと、バンドが替わるごとに音量のバランスを取るのが、かえって大変だし」

そう僕が言えるのは、やっぱり仙台のちゃんとしたライブハウスでの演奏経験があるからなのだが、そこまでハードルを高くすると、今度はやっぱりお金の問題に行き当ってしまう。

「匠くんの思い描く理想のイメージってどんな感じなのかな。具体的にどうしたらいいのか話してみて」と遥さんが促した。

「えーと、色々調べたり、それなりに勉強したりしてみたんですが、結局は入力のチャンネル数の問題なんですよね。まず、ドラムの音を拾うには、最低五本のマイクが必要です。ギターアンプ用に二本。ベースはラインで直接取ってもいいんですけど、ラインと同時にマイクでも拾ったほうがベターだと思うのでそれで一本。ボーカルマイクが、一応、最低でも三本くらい。アコギが入ってマイクで音を拾わなくちゃいけない場合を考えると、それ用にさらに一本か二本。これだけでも必要なマイクは軽く十本を超えちゃいますよね。で、全部の楽器をミックスしてメインスピーカーから出すとなると、それに対応できるチャンネル数のミキサーとそこそこパワーのあるアンプが必要だし、スピーカーもサブウーファーがないと低音が痩せていい感じに聴こえないしで、結局、どんどんPA機材にかかる費用が膨らむわけで……」

「実際、どれくらいかかりそうなんだよ」

慎太がじれったそうに口を挿む。

「上を望めばきりがないけど、できるだけ安く済ましても、うーん、たぶん最低でも五、六十万。いや、なんだかんだ細かいものも必要になってくるから、総額で百万円近くになってしまうかも」

「げげっ」

慎太がカエルの潰れたような声を出す一方で、

「それで済んじゃうの？」と遥さんが意外そうに言った。

「何百万円もかかるのかと思っていたんだけど、そんなもん？」

「本格的なライブハウスのPAとなればそうですけど、この箱で演奏するのなら、それくらいの予算でもどうにかなると思います。機材そのものが昔よりも相対的に安くなっているらしいから」

とはいえ、簡単に捻出できるような金額ではないのは明らかだ。

「匠くん」

遥さんがあらたまって僕の名前を呼んだ。

「はい」

ちょっと畏《かしこ》まって返事をすると、遥さんは、

「匠くんとしては実際どうなの？　今日のような簡易的なＰＡで妥協できるの？　それともできない？　どっちなの？」最終的な判断を僕に迫った。

迫った、というより、結論を出すのを任せてくれた、と言ったほうがいいのだろうけど、こういう時の遥さんはちょっと怖い。曖昧な返事をしたら絶対にまずい。

僕は、つかの間考えてから、覚悟を決めた。

「妥協はできないですね。今日のスタイルで妥協するくらいなら、ライブハウスは作らないほうがいいです」

あーあ、言ってしまった。これはほとんど諦めようと言ってるのと同じだよなあ、やっぱり無理な話だったんだよなあと、自分で言ったくせに落ち込んでいると、遥さんが明るい声で言った。

「じゃあ、夏休みにバイトしたお金をみんなで持ち寄ろう」

え？

は？

居合わせた面々が顔を見合わせた。

「うちの軽音部に限らず、この企画に賛同してくれる生徒に呼びかけて、夏休みにアルバイトをしてもらうわけ。もちろん自由意思でよ。そこからいくらでもかまわないから協力してもらえれば、百万円くらいなら集まるかも」

「うーん、そんなに簡単にいきますかねえ」キーボードの佳奈が眉根を寄せた隣で、

「それだったら、カンパで集めたほうが手っ取り早くないですかね」と慎太が口にし、さらにその隣で、指の骨折が治ったばかりの亮太郎が、

「カンパって言うと聞こえが悪いから、協賛金とかそういう名目にしてみたらどうかな」と提案する。

「そうはしたくない」

思いのほか強い口調で遥さんが言った。

「額に汗して働いて得たお金のほうが貴重だし、価値があると思う。そのほうがこっちも大切に使える。単なるカンパだと、相手に無理強いするみたいになっちゃうし、こっちはこっちで恵んでもらうみたいな感じで嫌。本当に賛同してくれる人以外のお金は、わたしは要らない」

一度こうなってしまった遥さんを変えるのは、ほぼ不可能だ。それは僕だけじゃなく、ほかのメンバーも十分に承知しているみたいで、

「遥先輩がそう言うのなら」と、互いにうなずき合う。

「匠くんもそれでいい？」

遥さんに訊かれた僕は、

「もちろんです」と即答した。

僕自身は遥さんの話を聞きながらまったくその通りだと思っていたので、偽りのない即答だった。実際、この夏休みのバイト代をすべて注ぎ込もうと考えていたし。

というわけで、僕と遥さんはその翌日、錨珈琲まで足を運び、この話を靖行さんにしてみた。

靖行さんによれば、ライブハウス用に変更するにしてもしないにしても、蔵の改装工事自体は秋からスタートする予定とのことだった。なので、時間的には滑り込みセーフで間に合う。

三人で相談した結果、夏休みが終わった段階であらためてミーティングをして、そこで最終的な結論を出そう、ということになった。簡単に言えば、百万円の資金が集まったらゴーサイン、集まらなかったらライブハウスの計画自体を潔くあきらめる、ということだ。

これは大変なことになったぞ、と思う反面、期限が切られた明確な目標が設定されたおかげで、どこかすっきりした気分に、僕はなっていた。何かにつけ何となくぐずぐずする、というケースが多いのが今までの僕だった。ネクストのリーダーをしていたころは、自分ではかなり計画的なつもりでいたのだけれど、それはあくまでも恭介や宙夢よりはまし、という程度のことだったと、いまさらながら振り返って思う。

それじゃあそれぞれ頑張って、と言い残して靖行さんが仕事に戻ったあと、カフェ・ラテのお代りを注文した僕と遥さんは、今後のことを具体的に相談し始めた。だいぶ遠回りになってしまったけれど、ある意味、そこで僕の北海道行きが決まることになった。

きっかけは、夏休みのアルバイトの話だった。仙河海市は総人口が七万人程度の田舎町にすぎない。夏休みに高校生ができるアルバイトとなると限られている。

「遥先輩、受験生なのに夏休みがバイトで潰れてしまって大丈夫なんですか」

少し心配しながら僕が訊くと、

「大丈夫よ」あっさり答えた遥さんが、

「匠くんはバイトの当てがあるの?」と尋ねた。

「俺、前からガソリンスタンドでバイトしてますから」

「へえ、そうだったの」意外、というように遥さんが眉を上げる。

「はい」

「バイトは夏休みだけ?」

「いや、特別な用事がない限り、普通の土日なんかも」

「匠くんって、見かけによらず勤労少年なんだね。見直しちゃった」

「バンドの活動資金が必要だったんで」

「時給はいくら？」

「八百円です」

「ということは、フルに八時間働いて一日で六千四百円か」

「そうです。だから、えーと……」携帯電話の電卓を表示させて、

「夏休み中、実質二十五日間働いたとして十六万かあ――」とキーを叩きながら言ったあとで、

「コンビニよりは時給がいいんですけどね。でも、もうちょっと稼げるバイトがないかなあ。協力してくれる奴らがどれだけ集まるかわかんないし、バイト先そのものがそう多くはないですからねえ――」と肩をすくめ、

「こうなったら、バイトの掛け持ちでもしようかな。といっても、高校生じゃあ居酒屋とかは雇ってもらえないだろうし、やっぱり掛け持ちは難しいかなあ」などとぶつぶつ愚痴っていると、

「日給が八千円の仕事ならあるよ」と遥さん。

「えっ、マジですか？」

「うん。わたしはそこでバイトする予定だから」

「それ、何のバイトですか?」

「牧場のバイト」

「は?」

「北海道の丹後牧場」

その答えで合点がいった。

「あ、なるほど……」

「夏休みいっぱい頑張ってバイトすれば、二十万くらいは稼げるよ。去年もそうだったから」

「遥先輩、去年の夏休みも北海道でバイトしてたんですか?」

「うん」

なぜ? と訊くのも遥さんが相手では野暮な話になりそうなので、

「俺も雇ってもらえるかな?」冗談のつもりで訊いてみると、

「匠くん一人くらいだったら、早いうちに応募すれば大丈夫だと思う。けっこう大きい牧場なんだ。常時スタッフを募集しているくらいだし、乳牛を飼っているだけじゃなく、畑も手広くやってるの。ちょうど小麦やスイートコーンの収穫時期だから人手が欲しいはずだし、何なら、わたしからお願いしてあげようか」と、勝手に話を進め出した。

「あ、あの、ちょっと待ってください」

「なんで？」

「あまりに急な話だし、北海道、実際遠いし……」

「じゃあ、やめとく？」

そこで僕は、真剣に考え始めた。

真っ先に頭に浮かんだのは、それだったら夏休みのあいだ、ずっと遥さんのそばにいられるという、これ以上いったい何を望めようかという、夢みたいなシチュエーションだった。

それだけでもうほとんど乗り気になってしまった僕だったが、さすがにそこで意識を現実に引き戻し、具体的な検討をし始めた。何を、というのは、もちろんお金のことだ。

「ちょっと質問していいですか？」

「うん、何でも訊いて」

「牧場のバイトって住み込みなんですよね？」

「わたしはそう。大学生のアルバイトさんや長期のスタッフさんなんかは町営の住宅をあてがわれるけど、匠くんは高校生だから、住み込みになると思う。たぶん、変な悪さをしないように監督する意味が大きいんだと思うけど」

そう言って微笑んだ遥さんに、

「食費はどうなっているんですか？」

「ただだよ」

「三食全部？」

「そう。というより、その辺も差し引いてのお給料のはずだよ」

ガソリンスタンドのバイトだと、どうしても昼食代が必要になる。母さんに頼んで家から弁当を持って行ってもよいのだが、親離れしていないように思われるのがいやで、いつもコンビニ弁当にしている。すると、どんなに安く済ませても飲み物込みで四百円にはなる。だから、実質的な日給は六千円ちょうどくらいの計算だ。牧場の日給との二千円の差は大きい。

それはよいのだが一番の問題は……。

「えーと、北海道までの旅費は自己負担なんですよね」

「それはそう」

やっぱり、そう甘くはなかった。

「丹後牧場って、北海道のどこにあるんですか？」

遥さんから町の名前とＪＲの最寄《もよ》り駅を教えてもらった僕は、携帯に入っているアプリで仙河海からの旅費をチェックしてみた。

表示された結果を見てがっかりする。

「ＪＲでも往復で五万円はかかっちゃいますねえ。飛行機だともちろんそれ以上かかるだろうし、それだと、手元に残るお金がガソリンスタンドと同じか、むしろ少なくなってしまう。やっぱりダメかあ」

本心はまったく違っていた。結果的にバイト代が少なくなろうとも、遥さんと一緒にいられるほうを選びたい。けれど、その理屈はたぶん遥さんには通用しない。

「そうだね。旅費で赤字になるんだったら、わざわざ行く必要はないよね」

そんな結論をあっさり口にするものだと思っていた。ところが、遥さんの口から出た言葉は違っていた。

「旅費だったら、片道一万円で間に合うよ。往復で二万円あれば十分」

「嘘っ」思わずタメ口の口調で言ってしまった。

「嘘じゃないよ。フェリーを使えばそれで収まる」

「フェリー？」

「そう。仙台港を夜の八時くらいに出港する苫小牧行きのフェリーがあるの。苫小牧に着くのは翌日の午前十一時だったかな。そこからＪＲを使えば、三時くらいには最寄り駅に到着できる。到着時刻がわかっていれば、誰かが車で迎えに来てくれるから大丈夫。わたしも、いつもそのフェリーを使っているんだ」

「フェリーってそんなに安いんですか？」

「早割《はやわり》を使えば半額になるから」

「その早割っていつまでに申し込めば大丈夫なんですか？」

その質問の答えに、思わず大きな声を出してしまう。

「それって、もうすぐじゃないですか！」

一学期の終業式の夜に出港するフェリーに飛び乗るのを想定してカレンダーをチェックしてみると、早割の申し込み締め切りが三日後に迫っていた。

「ネットで予約できるけど、行くのであれば、夏休みで込み合う時期だから、できるだけ急いだほうがいいと思う」

焦りまくっているぼくとは対照的に、あくまでも冷静な遥さんである。

「遥さんは、すでに申し込んであるんですか」

焦っているせいで「遥先輩」ではなく「遥さん」と呼んでしまったのだが、特に気にした素振りは見せずに、

「とっくに」とうなずく。

「出発は終業式の日ですか？　それとも翌日？」

ううん、と横に首を振った遥さんが口にした日付を聞いて、

「あれ？　それってまだ休みに入っていないですよね。というか、終業式の三日も前

じゃないですか」

「そうだよ」

なぜ？　と訊くのは、さっきと同様にやめといた。いつものように、遥さんのなかでは学校の授業よりもそちらの優先度のほうが高いに過ぎないのは聞くまでもなかったからだ。

それよりも問題なのは、僕自身のほうである。ＰＡ設備の調達資金にバイト代を充てる、という本来の目的のためには、できるだけ早く北海道に渡ってバイトの日数を増やすべきだ。

ガソリンスタンドのバイトのほうは、僕がいなくても問題ない。というよりむしろ、僕のかわりに慎太を使ってもらったほうが、あいつもバイトをして資金稼ぎをするつもりになっているのでちょうどいい。

夏休みのあいだ、僕が北海道でバイトすることに関して、うちの両親はたぶん、ノープロブレム。うちの親父、妙にアメリカナイズされた放任主義なのだ。

実際、僕が高校に入学した時、親父からこう言われた。高卒後に大学に行くにしても専門学校に行くにしても就職するにしても、学校に在籍しているあいだは学費と最低限の生活費は負担する。しかし、今日から小遣いの類は一切なしだ。自分の欲しいものは、バイトでも何でもして自分で稼いだ金で買いなさい。そのかわり、人様に迷惑をかけたり警察の世話になるようなことをしたりさえしなければ、何をやっても自由。自己責任で好きにしなさい。

今の時代、こういう親って、どちらかというと少数派というか、ほとんどいないと思うのだけれど、僕の家ではこれが標準である。バイトをしないと何も買えないという厳しさはあるものの、かわりに手に入る自由と気楽さは何ものにも代えがたい。

ということで、あらためて考えてみると、北海道の牧場でのバイトの障害になるものは皆無だ。

これはもう行くしかないでしょ。

「遥先輩」

「ん？」

「俺、今日中にフェリーの予約を済ませて、夏休みいっぱい、丹後牧場でバイトします」

「おー、匠くん、なかなか決断力あるんだねー」感心したように言った遥さんが、

「じゃあ、今夜にでも丹後さんに話をしておくね」柔らかな笑みを浮かべてうなずいた。

「よろしくお願いします」

という経緯で、僕は今、十勝平野の真っただ中に立っているのだった。

18

列車の到着時刻に合わせて牧場の誰かが迎えに来てくれることになってはいたものの、どんな人が来るのかは知らされていなかった。

忙しい仕事なので、直前になってみないと誰が迎えに行けそうかはっきりしないのだろう。勝手にそう解釈して待つこと十分あまり。それらしき人はいっかな現れない。そういえば、駅のどこで待つかもはっきり決めていなかった。

早く表に出て北海道の景色を眺めたかったものだから、何も考えずに駅舎から飛び出してしまったけれど、もしかして、改札の辺りで待っていたりして……。

一度構内に戻ってみよう。そう決めてキャリーバッグを引いて駅舎の中に戻り、改札の前まで行ってみたものの、やはりそれらしき人影は見当たらない。

何かの手違いで迎えに来れなくなったのだろうか……。

キャリーバッグを引きながら再び表に出た僕は、遥さんの携帯電話か、あるいは牧場に電話をかけてみたほうがよいかもしれないと思い、ジーンズのポケットから携帯電話を取り出した。遥さんの名前を検索していると、視線を落としていた携帯のディスプレイが影で覆われた。携帯電話から視線を外して顔を上げると同時に、

「遅くなってごめんなさい。庄司匠くんですよね」僕の目の前で声がした。

ブルージーンズにチェックの半袖シャツというラフな服装をした髪の長い女の人が、健康そうな笑顔を僕に向けて来る。

「あ、はい。そうです、宮城県の仙河海市から来た庄司匠です」

畳んだ携帯電話をポケットに戻しながら、かなり緊張して答えると、女の人が、

「丹後牧場の丹後チサトです。千里《せんり》の道も一歩から、の千里と書いて千里《ちさと》です」と言って自己紹介をした。

「あ、それじゃあ、仙台の大学に通っているという――」

「そう。丹後牧場の娘です、よろしくね」と言って目を細めた千里さんが、

「大学の夏休みには、毎年こっちに戻って牧場を手伝っているんです。来春から仙台で就職が決まっているので、夏休みの実家の手伝いは今年で最後になるんですけどね」と付け加えた。

仙台の大学に通っている千里さんがそのまま仙台市内で就職すると聞いたせいか、親近感が増して、最初の緊張が徐々に解けていくのが自分でもわかる。

アルバイトが決まった時点で、丹後牧場には写真を貼った履歴書を一応送ってあったのだが、

「僕のこと、すぐわかりましたか？　履歴書の写真、写りがあまりよくないというか、

別人みたいに撮れちゃっていますけど」と言ってみると、

「わたし、履歴書は見てないな。お父さんは見てるはずだけど」と千里さんが答える。

「じゃあ、なんで――」わかったんですか？　と言いかけたものの、人通りがあまり多くない駅舎の前に高校生らしき旅行者が一人でいればすぐにわかるかと思い、

「いや、見ればわかりますよね」と言い直した。

「うん。遥ちゃんが言ってた通りだったから、すぐにわかったよ」最初よりもずっと親しげな口調になって笑った。その笑いが気になり、

「遥先輩、僕のこと何て言ってたんですか？」と訊いてみる。

うーん、と漏らした千里さんが、

「言っちゃっていいのかなあ」と眉を寄せる。

「教えてください。なんか、気になりますから」

うん、と小さくうなずいて頬にかかった髪を払った千里さんが、

「遥ちゃん曰《いわ》く、普段日光に当たっていない感じの、牧場の仕事が三日も持ちそうもないような、いかにも今どき風のそこそこイケメン君の男子を探せばすぐわかります、だって」と言ったあとで、噴き出しそうになるのを明らかにこらえている。

「遥先輩、ひどいなあ」

ため息が漏れそうになりながらも、それってたぶん完璧に当たっていると思うので、

それ以上何も言えない。

出かかっていた笑いを吞み込んだ顔になった千里さんが、

「じゃあ、うちの牧場に案内するわね。荷物はそれだけ？」僕のキャリーバッグを指さした。

「そうです」

「助手席に置くと狭くなっちゃうから、荷台に載せて。一応、綺麗にしてきたから」

そう言って、すぐそばに停めてあった軽トラックを指さした。

言われた通りバッグを荷台に載せてから助手席のドアを自分で開け、すでに運転席に収まっていた千里さんの隣に乗り込んだ。

シートベルトの金具を嵌《は》め込んだところでエンジンがかかり、千里さんがシフトレバーを動かした。ガリッという音をさせながらギヤが入り、エンジン音が大きくなる。

その直後、ガクンというかなり大きなショックとともに軽トラが動き出した。

「ごめんなさい。普段はオートマしか乗ってないから、マニュアル苦手なの」

千里さんの言い訳は謙遜ではなかった。ギヤを変えるたびにガリッという音がしたり、信号待ちで発進するたびにガクガクしたりと、決して上手いとは言えないというか、かなり危なっかしい。

それでも市街地を抜けて目の前に広大な平地が広がると、交通量が極端に減って信号も皆無となり、快適なドライブとなった。

開け放った窓から入って来る真夏の北海道の風が肌に心地《ここち》よい。

風は同時に様々な匂いを運んできた。

明らかにジャガイモとわかる匂いに窓の外を見やると、広い畑に白い花が咲き乱れている。

稲藁《いなわら》の匂いに似てはいるけど明らかに違っていて、もっと乾燥した夏の匂いを感じさせるのは、刈り取り直前の小麦畑のようだ。

しかし、一番強く、時おり漂ってくるのは堆肥の匂いだった。これからこの匂いに慣れないといけないんだよなあ、と思いつつ、ほとんど勢いで北海道に渡って来たものの、牧場の仕事がきちんと務まるかどうか、今になって不安を覚えている僕がいる。

全長で何キロメートルあるのだろう。かなり長い直線道路がようやく終わり、久しぶりに出てきた信号を右折したと思ったら、道は再び直線道路になった。しかも、さっきまでとは違って平坦《へいたん》ではなく、アップダウンを伴いながら延々と続いている道だ。

こんな光景は、これまで見たことがない。

これぞまさしく北海道、と言うべき風景の中、何個目かの丘の頂点に差し掛かったところで千里さんがブレーキを踏み、軽トラを道端に寄せて停めた。

車が停まった位置はちょうど坂の頂点だったので、前後ともに見晴らしがいい。

キーをひねってエンジンを止めた千里さんが、

「ちょっと降りよう」と僕に言ってドアを開けた。

シートベルトを外して軽トラから降りた僕は、進行方向に向かって歩き出した千里さんのあとを追った。

なぜここで千里さんが車を停めたのか、説明される前にわかった。

坂を少し下ったところが十字路になっていて、その角に花束が供えてあった。

わかったでしょ？という表情で千里さんが言う。

「巧さんが、あ、遥ちゃんのお兄さんの巧さんね。巧さんのバイクがうちのお父さんのトラクターとぶつかった場所がここなの」

花束の前に佇んだ千里さんが、停めた軽トラのほうに視線を向け、

「ここ、地元では危険な場所だと知られているんだけど、巧さん、この道路を使ってうちの牧場に来るのって、あの時が初めてだったんだと思う。前の年に来た時に教えておけばよかったって、今でも後悔してる」とても辛そうに千里さんが言った。

千里さんの言った通りだった。実際、「この先交差点あり・危険！」という看板が、坂の途中にあったのを思い出した。

軽トラを停めてある方角から坂を登ってくると、頂点に達するまで前方はほとんど空しか見えない状態になる。そして登り切った直後、一転して下り坂となるのだが、

二十メートルくらいしかない先に十字路が出て来る。バイクでも車でも、スピードに乗ったままこの坂を駆け上がり、その時違う車両が十字路を横切っていたとしたら、ほぼ間違いなく止まりきれずにぶつかってしまうだろう。

「ちょうど三日前が巧さんの命日だったの」

そう教えてくれた千里さんが、花束の前で手を合わせ、頭《こうべ》を垂れた。

学校が夏休みに入る前に遥さんがこっちに来たのはそれが理由だった。

終業式を待たずに北海道に行くと聞いた時、余計なことを考えずに、どうしてですか、と尋ねればよかった。理由を知っていれば、たぶん、僕も遥さんと一緒にここで手を合わせていたと思う。

それができなかったことをちょっぴり後悔しつつ、僕は千里さんと肩を並べて巧さんの冥福を祈った。

19

北海道の牧場でアルバイトをすれば、夏休みのあいだ中、遥さんといつも一緒にいられる。

その僕の目論見《もくろみ》は、確かに外れてはいなかった。外れてはいなかったのだけれど、当たりというわけでもなかった。少なくとも大当たりにはほど遠い。

どのようにほど遠かったのか説明するには、ちょっと回り道になるけれど、丹後牧場がどんな牧場なのか、紹介しておく必要がある。

牧場に向かう軽トラックの中で、現在、丹後牧場では、搾乳牛を九十頭と育成牛を六十頭飼っていると、千里さんが教えてくれた。

その時点ですでに、僕は自分の無知さ加減を披露してしまうことになる。

「二種類の牛を飼っているんですか？」と千里さんに尋ねたのだ。

「二種類？」

ハンドルを握りながら助手席に顔を向けた千里さんが、怪訝《けげん》そうな表情をした。

「乳牛と肉牛の二種類の、えーと、その……」

二種類と口にした時の僕の脳裏には、白黒まだら模様のホルスタインと、仙台牛でお馴染《なじ》みの黒毛和牛の二頭の映像が浮かんでいた。しかし、千里さんの怪訝そうな顔で、自分がかなりトンチンカンな発言をしてしまったらしいことに気づき、もごもごと語尾をにごしていると、千里さんは、

「あー、なるほど」納得した顔になったあとで、丁寧に教えてくれた。

これまで僕は、実に十七年近くも、牛乳がどうやって生産されるのか知らないままに生きてきた。毎日、牛乳を飲んでいるにもかかわらずだ。つまり、乳牛は成長する

と自然に乳を出すようになるのだと、あまり深く考えずに思い込んでいた。雌鶏《めんどり》がせっせと卵を産むみたいに。

よく考えてみればすぐにわかりそうなことなのだけれど、たとえホルスタインでも、仔牛《こうし》を出産しなければ乳を出さない。

人工授精によって妊娠した雌牛は、およそ十ヵ月間の妊娠期間のあとで出産する。それからだいたい二百八十日から三百日間にわたって、母牛は乳を出す。その期間にある牛が搾乳牛——さらに厳密には、次のお産に備えて搾乳を休ませる期間があってその間は乾乳牛と呼ばれる——だ。

一方、生まれた仔牛が成長して出産可能になるまでには十三ヵ月から十六ヵ月くらいかかるのだが、そのあいだの離乳後の牛を育成牛と呼ぶそうだ。

なるほど、とうなずいた僕は、そこでまたしても若葉マークの感想を口にしてしまう。

「牛の人工授精ってすごいですね」

「すごいって、何が？　ずいぶん前から当たり前になっているけど」

再び千里さんが不思議そうな顔をする。

「えーと、あの、雄と雌の産み分けができるなんて……」

またしても口ごもったのは、言ってしまってから、それはさすがに無理なんじゃないか？　と気づいたからだ。

「あ、いや、いくらなんでもそれは無理ですよね」

「無理じゃないよ。もう実用化されている」

意外にも千里さんがそう言った。

「ほんとですか？」

「うん。でも、コストや受胎率の問題があってまだそれほど広くは普及していないわ。うちも使っていないし」

「じゃあ、二分の一の確率で雄牛も産まれますよね。その仔牛たちは――」

「肉牛の飼育業者に引き取ってもらうことになるわね」

やっぱり……。

「どうしたの？　匠くん。もしかして、ショック？」

「ショックというほどではないんですけど、生まれてくる仔牛のことを考えると、やっぱり雌牛のほうが幸せかなあって」

「まあ、遅いか早いかの違いだけどね」

千里さんがさらりと口にしたので一瞬聞き流しそうになったのだけれど、

「遅いか早いかの違いって、どういう意味ですか？」と尋ねてみる。

「乳牛が沢山お乳を出せるのは、五、六歳くらいまでだから、その後はやっぱりお肉になる運命ということよ――」と言った千里さんが、「スーパーで国産牛とだけ表示されている牛肉は、たいていホルスタイン種。最近はそれが表示されているお店も増えてきているみたいだけど」と付け加えた。

いずれにしても家畜の運命は人間の手に握られているのであって、だからこそ家畜なのだけれど、自分が牛に生まれてこなくてよかったと、かなり真剣に考え込んでしまう僕だった。

でも、ほどなく到着した丹後牧場は、僕が思い描いていたのとほぼ同じような、文字通り牧歌的な光景だった。

北海道らしくからりと晴れ渡った夏空の下、瑞々《みずみず》しい緑の牧場に佇み、あるいは寝そべり、牧草を食《は》んだり微睡《まどろ》んだりしている牛たち。

その光景は、どこまでも限りなく長閑《のどか》だ。

ところが、一通り案内するわね、と言って肩を並べて歩きながら説明をしてくれた千里さんによると、丹後牧場が放牧で牛を飼うようになったのは今から十年前のことで、それ以前は、舎飼いと言って牛舎内で繋いで飼っていたそうだ。

放牧中の牛たちはどこで寝るのだろうと気になり、「夜はどうしてるんですか？」と尋ねてみると、「夜も外よ」という答えが返ってきた。

「よほど天候が荒れない限り、朝と夕方の二回、搾乳のために牛舎に戻すだけ。牧場によっては昼間だけ放牧しているところもあるけれど、うちは昼夜放牧」

「冬もですか?」

その問いには、

「ううん――」と首を横に振った千里さんが、

「夏を中心に半年間の放牧で、冬のあいだは牛舎に入れてる。けど、放牧に切り替える時に、牛舎をフリーバーン牛舎に、えっと、つまり牛舎内で牛たちが自由に動けるタイプのものに建て替えたの」と教えてくれた。

丹後牧場に限らず、舎飼いから放牧に切り替えた牧場が採用している放牧方法は、以前のものとはかなり違うとのことだった。

昔の在来型放牧は、広大な面積の牧草地が必要だった。僕らが普通に思い浮かべる放牧って、たぶんこのタイプだ。というか、僕も千里さんから教えてもらうまで、ただ単純に牛や羊を牧草地に放してやるのが放牧だと思っていた。

それに対して現在の集約型放牧は、牧草地の使い方が細かく管理されていて、一ヘクタールにつき二頭から三頭の牛を飼えるという。と言われても、僕にはうまくイメージが描けなかったものの、千里さんによれば、効率がかなりいいそうだ。

具体的には、丹後牧場の六十ヘクタールほどの牧草地は、実は二十四の区画に分けられている。牛が食べたあと、牧草が回復するまでに、春先は二十日程度、夏場はそれプラス二、三日かかるそうだ。そのあいだは牧草地を休ませておく必要がある。そのため、牛たちは毎日違う区画にローテーションで放牧される。しかも、搾乳牛と育成牛を分けて放牧しているという。

「毎日、大変ですね」

「うーん、でも、どちらかというと、舎飼いよりも放牧のほうが楽かな。放牧期間中は牛舎内の清掃に時間が取られなくて済むから、トータルすると労働時間は以前よりもずいぶん短くなっているわ。でも、一番いいのは、牛たちが伸び伸び暮らせることかな。ストレスが溜まらないから病気にもかかりにくくなるしね。何より、ああしてのんびりくつろいでいる牛たちを見ていると、人間のほうも幸せになるものねえ」

千里さんが牛たちを見て微笑んだ。

最初から印象のよい人だったけれど、それで僕は、ますます千里さんが好きになった。

「牛舎とミルキングパーラー、見せてあげるからついてきて」

そう言って牧柵から離れた千里さんのあとについていく。

牛舎のほうは、フリーバーンという名前から推測できる通りの建物で、僕の想像から大きくかけ離れてはいなかった。オガクズと堆肥を使ったバイオベッドという寝床の上で飼うようになっていて、牛たちは牛舎内を自由に動き回れる。

今は放牧期間中なので舎内の管理に労力は使わないでいいのだが、冬場になると糞尿《ふんにょう》の処理とバイオベッド用のオガクズの交換作業に追われることになる。

「でも、どちらも二日か三日に一度の作業だから、繋いで飼っていた時よりもだいぶ楽になった。それに、冬場は農場のほうが暇になるから、ちょうどいいわけ」

千里さんの説明を聞きながら、僕は内心で少しだけほっとしていた。牧場の仕事で一番きつそうだなあと思っていたのが糞尿の処理だった。けれど、このぶんなら全身が常にウンコ塗《まみ》れ、という事態は避けられるかもしれない。

「じゃあ、次はミルキングパーラー」

そう言った千里さんに、それって何だろ？　と首をひねりながらついていく。

まさかミルクパーラーとか喫茶店みたいなところじゃないよな、とは思っていたのだが、さすがにそれはなく、牛乳の搾乳施設のことだった。で、こちらのほうは、フリーバーン牛舎とは違い、僕の想像をはるかに超えたものだった。

今の時代、さすがに手作業で乳搾りをしてはいないだろうと思っていた。だが、ここまでハイテクになっているとは想像もしていなかった。

パドックから一列になって入ってきた牛たちは、十頭ぶん並んだゲートに一頭ずつ入れられる。それが二列あって、真ん中の通路にお尻を向けて並ぶ形になる。その通路が人間の作業スペースになっていて、牛の後ろ脚のあいだから手を入れて作業をするわけだ。

一度に二十頭の搾乳が自動的に行われ、百頭前後の搾乳を、一時間から一時間半くらいで終わらせることができるという。しかも、二人いれば十分に作業が可能だというから驚きだ。

でも、本当の驚きは、コンピュータを使って牛たちを管理していることだった。丹後牧場の牛の首にはタグが付けられている。実は、何だろ？　と気になっていたのだけれど、それぞれの牛の活動量や反芻《はんすう》回数をモニターする装置だった。それによって、個々の牛の発情時期や健康状態を検知できるらしい。

「めちゃくちゃハイテクなんですね。今の牧場がこんなになってるなんて知りませんでした」

偽りなく感心して僕が言うと、

「全部の牧場がそうじゃないけどね。設備投資にかなりお金がかかるし、実際、うちも借金まみれ。北海道の牧場って、たいていどこも、借金を返すために借金をして経営しているようなものよ。辞めようと思っても簡単には辞められない状況になっちゃってるわけ」

そう言って顔をしかめた千里さんが、

「あ、せっかくアルバイトに来てくれた若者に、こんな現実的で夢のない話をしちゃいけないよね」と言って、苦笑いをする。

とそこへ、搾乳室のドアが開き、誰かが外から入って来た。

そちらに顔を向けた千里さんが、

「うちのお父さん――」と僕に耳打ちしてから、

「お父さん。こちらが匠くん。さっき着いたばかりで、牧場を一通り案内してたところ」と紹介してくれた。

つなぎになっている青い作業服を身に着け、臙脂《えんじ》色のキャップを目深に被《かぶ》った男の人が、僕のほうに目を向けてきた。

周囲の床よりも低くなっているミルキングパーラーの通路で千里さんの説明を聞いていたところだったため、上から見下ろされる形になる。そのうえ、見た目がちょっと怖そうな人だったせいで、反射的に直立不動になった僕は、

「庄司匠です。お世話になります！」突然体育会系男子になったように腰を折った。

「いやあ、遠いところ、お疲れさま。遥ちゃんからは色々と噂を聞いていたよ。苫小牧までのフェリーで来たんでしょ？　今日のところはゆっくり休んでかまわないから、明日からよろしく。最初は大変だろうけど、まあ、無理せず頑張って」

拍子抜けするくらい気さくな口調が返ってきた。

「はい、よろしくお願いします」

もう一度お辞儀をしてから見上げた先で、丹後さんは笑いながらうなずいた。

笑うと一転して優しい顔になる。いや、最初、いかつくて怖いと感じたのは、彫りが深くて整った顔立ちのせいかもしれない。あらためて隣の千里さんと比べてみると、ちょっとハーフっぽい顔立ちの千里さんは、お父さん似なのがよくわかる。

「どうかした？」

「いいえ、何でもないです」

千里さんに訊かれて焦っていると、

「匠くん。搾乳するところ、少し見学していくかい？」丹後さんが尋ねた。

「あ、はい。邪魔にならなければ、ぜひ」

「それじゃあ、一度外に出て追い込むところから見てみようか。そろそろ牛たちを集める時間だから」

千里さんに促され、搾乳室から表へ出たところで、僕は、思わず、うわっ、と仰《の》け反《ぞ》りそうになった。ちょうどそのタイミングで、僕たちのほうに向かって牛の群れがぞろぞろと移動してきたからだ。

その群れの後ろのほうに視線をやった僕は、今度は実際に「えっ」と声を漏らした。

牛たちを追い立てながら、群れの後ろをゆっくり歩いて来る人物が、遥さんだったのである。

目を瞬《しばた》いて、あらためて注視する。

見間違いではなかった。丹後さんが着ていたのと同じ、作業用のブルーのつなぎに長靴履きの遥さんが、茶色い毛並みの雑種犬を足元にまつわりつかせながら、僕たちのほうにやってくる。

他に牧場の人はいないかときょろきょろ見回してみたけれど、牛の群れを牛舎のほうへと誘導しているのは、遥さん一人だ。

「遥ちゃーん！」

僕の隣で千里さんが手を振る。

手を振り返した遥さんが、僕がいるのに気づいて笑顔になった。

やられた。

もう完全にノックアウト寸前だ。

学校にいる時とはまったく違う遥さんが僕の視線の先にいた。

まるでここで生まれ育ったみたいに、北海道の牧場の空気に溶け込んでいる遥さんは、眩《まぶ》しいくらいに健康的だ。制服を着ている時の遥さんが時おり見せる、他人を寄せ付けないような愁いに沈んだ冷たい空気感――それはそれでとても惹《ひ》かれるのだが――が、今の遥さんにはかけらもない。

「最初から不思議だったんだけど、遥ちゃんって、動物に好かれる天才なのよねえ。ここで育ったわたしよりも牛の扱いが上手《うま》いの」

千里さんが、牧柵に寄り掛かりながら目を細める。

千里さんの言ったことに、僕は驚かなかったし違和感も覚えなかった。

遥さんが動物好きかどうかはまったく知らなかったし、家でペットを飼っているかどうかも訊いたことはないのだけれど、僕がそう思ったのは、遥さんほど裏表のない人を他に知らないからだ。嘘で自分を取り繕うだとか他人を陥れるだとか、遥さんほど似つかわしくない人はいない。時おり不可解な言動をすることがあるけれど、それは僕を含めて周りの人間が遥さんについていけてないだけだということが、今の僕にはわかっている。犬でも猫でも、あるいは牛でも馬でも、この人間は絶対に信頼できると、動物たちは本能的に感じ取るのだと思う。

「匠くん、無事にたどり着けたんだねー」

僕の目の前で足を止めて言った遥さんが、

「船酔いしなかった？」と訊いてくる。

「そこそこ揺れたけど、大丈夫でした」

「よかった」

「それより、遥先輩、かっこいいです」

「かっこいいって何が？」

「こんなふうに牛の群れを扱えるなんて、マジ、かっこいいです」

「そうかな。普通だと思うけど」

「いやいや、そんなわけないです」

「それより、あの子たち可愛いでしょ」

「あの大きさで近くに来られると若干びびりますけど、でも確かに目が可愛いですね」

「でしょ？」

そう言った遥さんが、

「おーい、そっちじゃないよー。こっちだぞ」

群れから離れかけていた牛に声をかけると、立ち止まったホルスタインが遥さんのほうに首をねじり、のっそのっそと近づいてきた。

「さあ、みんなのあとについてって」

何百キロもありそうな巨大なホルスタインが、遥さんに言われた通りに仲間のほうへと歩いていく。

「牛って人間の言葉がわかるんですか？」

遥さんと千里さんのどちらにともなく尋ねると、

「ある程度は」千里さんがうなずき、

「犬と一緒で、ほとんど理解してるんじゃないかな」遥さんが言う。

今の牛と遥さんの様子を見ている限り、その通りなのだろうなと妙に納得してしまう。

「搾乳の様子をちょっとだけ匠くんに見せてから、農場のほうに回るね」

千里さんが言うと、

「はい」と返事をした遥さんが、

「じゃあ、またあとで」と言って、遅れがちな牛を追い立てながら待機場のほうへと歩いていく。その後ろ姿が文句なくかっこいい。

遥さんの後ろ姿に見とれている僕の肩が叩かれた。

「じゃあ、わたしたちは先回りして見てよう」

千里さんに促され、一緒にミルキングパーラーのほうへと向かう。

待機場に集められた牛は、パドックを通ったあとで二十頭ずつに分けてゲートに入れられ、ミルキングパーラーへと送り込まれるようだ。

すっかり慣れているのだろうけれど、牛たちは嘘みたいに従順だ。ミルキングパーラーに入室すると、特に指図されなくても自分から所定の位置につく。

作業用の通路にいるのは、ヤッケを着用した上に肘の上まで覆うゴム手袋をはめ、帽子とマスクを装着した丹後さんと遥さんだ。

ミルカーという搾乳用の機械から延びたホースを、二人で次々と牛の乳房に付けていく。

遥さんの手際も、丹後さんとまったく遜色《そんしょく》なかった。二人の無駄がなくて淀《よど》みない動きは、見ていて飽きない。

似たような光景をどこかで見たことがあるような気がして首をかしげる。

しばらく意識を凝らしていた僕は、なんだそうか、と思い当たった。

同じような光景を、僕は仙河海市の魚市場で見ている。表面的にはまったく違う作業だが、たとえば一本釣りのカツオ船が水揚げする際の漁師さんや市場の人たちの、無駄のない流れるような作業の光景に、どこか通じるものがあるのだ。

丹後さんと遥さんの仕事ぶりに見とれているうちに、心配になってきた。

最初は、自分にもあんなふうにできるだろうか、という心配だった。そのうち、夏休みのあいだアルバイトするだけじゃあ絶対に無理だろ、というあきらめに変わった。

そして最後に、そのあきらめがもう一度心配に変わった。

今日は休みで出勤していないものの、丹後牧場にはフルタイムで働いている従業員さんが一人いるそうだ。大学の夏休みで千里さんがお手伝いに帰って来ているし、まだ会っていないけれど丹後さんの奥さんもいる。ここまで効率化と省力化が進んでいるとなると、僕に手伝えることなんか何もないのではないだろうか、と心配になってきたのである。

「千里さん」

「なに？」

「見ていて思ったんですが、僕なんかがアルバイトしなくても、人手が十分に足りてるように思うんですけど」

「足りてないよ」

「でも……」

搾乳中の二人を見ながら僕が眉を顰《ひそ》めると、

「あ、そうか――」僕の表情から何のことだか悟ったらしい千里さんが、

「匠くんの働く場所、ここじゃないの――」と言ったあとで、

「ちょうど夏野菜の出荷時期なんで、そっちのほうに人手が必要なのよね。だから、匠くんには、牧場じゃなくて農場のほうで働いてもらうことになっているのよ」と教えてくれた。

そういえば、夏休みに入る前、丹後牧場は畑も手広くやっているみたいなことを、確かに遥さんは言っていた。その時はあまり深く考えなかったけれど、千里さんに言われて完璧に理解できた。

農場に向かう途中で、丹後牧場では、小麦やジャガイモの他にも、直販用の作物としてアスパラガスやかぼちゃ、スイートコーンにトマトと、かなりの種類の野菜を作っている、と千里さんが教えてくれた。ハーベスタで収穫する小麦やジャガイモと違って、手作業での収穫が必要になる作物ばかりだ。

遥さんといつも一緒にいられるという僕の目論見が大当たりではなかった、というのはこういうことだったのである。

しかも、農場で収穫作業に勤《いそ》しむ僕と、牧場で働く遥さんの活動時間帯は、微妙にずれていた。

僕の起床時刻は午前五時半だ。それから朝食なのだが、そのころにはすでに遥さんは牧場に出て牛たちを集め始めている。なので、朝ご飯は一緒じゃない。

昼食も別々だ。遥さんは丹後牧場の母屋に戻ってお昼を食べるけれど、僕は、臨時アルバイトのおばちゃんや大学生と一緒に、農場にある休憩所で、丹後さんの奥さんに作ってもらったお弁当を食べることになる。というのも、牧場とは少し離れた場所に農場があるため、いちいち戻っている暇がないからだ。

したがって、晩御飯の時しか遥さんとは顔を合わせられない状態で、まあそれでもよしとするしかないのだけれど、慣れない農作業に悲鳴を上げている僕の身体は正直だった。夕食を食べ終わったとたん、まだ夜の九時前だというのに、意志の力ではどうにもならないくらいまぶたが重くなり、遥さんとろくな会話をしないうちに、毎晩、あっという間に意識を失う。で、気づいたら朝になっていて、遥さんはすでに牧場に、という繰り返しだ。

そんな僕に気を遣ってくれたのか、僕の最初の休日が遥さんと一緒になるように、丹後さんが計らってくれた。

そこまでお膳立てしてもらったからには、ということで、僕は思い切って遥さんに言ってみた。

「どこか牧場の周辺に、観光スポットみたいなところってないですかね。せっかく北海道に来たからには、これぞ北海道、みたいな場所に行ってみたいんですけど」

それだったら、と遥さんは、迷わずとある高原の名前を挙げた。十勝平野を一望できる高原で、レストハウスや展望台があり、夏は観光客で賑《にぎ》わうスポットらしい。

「電車とかバスでは行けないですよね」

僕が尋ねると、

「車で行くしかないわね」と遥さん。

「どれくらいかかるんですか？」

「三十分もあれば着くかな」

「それって、車での話ですよね」

遥さんが高原の名前を挙げた時、牧場の自転車を借りて行こうかと考えた。できれば、いや、絶対に遥さんを誘って。しかし、北海道の交通事情において車で三十分というのは相当の距離だ。自転車だと何時間もかかってしまう。北海道に限ったことではないけれど、田舎暮らしは車がないとどうしようもない。

やっぱり無理か、とあきらめかけている僕に、

「連れてってあげようか」と遥さんが言った。

「え?」

「だから、匠くんさえよかったら、高原までわたしが連れてってあげるよ」

「でも、どうやって?」

「牧場の軽自動車、たぶん借りられると思う」

「遥さん、車の運転できるんですか?」

「去年、運転免許取ってるから」

そうだった。考えたことがなかったので驚いたけれど、遥さんは自動車の運転免許を取れる年齢になっているんだった。

渡りに船とは、まさしくこのことである。しかも、遥さんのほうから一緒に行こうと言ってくれているのだから、ちょっと古臭い言い回しになるけれど、僥倖《ぎょうこう》以外の何ものでもなかった。

というわけで、遠足や修学旅行前の小学生みたいに、指折り数えてその日を楽しみにしていた僕だった。

ところが、である。そこで僕は大失敗をやらかしてしまった。よほど疲れていたのだと思う。前の夜にいつものようにベッドに倒れ込んだ僕は、そのまま翌日の夕方まで爆睡し続けて、せっかくの遥さんとのデートをふいにしてしまったのである。

ぼうっとした頭で目覚めて時計に目をやり、まだ朝の五時だと思ったのに、それが夕方の五時だと知った時の、僕の驚愕《きょうがく》と落胆と後悔がどれほどのものだったか、たぶん誰にでもわかってもらえると思う。同情を寄せてもらえるかどうかは別として。

20

その日の夜、僕は一人でベンチに腰掛けて、月明かりに浮かぶ牧場をぼんやりと眺めていた。

連続して二十時間という、たぶんこの先更新することはないだろう睡眠時間記録を作ってしまった僕は、これ以上ないほど落ち込んでいた。

それに加えて、遥さんに対する申し訳なさで一杯だった。夕食前に聞いてみたら、遥さんは僕が起きて来るのを一日中待っていたらしい。つまり、遥さんにとっても貴重な休みを無駄にさせてしまったことになる。
二、三度、僕の部屋を覗きに来てみた、という話なので、遠慮せずに叩き起こしてくれてよかったのに、と僕が言うと、起こすのが可哀相《かわいそう》だったから寝かせておくことにした、と遥さんは答えた。
ほんとにすいません、と謝った僕に、気を悪くしたり怒ったりしている様子はまったく見せずに、

「おかげで一日ゆっくり読書ができたし、それに、匠くんの寝顔、とても可愛かったよ。思わずじーっと眺めちゃった」と遥さんが微笑むものだから、それはそれでほっとしたものの、恥ずかしいやら何やらで、ますます落ち込んでしまった。

丸一日近く眠りこけたせいで、夕食後はさすがにいつものように眠くはならなかった。かといって、部屋にいると気分は落ち込む一方だった。それを少しでも和らげたくて戸外へ出てみた僕は、涼むのにちょうどよさそうなベンチを見つけ、こうして牧場を眺めているのだった。

月明かりに浮かぶ静まり返った牧場から空へと視線を向けてみる。

振り仰いだ夜空には、比喩ではなく本当に満天の星々が降ってきそうな空だった。

月明かりがあるにもかかわらず、天の川まではっきりと見える。仙河海も晴れた日の夜は星空が綺麗だが、ここまで凄くはない。

そうしているうちに、次第に穏やかな気分になってきた。こんな大自然の前では、僕の存在なんか、取るに足らないちっぽけなものだ。実に小さなことで悩んだり落ち込んだりしている自分が馬鹿らしくなってくる。馬鹿らしくなると同時に、そうして懸命に生きているちっぽけな自分が、妙に愛《いと》おしくなってきた。

これって自然の持っている癒しの力かな、と思った僕だったが、星空から牧場へと再び視線を転じたところで、目の前に広がっている光景は、人が作ったものであることにあらためて気づいた。

人々が入植して開拓する前は、見渡す限りの原野だったはずだ。しかも、最初はすべてが人力だったに違いない。そうした人たちの想像を絶する苦労の末に、僕はこうして今ここにいる。

これって、かなり感動ものだ。

最初に十勝平野に立った時の感動が戻って来た。

北海道の農場でのアルバイトという、生まれて初めての経験に対する緊張と毎日の忙しさで、この一週間あまりの僕は、まったく心に余裕がなかったみたいだ。

明日からもっと心を楽にして、一つ一つのことを楽しみながらアルバイトに精を出そう。

そう考えていたところで、背後で砂利《じゃり》を踏む音がした。

一瞬、びくりとした。ステレオタイプな刷り込みだけれど、ヒグマが出現したのじゃないかと焦ったのだ。

もちろんそんなことはなく、

「こんなところで夕涼み？」僕に声をかけてきたのは千里さんだった。

「あ、はい。いつもは爆睡なんですけど、さすがに今日は……」

そう言って苦笑いをすると、

「隣、座っていい？」千里さんがベンチを指さした。

「あ、どうぞ、はい」

言いながらベンチの上で尻をずらすと、僕の左隣に腰を下ろした千里さんが、

「匠くん、めちゃくちゃ落ち込んでたでしょ」と口許をゆるめてみせた。

「そう見えましたか」

「見えた、見えた――」とうなずいた千里さんが、

「匠くんって、ほんとに遥ちゃんが好きなんだねえ」あまりにさりげない口調で言うので、思わず、はい、と返事をしてしまったあとで、

「いや、そんなことは――」慌てて否定しようとしたのだけれど、クスクス笑っている千里さんを見て、無駄な抵抗だと観念した。

「やっぱり、わかりますか」と、あらためて口にする。

「わかるも何も――」と笑ったあとで、

「だいたいさあ、北海道まで遥ちゃん追いかけてきている段階でバレバレだよ。匠くんの気持ちに気づいてないのは、遥ちゃんだけかも」と千里さんに言われた僕の口から、

「それが問題なんですよねえ」軽いため息と一緒に素直な言葉が漏れる。

僕がこんなふうに千里さんに心を開くことができるのは、千里さんの人柄もさることながら、ほとんど毎日一緒にいるからだ。

去年もそうだったらしいのだが、遥さんが牧場でアルバイトをしているあいだ、千里さんは農場のほうの手伝いに回っている。つまり、農場への行き帰りは千里さんの運転する軽トラックに乗せてもらっている上、農場での仕事もいつも千里さんと一緒なわけで、よく考えてみると、丹後牧場にアルバイトに来てからというもの、遥さんよりも千里さんと会話をしている時間のほうがずっと長い。

そんなだから、恋の相談相手には打ってつけ、というか、内心で僕は、千里さんに相談したがっていたんだと思う。

「匠くんさあ。こっちにいるあいだに告白するつもりなの？」

単刀直入に千里さんが訊いてくる。

「タイミングが合えば、もしかしたら……」

「なるほど。今日が絶好のチャンスだったわけだ。でも、寝坊でそれをふいにしちゃってブルーになってた。そういうことか」

「はい。でも……」

「でも、何？」

「無理してコクる必要はないかとも思うんですよねえ。今の遥さんとの関係、決して嫌じゃないし」

「コクって振られたら、目も当てられないもんね」

「はい」

うなずいた僕をしばらく、じいっ、と覗き込んだあとで千里さんが言う。

「遥ちゃんって、たぶん、匠くんのことが好きだよ」

そう言われても、どういう意味でかが大問題なので、

「そうですかねえ」と返すしかない。

「匠くんの話をする時の表情を見てればわかるよ。うん、間違いなくそうだと思うな」

「でも、遥さん、普通の女の子とはちょっと違ってますから」

「あー、それは確かに」

そう言ってうなずいた千里さんが、

「そこが遥ちゃんの魅力なんだけどねえ――」と口にしてから、

「そうだ。実際どうなのか、わたしが遥ちゃんの気持ちを確かめてみようか」心なしか弾んだ声で言う。

「千里さん」

「なに？」

「なんか、面白がってませんか？」

「あ、バレた？」

「バレバレですよぉ」

「でも、必要だったら言って。わたし、匠くんを応援するから」

なんか似たようなことを珈琲山荘おがわのマスターからも言われたっけな、と思い出しながら、

「ありがとうございます。でも今のところは――」お礼を述べつつ千里さんの申し出を辞退した僕は、

「ところで全然関係ないですけど、千里さんに訊いてみたいことがあるんですが、いいですか？」と尋ねてみた。

話題を変えたかったというより、本当に訊いてみたいことがあった。

どうぞ、とオーケーの手振りをしてくれた千里さんに、

「来春から仙台で働くって言ってましたけど、どんな仕事なんですか？」と質問する。

「福祉施設よ」

即答した千里さんに、

「道内で就職する気はなかったんですか？」と尋ねてみると、

「なぜ、そんなこと訊くのかな？」と訊き返された。

訊き方がちょっとまずかったかな、と反省しながら答える。

「すいません。牧場や農場の仕事を手伝っている千里さんを見ていると、なんかすごく自然というか、自分の古里が心から好きなんだなあって、そんな雰囲気が伝わってきて、それなのにどうして仙台で就職なんだろ？　って、ちょっと不思議に思えて。弟さんが牧場を継ぐからですか？」

千里さんには二歳年下の弟さんがいて、今は札幌《さっぽろ》の大学の農学部に通っている。

「弟は関係ないな」

「それなら千里さんもこっちにいたっていいわけじゃないですか。福祉関係の仕事なら、わりと就職先に困らないって聞いているし」

「匠くんが思っているほどより取り見取りってわけでもないんだよ。まあでも、仙台で就職することにしたのは、成り行きみたいなものかな。だから、いずれは地元に戻ると思う。やっぱりここが好きだしね。その際には、確かに匠くんの言う通り、再就職がし易い職業ではあるかな」

「地元の福祉施設の就職試験とかも受けてみたんですか」

「まあねえ、それなりには」

なんだか僕の質問をはぐらかそうとしている気がしないでもない。

僕があれこれ質問を重ねるのは、遥さんを知ったのがきっかけで、小川菓子店の啓道さんをはじめとした楽仙会の人たちや希さん、さらに靖行さんや遼司さん等々、仙河海の街に根を張って頑張っている大人たちと次々に顔見知りになり、以前以上に真剣に自分の古里のことを考えるようになっていたからだ。仙河海に留《とど》まるなら、あるいは一度出ても戻るなら、バイト先のガソリンスタンドにそのままいられれば楽かも、などというような消去法的な選び方はしたくない。今の僕はそう思うようになっている。

それだけに、古里を愛していて、しかも地元で働くのが難しくはなさそうなのにそうしようとしない千里さんは、不思議な存在だった。さっき本人が口にしたような、成り行きで大事なことを決めるような人には思えないからなおさらだ。

よほど納得しきれない顔を、僕はしていたらしい。揃えた膝をジーンズの上から両手でポンと叩いた千里さんが、僕のほうに顔を向けて言った。

「わかった。匠くんには話すことにする。でも、これからわたしが話すこと、遥ちゃんには言っちゃ駄目だよ。約束できる？」

つかの間の空白のあとで、はい、と僕はうなずいた。

「高校生のころから、将来福祉関係の仕事に就きたいと考えていたのは事実なの。でも、それだけだったら、進学先は道内の大学でも専門学校でもいいでしょっていう話になるわよね。それなのにわざわざ仙台の大学を選んだのは、巧さん、遥ちゃんのお兄さんの生まれ育った街のことを知りたかったから。わたし、巧さんが好きだったんだ。というか、本当のことを言うと、お互いに好きだった。そして——」そこで一度言葉を切った千里さんが、

「巧さんは、わたしにとって初めての男性」と口にした。

「そ、それって……」

「うん、そういうこと。仙台の大学に進学しようって決めたのは、できるだけ巧さんのそばにいたかったから。本当はね、仙河海市に進学先があったら迷わず受験していたと思うけど、残念ながらないものねえ」

「あの、でも、千里さんが受験する前に巧さんは……」

「そう。なかなか理解してもらえそうもないのはわかっているけど、それでますます巧さんのことが知りたくなったの。彼がどんな街で生まれて、どんなお家《うち》で育って、どこの学校に通って、どんなふうに大人になっていったのか、自分の目で確かめて、

自分の肌で感じたかった。本当に好きで愛していたけど、高校生のころ、巧さんとはわずかな時間しか一緒にいられなかったし、知らないことだらけだった。わたしの中にぽっかり空いた大きな穴ぼこをどうしても埋めたかった。そうしないと先に進めそうになかった。そのためには、観光旅行とかで通り過ぎるだけじゃ駄目だと思った。実際、仙台で大学に通いながら、ずいぶん仙河海には通ったなあ。一日中街のあちこちを歩いて、どこかに巧さんの痕跡はないか探し回って、最後にお墓参りをして、その日一日見聞きしたことを巧さんに報告してから、また来ますねって言って帰るの。こうなると、ほとんどストーカーと一緒だよね。もうこの世にいない人がストーキングの相手だけど」自嘲するような口調で千里さんが言った。

「あのぉ、仙河海で遥さんには会っていないんですよね？」

「うん」

「遥さんのお父さんやお母さんにも？」

「会っていないよ」と一度は答えた千里さんが、ううん、と頭《かぶり》を振った。

「正確にいうと、仙河海で遥ちゃんには会っていないけど、お父さんとお母さんには会っているの。でも、あくまでもお店のお客として。実は、大学に入学した年のゴールデンウィークに、友達を誘って二泊三日で仙河海と大島に旅行に行ったの。そのうち一泊は市内のビジネスホテルに泊まって、晩御飯を待風屋さんで食べたわけ」

「確か、千里さんが仙台に引っ越しをした時、北海道に帰る前に千里さんのお父さんが遥さんの家に寄ってますよね。巧さんのお墓参りが目的で」

「それ、何で匠くんが知ってるの？」

遥さんから教えてもらったことを話すと、

「そうか。遥ちゃん、匠くんになら何でも話せるんだねえ」と納得の顔をした。

その千里さんに、

「待風屋さんに行った時、自分の身分は明かさなかったんですか？」と尋ねると、

「巧さんとわたしのこと、誰にも言ってなかったから――」と答えた千里さんが、

「でも、今になって振り返ると、その時、自分のことを話したほうがよかったかもしれないとも思う。互いに好きだった、ということまでは言わないまでも、丹後牧場の娘です、くらいはね――」そう言ったあとで、

「だって、夏休みにこっちに戻ってきたら、巧さんの妹さんがうちで働いているって知って、本当にびっくりした。で、その時はどうしても遥ちゃんに本当のことは言えなくて、結局そのうちに、いまさら言えない状態になって、今に至っているというわけ」深いため息を吐き出した。

「さっき言ってた千里さんの心の穴ぼこって、今は埋まっているんですか？」

そう尋ねると、うーん、どうかなあ、と漏らした千里さんが、

「完全には埋まっていないな。だから、その気になればいつでも仙河海に行くことのできる仙台に留まることにしたんだと思う。もう大丈夫かな、と思うくらいに埋まったら、その時ようやくこっちに戻れるんだろうな。完全に埋まることは永遠にないかもしれないけど」

僕と千里さんのあいだにしばらく沈黙が落ちた。

実際僕は、何を言ったらいいのかわからなかった。北海道の空と大地みたいに生命力が溢れているように見える千里さんが、内側にこんなに重いものを抱えているなんて、想像もしていなかった。

二人のあいだに落ちていた沈黙を、千里さんのほうが先に破った。

「わたしって馬鹿な女でしょ。この世にいない人をストーカーし続けているんだから。病気なのかもね」

「そうは思わないです」

「無理しなくていいのよ」

「いや、客観的に馬鹿でもないし病気でもないです。千里さんはそれだけ沢山巧さんを愛していたんだと思います。そこまで深く人を愛せるって偽りなくすごいことだと、生意気なようだけど僕は思います」

「匠くんって優しいんだね」

「優柔不断とも言われますけど」

「なんか、そのとぼけたしゃべり方、巧さんに似てるなあ」

「そうなんですか？」

うん、とうなずいた千里さんの横顔が、頬にかかった髪で見えなくなった。

うなだれた千里さんが、鼻を啜る音が聞こえてきた。

僕の隣で千里さんが静かに泣いている。

身じろぎもできずにいる僕の左の肩に、ふわりと重みがかかった。

「ごめん。ちょっとだけ肩、貸して」

僕の肩に頭を預けた千里さんが言う。

こくり、とうなずいた僕は、少し迷ったあとで、千里さんの肩をそっと抱いてあげた。

21

丸一日眠りこけて疲れが取れたのと、農場での仕事にだいぶ慣れてきたからだろう。

二週目のアルバイトに入った僕は、最初の週よりはずっと身体が楽になってきた。

北海道の夏といえども、日中の陽射しはそれなりにきつい。一緒に働いている地元のおばちゃんの話だと、今年の北海道の夏は例年になく暑いそうだ。

この一週間で僕もすっかり日焼けをした。これだけ黒くなったのは小学生以来かもしれない。パンク系ロックンローラーとしてはあるまじき見てくれではあるものの、これはこれで悪くないような気がする。いっそのこと、野外ライブが似合うようなハードロック路線に転向しちゃおうかと思うくらいだ。

そして、遥さんとは相変わらずすれ違いのバイト生活が続いている。それがちょっと、いや、かなり残念だ。

そんな毎日の中で、遥さんととりあえず落ち着いて話ができる唯一の機会は、夕食後の後片付けの時間帯である。

丹後家の食卓は賑やかだ。丹後さん夫婦と千里さん、千里さんのお祖父《じい》さんとお祖母《ばあ》さん――二人とも八十歳近い年齢なのだがまだまだ元気で現役で働いている――そして高校生アルバイトの遥さんに僕と、少なくとも総勢七人で食卓を囲むことになる。

少なくとも、というのは、毎日ではないものの、たまに従業員の高畑《たかはた》さんとか、近所に住んでいる仕事仲間――といっても、何キロも離れた場所のご近所さんなのだが――が夕食に加わることがあるからだ。

その夕食後の食器洗いを遥さんと僕が担当している。そういう役割分担になっているわけではないのだけれど、以前から遥さんが自分で申し出て後片付けをさせてもらっているということなので、必然的に僕も一緒に食器洗いを手伝っている。

ただし先週は、夕飯の後片付けが始まるころにはすっかり疲れ果てていて、食器洗い用のスポンジや布巾を手にしながらうとうとしてしまうこともあった。それにもかかわらず皿を割らずにすんでいたのは、ほとんど遥さんのおかげだと言っていい。

そんな状況だったため、先週は遥さんとのおしゃべりを楽しむどころの騒ぎではなかったのだが、今週に入ってから、自分の部屋に引っ込むまでは普通に瞼を開けていられるようになっていた。

そして今夜、台所のシンクの前に立っている僕の気分は弾んでいた。長かったけれど充実した一週間がすぎ、明日、遥さんと一緒に休みをもらえることになっていたからだ。僕を気の毒に思い、再び遥さんと休みが合うようにしてくれた丹後さんには、心から感謝するしかない。

遥さんと二人で肩を並べ、いつものように食器洗いに励み続け、最後の一枚の皿を拭き上げて洗いかごに収めた。

「お疲れさま」と言った遥さんに、

「お疲れさま――」と返したあとで、

「この前はすいませんでした。明日は絶対に寝坊しないですから」自分でも可笑しくなるくらい力を込めて言った。

するとと遥さんは、僕の顔をしげしげと眺めたあとで、

「それがどうかしたの？」と訊いてきた。

「明日もお天気はいいみたいですから、明日こそは高原に――」

「行かないよ」

遥さんが途中で僕の言葉をさえぎった。

「え？」

「だから、わたしは高原には行かないって言ってるの」

「何か用事があるんですか？」

「特にない」

「じゃあ、なぜ……」

さすがに遥さんの様子がおかしいのに気づいて口ごもる。

「匠くんは高原に行きたいの？」

「ええ、まあ……」

「だったら、千里さんに連れてってもらえば」

冷たい口調で言った遥さんが、僕の前から離れた。

口調だけでなく目の色も氷みたいに冷たかった。

蛇に睨まれた蛙《かえる》みたいになって動けずにいる僕を一瞥《いちべつ》した遥さんが、くるりと背を

向け、リビングに残っていた丹後さん夫婦と千里さんに「おやすみなさい」の挨拶をして、廊下へと出て行く。

丹後さんたちに挨拶した時の口調は、いつもとまったく同じ遥さんのものだった。

それなのに、なぜ……。

リビングから出て行く遥さんを追いかけようとした。しかし、僕の足は床に貼り付いたままで、少しも動いてくれない。

遥さんの姿が廊下に消えたところで、僕の様子が妙なのに千里さんが気づいたようだ。椅子から腰を上げ、キッチンにやってくると小声で尋ねてきた。

「どうかしたの？　遥ちゃん」

「えっと、あの——……」

何と説明したらいいのか困ったあまり、

「明日、高原には行かないそうです」伝聞みたいな言い方になってしまう。

ん？　という表情をした千里さんに、

「千里さんに連れてってもらえば、と言い残して居なくなっちゃって。かなり怒ってたような……」

この時の僕は、誰が見ても心ここにあらずの顔つきになっていたのだと思う。

僕を見ながら眉根を寄せた千里さんが、リビングのほうをちらりと見やったあと、ちょっとこっちへ、と目配せして廊下へと向かった。

　僕が廊下へ出たところでリビングのドアを閉めた千里さんが、

「どういうこと？　何があったの？」とあらためて尋ねる。

　はあ、と頭を掻きながらうなずいた僕は、さっきの遥さんとのやり取りを、脚色も推測も交えずにそのまま説明した。

「直前までは普通だったの？」

「ええ。今日の牧場での出来事とか、ごく普通に会話をしていました」

「この一週間、遥ちゃんどうだった？　特に変わった様子はなさそうに、わたしには思えるんだけど」

「普通だったと思います」

「それなのに突然？」

「そうなんですよ。もしかして俺、また遥さんの地雷を踏んじゃったのかも」

「またって、これまでにも同じようなことがあったの？」

「遥さんと知り合って最初のころに何度か。遥さんって優柔不断なのが我慢ならないみたいで、そういう時に……」

「あー、それ、なんかわかる気がする」

「でも、いつもなら自分が何に腹を立てているのか、きちんと説明してくれるんですよね。あんなふうに冷たく突き放されたのは初めてです。なんでだろ？」

胸元に顎《あご》を埋《うず》めるようにして考え込んでいた千里さんが、何かに思い当たったように顔を上げた。

「もしかして、この前の晩、わたしと匠くんが一緒にいるのを見られたのかも……」

そう口にしたあとで、

「うん、たぶん間違いない。遥ちゃん、焼き餅を焼いてるんだと思う」うんうん、と千里さんが何度もうなずく。

目撃された可能性はある、とは思ったものの、焼き餅というのはちょっと飛躍しすぎのような気がする。

「そうですかねえ」僕が言うと、

「そうですかねえって、匠くんさあ――」呆れたような口調で言った千里さんが、

「遥ちゃんは匠くんのことが好きだと思うって、この前言ったよね。であれば辻褄が合うじゃない」

「理屈ではそうですけど、でも、焼き餅って、なんか遥さんのキャラじゃないような気が……」

「匠くん」

「はい」

「言っていい？」

「ええ」

「顔が嬉しそうだよ」

千里さんに言われて、思わず両頰に手をやった。

どうも、僕の内心は千里さんには筒抜けだったみたいだ。千里さんが、焼き餅、という言葉を口にした時、飛躍のしすぎかも、と思いつつも、本当にそうだったらどんなにいいことか、いや、可能性はなきにしもあらずかも、と期待する自分がいた。

うろたえている僕を見て、千里さんが口許をゆるめる。

「遥ちゃんって、ちょっと不思議ちゃんなのは確かよね。大人顔負けの部分がある反面、すごく幼いところもあったりして。匠くんに対する自分の気持ちに、本人自身がこれまで気づいていなかったのかもしれない。あるいは、気づきはしたものの、どうしたらいいかわからないでいたとか。それが、この前の夜わたしたちを目撃して、強く意識するようになったんじゃないかな。だから怒っちゃった」

「であれば、嬉しいですけど」

今度は本音が口から出た。

再び千里さんは呆れ声を出した。

「そんな暢気《のんき》なことを言ってる場合じゃないでしょ。早く誤解を解かなくちゃ」

「でも、どうやって？」

腕組みをして何かを考え始めた千里さんが、少ししてから腕を解いた。

「説明しに行こう」

「って、これからですか」

「そうだよ」

「いや、でも……」

「なに言ってるの。こういうのは早い方がいいに決まってるでしょ」

「それはそうですけど……」

「ほらあ、その優柔不断さが遥ちゃんの地雷を踏んじゃうんでしょ」

「そ、そうですね。確かに」

「ほら、行くよ」

僕を促した千里さんが二階に続く階段を上り始めた。

慌てて背中を追いながら、こんなふうに行動的なところは遥さんに似ているなあと、妙に感心してしまう。

いや、よく考えたら感心している場合じゃなかった。

遥さんの誤解を解くと言っても、何をどう説明するのか、まだ何の打ち合わせも相談もしていない。

しかし、僕が呼び止める前に千里さんは、

「遥ちゃん、ちょっといい？」声をかけながらドアをノックしてしまった。

室内から、はーい、という返事が聞こえたところで、

「匠くんは何もしゃべらなくていいから黙ってて」と千里さんが念を押す。

その直後に内側からノブが回されてドアが開いた。

夕食を食べていた時と同じ、タンクトップにショートパンツ姿の遥さんが、千里さんと僕に交互に視線を向ける。

僕らが並んでいるのを目にしてもきわめて冷静というか、表情を変えないところが、僕としてはかえって怖い。千里さんが言ったように、本当に遥さんが焼き餅を焼いているのならいいのだが、見当はずれだったらかなりややこしいことになるんじゃないか、と心配になってくる。

「ちょっと話があるんだけど、いいかしら？」

はい、と返事をして身体をずらした遥さんに、お邪魔するわね、と言って千里さんが部屋に入っていく。

ドアノブに手をかけたままの遥さんに、

「ども……」と首をすくめるようにして顎を引き、千里さんに続いて僕も部屋に入った。

最初に入室した千里さんは、すでにベッドに腰を下ろして脚を組んでいた。高校を卒業するまで千里さんが使っていた部屋なのでごく自然な振る舞いなのだが、初めて女の子の部屋に足を踏み入れた僕は戸惑うばかりだ。

ドアを閉めた遥さんが戻って来て、ベッドのそばの机の椅子を引いて腰掛けた。

「匠くんも座りなよ」

そう言って千里さんが位置をずらす。

千里さんに空けてもらったスペースに腰を落ち着けるしかなさそうだ。

ぎこちなく部屋を横切り、できるだけ間隔を開けて千里さんの隣に腰を下ろした。

まだ何も始まっていないものの、千里さんと遥さんのあいだに、いつもとは違う緊張感めいたものが漂っている。

正直、居心地が悪い。

まいったな、このあとどうなるんだろ……と、眉を顰めたところで千里さんが口を開いた。

「遥ちゃんと匠くんがこの前お休みだった日のことだけどさ。晩御飯のあと、牧場のそばのベンチのところでわたしと匠くんが一緒にいるのを、もしかして遥ちゃん目撃してるよね？」

思わず仰《の》け反《ぞ》りそうになった。

いきなりそれですか？　と焦ったのも確かだけれど、遥さんがあの場面を目撃していない可能性だってあるのに、これじゃあまるで自首しているのと一緒じゃ……。

「はい」

躊躇せずに遥さんがうなずいた。

僕の内心での動揺はあまり意味がなかったみたいだ。遥さんに見られていたのかも、という千里さんの推測は当たっていたわけだ。

それは確認できたものの、問題なのはどうやって誤解を解くかであって……と僕が案じていると、組んでいた脚を解き、膝をそろえた千里さんが、

「ごめんね、遥ちゃん」遥さんに謝った。

いやいや、それはちょっと急ぎすぎですよぉ。

僕は心の声で千里さんにそう訴えていた。

千里さんは遥さんのことをわかっているようで、やっぱりわかっていない。先回りをして謝られたらささくれ立っていた気持ちも収まるというのは、あくまでも普通なら、という話であって、遥さんの場合は通用しない。間違いなく遥さんは、ごめんねって何がですか？　だとか、謝っている理由を冷静に問い質《ただ》すはずだ。

案の定、首をかしげた遥さんが、

「ごめんねって何がですか？」と千里さんに尋ねた。僕の予想と一字一句同じである。

「だから、そういうことなの」

千里さんが言った。

これは僕の予想外だ。というか、そういうことって、どういうことだ？

「そういうことって……」

遥さんも僕と同様、千里さんの言葉の意味を計りかねているようだ。

すると、僕の隣で脚を組み直した千里さんが言った。

「だから、遥ちゃんが見たまま、ということよ。わたし、匠くんが気に入っちゃったの。匠くんを遥ちゃんから奪うような形になってしまって、本当にごめんなさい。遥ちゃんが気づいてないなら内緒にしておこうと思っていたんだけど、見られちゃってはそうはいかないものね。だからこうしてきちんと話をして謝っておこうと思って」

目をぱちくりするとか、口をぱくぱくさせるとか、そういう描写はこういう場面にこそ相応しいと思う。

実際僕は、両目をめいっぱい開いて千里さんの顔を覗き込み、口を開きかけたものの一つも言葉が出ないまま、たぶん、息まで止めていた。

部屋に入る前に、何もしゃべらなくていいから黙ってて、と釘《くぎ》を刺されていたけれど、千里さんの言いつけを守っている場合じゃない。

けれど、何をどう言ったらよいのか頭の中が空回りするばかりだ。

若干の沈黙のあと、最初に口を開いたのは遥さんだった。

「謝ってもらう必要なんかないですよ」

言葉は丁寧だけれど口調は穏やかじゃない。いや、たいていの人には普通に聞こえるだろう。けれど僕にはわかる。氷のナイフを手にしている遥さんの映像が僕の脳裏にちらついている。

「あら、そうなの？」

とぼけたような口調で千里さんが言う。

「千里さんが誰を好きになっても、それは自由ですから」

「じゃあ、わたしと匠くんの仲を認めてくれるのね」

「認めるも何も、匠くんはわたしの所有物じゃないですし」

「なんだ。わたし、てっきり遥ちゃんは、匠くんのことが好きなんだと思ってた。それって、わたしの勘違いだったんだね。そうかあ、よかった――」と言った千里さんが、

「よかったね、匠くん」と言って僕の手を取った。

ほとんど反射的に、僕は千里さんの手を振り解《ほど》いていた。それと同時に、

「よくないですよ、千里さん！」ようやく声が出せた。

「よくないって何が？」

「これじゃあ、全然話が違うじゃないですか」

「違わないでしょ？　遥ちゃんに説明しに行こうって言ったら、賛成してくれたじゃない」

「それ、違いますよ。誤解を解きに行くっていう話だったじゃないですか」

「誤解って？」

「俺と千里さんの関係を遥先輩が誤解しているってこと」

「えっ、なに？　それじゃあ、匠くんって、わたしのことが好きなわけではないの？　嫌いなの？」

「そういう意味での好きとか嫌いじゃないですって」

「じゃあ、誰が好きなのよ」

「遥さんに決まってるじゃないですか！」

声を荒らげてから、あっ、と思った。

「やっと、コクった」

僕を見ながら、千里さんが笑みを浮かべる。ちょっと間を置き、

「ごめんね、二人とも。でも、こうでもしないと、匠くん、自分の気持ちを遥ちゃんに伝えそうもなかったから——」と言った千里さんが、遥さんに向かって、

「ということみたいだけど、どうする？　遥ちゃん」と首をかしげた。

最初、虚を衝《つ》かれたような表情をしていた遥さんが、少し眉根を寄せて、

「匠くんって、千里さんが好きなんじゃないの？」と尋ねてきた。

「違います。俺が好きなのは遥先輩です。たぶん、部室で初めて会った時から、俺、遥先輩が好きになっちゃったんだと思います。そして今は、どうしようもないくらい遥先輩が好きなんです」

まるで熱に浮かされたみたいに、口が勝手にしゃべってしまう。けれど、口から出ている言葉は、偽りなく僕の本心だ。

考え深げな表情で、じいっ、と聞き入っていた遥さんが、

「どうしてそれを今まで言わなかったの？」と訊く。

「あの、告白しても、俺のことなんか遥先輩の眼中にはないだろうし、今までの先輩たちみたいにあっさり振られるのが落ちだろうと思って……」

「確かにそうね」

その遥さんの言葉でがっくりくる。

予想通りの玉砕だ。しかも、千里さんが一緒にいるところで。

だからコクりたくなかったのに……と、千里さんを恨めしく思っていると、

「少し前だったら、匠くんの言う通りになっていたと思う」と遥さんが言った。

「少し前だったら、というのは、今は違うってこと？」

千里さんが口を挿《はさ》んだ。

千里さんを見やって、はい、とうなずいた遥さんが、僕のほうに顔を戻す。

「わたし、匠くんが好きみたい。今の匠くんの言葉、すごく嬉しかった」

話の展開になかなかついていけない。だから、でも、これって遥さんも僕のことが好きだと言っているわけで、つまり、僕の想いが遥さんに届いたってことでいいんだよな。実際、そうとしか解釈できないし……。

などと、自分で自分に確認していると、

「でも――」と口にした遥さんが、

「だったら、あれって何？　いったいどういうことなの？」僕に詰め寄るように訊いてきた。

「あれって……」

「この前の晩のこと。匠くんと千里さんが肩を並べているのを見ちゃって、わたし、崖から突き落とされたみたいな気分になった。失恋するってこういうことなんだ、こんなに辛い気持ちになるんだって、生まれて初めて知ったの」

遥さんの言葉に、今まで味わったことのない不思議な痛みを胸に覚える。遥さんにそんな思いをさせてしまっていたんだ、という愛《いと》しさを伴った痛みだ。

「でも――」と再び遥さんが言う。

「二人がそういう関係なら、わたしが入り込む余地なんかないと思った。だから、匠くんのことはあきらめよう、今まで通りの部活の先輩と後輩の関係でいようと決めたんだよ。自分の気持ちには蓋《ふた》をして、仙河海の街にライブハウスを作りたいっていう匠くんの夢を実現できるように全力で応援しようって」

聞きながら僕は、泣けてきそうになった。事実、遥さんを見つめる僕の目はうるうるし始めている。

「それなのにさあ――」と言った遥さんの声の響きが急に変わった。この響きは聞き覚えがあるぞ、と僕の意識下でアラームが鳴る。

「それなのに、やけに暢気な顔で、明日は寝坊しないですからとかって、何それ？　千里さんっていう素敵な相手がいるのに、何で平気でわたしを誘うわけって、猛烈に腹が立ったの。それって、わたしにも千里さんにも誠実じゃないよね。人間としていったいどうなのよって、匠くんのことが信じられなくなった。もう二度と匠くんとは――」

そこで千里さんが遥さんをさえぎった。

「ちょっと待って、遥ちゃん。それ、遥ちゃんの誤解で、匠くんが好きなのは遥ちゃんだって、さっきわかったはずだよね」

千里さんが割り込んでくれて助かった。一度このモードに入った遥さんを宥《なだ》めるのがなかなか容易じゃないのは、身をもって知っている。

「はい、わかっています」千里さんに向かってうなずいた遥さんが、僕のほうに視線を戻す。

「匠くんさあ」

「はいっ」

思わず背筋を伸ばしてしまう。

「わたしのことが好きだと言っていながら、じゃあ、何であの時、千里さんの肩を抱いてたの？」

「あっ……」

「あっ、じゃないよね。わたし、さっき言ったように匠くんのことが好きだし、匠くんに好きって言ってもらえて嬉しい。それは本当だよ。でも、あんな場面を見ちゃっている以上、この人って簡単に他の女の人を好きになるんじゃないかって疑っちゃう。この先、匠くんを信じていいのか不安になる。わたしの言ってること、おかしいかな」

「お、おかしくないです……」

そう答えて萎れた僕の隣で、突然、千里さんが吹き出した。

驚いて千里さんを見やると、笑いをこらえきれないらしく、口とお腹《なか》を押さえなが

らひとしきり身悶《みもだ》えしたあとで、

「ごめん、ごめん――」と謝って、目尻に浮かんだ涙を拭った。

「二人を見てたら、遥ちゃんはほんとに遥ちゃんらしいし、匠くんはあまりに匠くんらしいしで、なんか、可笑しくなっちゃって」

そう説明した千里さんが遥さんに言う。

「話が前後しちゃったけど、あの晩、わたしと匠くんが何を話していたか、遥ちゃんにも教えるね。あの時は、遥ちゃんのお兄さんとわたしのことを匠くんに聞いてもらっていたんだ」

「え？　お兄ちゃんのこと？」

「そう、巧さんのこと」

うなずいた千里さんがベッドから腰を上げると、

「遥ちゃん、匠くんの隣に座って話を聞いて」と言って遥さんと入れ替わり、椅子に腰を落ち着けた。

僕に軽く目配せをしたあとで、

「遥ちゃんには黙っていようと思っていたんだけど、やっぱり全部話すことにする――」僕の隣に座った遥さんに微笑み掛けた千里さんが、この前の夜教えてくれたことを、もう一度最初から語り始めた。

22

翌日の昼、僕は遥さんと一緒に十勝平野が見渡せる高原の牧場にいた。

一望のもとに見渡せる、という言葉が本当の意味でこれほどぴったりする光景はなかなかないだろう。この二週間あまり北海道の農場で汗を流し、十勝平野の広大さを知ったつもりになっていた僕が、あらためて感動で言葉を失ったくらいだ。

牧場の標高は一番高いところで八百メートルほどというから、そこそこ高度はある。しかし、緑の絨毯《じゅうたん》に覆われたなだらかな丘が延々と連なっているせいで、さほど標高を感じさせない。

柔らかな牧草の上に並んで腰を下ろしている僕と遥さんの目の前には、東京ドーム数百個分もあるという牧場が開け、あちこちに牛や馬が放たれていた。

僕らのいる場所から少しずつ標高が下がっていくにつれ、牧草地の淡い緑のところどころに防風林の濃い緑がちりばめられ、その先の麓には大小の街並みがいくつも確認できて、人々の営みが目に見えるようだ。

さらにいっそう遠くへと視線を投じると、うっすらと霞《かす》む地平線が空と溶け合っているのが見えて、そのあまりの雄大さに、今まさに地球そのものを見ているんだ、と嘆息せずにはいられない。

夏休み真っただ中の晴天の日ということもあって、お昼時のレストハウスは、いったいどこからこんなに人が集まって来たのだろうと首をかしげたくなるくらい、観光客で賑わっている。

そんな人ごみとは無縁に、草原に広げたレジャーシートに腰を下ろし、心地よいそよ風を感じながら、遥さんの手作りのサンドイッチを頬張るという、これ以上ないくらいベタで、だからこそ何にも代えがたいひと時を過ごせていることが、僕にはいまだに信じられない。ここで時が止まってくれたらどんなにいいだろうと、真剣に願ってしまう。

僕と遥さんのほかにも、何組ものカップルや家族が、思い思いの場所でお弁当を広げていた。といっても敷地そのものが広いので、お隣さんが気になるようなことはまったくない。

そして、どの顔も幸せそうだ。

そんな光景を眺めていると、人の幸せって何だろうと考えずにはいられない。どんなにお金があっても、どれほど地位や権力を持っていても、こんなひと時が存在することを知らないまま死んでいくとしたら、その人は決して幸福だったとは言えない気がする。ほんのささやかな幸せを、幸せだと感じることのできない人はきっと不幸だ。

強がりでも何でもなく、そう思う。

サンドイッチを食べ終え、膝にこぼれたパン屑《くず》を払った僕は、

「そういえば、遥先輩。巧さんは高校生のころの千里さんが好きになって北海道に通ってたのかも、みたいな話を前にしてましたよね。ゆうべ、千里さんの話を一緒に聞いていた時に思い出したんですけど」と尋ねた。

「うん」

サンドイッチを入れてきたバスケットの蓋を閉じながら遥さんがうなずく。

「もしかして遥先輩は、巧さんと千里さんとの関係を知ってたんですか？　巧さん本人から聞いていたとか」

「ううん。あくまでもわたしの推測だよ」

首を横に振った遥さんが、

「でも、推測が当たっていて嬉しかった——」と言ったあとで、

「お兄ちゃんが心から愛した人がいて、その相手が千里さんだったというのは、さすがお兄ちゃんって感じかな」と微笑んだ。

「あー、それ、よくわかります」

「けどなあ、千里さんにはやっぱり申し訳ないよ。千里さんを残してあっさり死んじゃうなんて、それはなしだよねえ。しかもあんな形で。そこだけはお兄ちゃんの汚点

かな。千里さん、可哀相すぎる。お兄ちゃん、ほんと馬鹿だよ」

「まあ、確かにそうですよね」

そう同意しながら僕は、遥さんの中で何かが変わったような気がしている。

これまでの遥さんは、巧さんの話をする際、批判めいた言葉を口にしたことは一度もなかった。それが今は、汚点、だとか、馬鹿だよ、だとか、ニュアンス的に愛情が込められているのは確かだけれど、ネガティブな単語を二つも並べた。遥さん本人が意識しているかどうかはわからないけれど、いい意味でお兄さんのことを吹っ切ることができつつあるのかもしれないし、だとしたら、僕も嬉しい。

一方の千里さんは、やっぱり強くて素敵で、そして大人だと思う。本人は自分のことをストーカーと一緒だとか馬鹿な女でしょなどと揶揄するけれど、よく考えてみれば、僕と遥さんの距離が一気に縮まったのも、遥さんがお兄さんのことを吹っ切れそうになれているのも、すべては千里さんのおかげだ。

そんな千里さんに昨夜、遥さんの部屋をあとにして自分の部屋に引っ込む前に、お礼を言われてしまった。

「遥ちゃんにすべてを話すことができて、何かすっきりしたというか、胸につかえていたもやもやが消えた感じがするわ。これって匠くんのおかげだよ。ありがとね」

お礼を言わなければならないのはこっちのほうだというのに、とすっかり恐縮してしまった僕だったけれど、その時の千里さんの言葉に偽りはなかったように思う。

もし巧さんが生きていれば、今ごろは千里さんをお嫁さんに貰《もら》って、二人でお店の手伝いでもしていたかもしれないなと、寂しさとともに想像してしまう。

その想像の中の二人が、気づくと遥さんと僕に入れ替わっていて、少々焦った。

そんな僕の妄想とは無関係とも言えないことで、前々から遥さんに訊いてみたいことがあった。

遥さんの高卒後の進路のことだ。

今までも、訊けば遥さんは答えてくれたと思う。けれど、どうしても遠慮があるというか、そんな個人的なことを質問できる立場ではないよな、と自分を戒めていた。でも、今は訊くことが許される立場にあると思う。

「遥先輩」

バスケットをハンカチに包んでいる遥さんに声をかけた。

「何？」

結び目を作りながら首をかしげた遥さんに、

「進路希望はもう決めているんですか？」と尋ねると、うん、とうなずいた遥さんが、仙台市にある調理師専門学校の名前を挙げた。

「えっ？　もったない！」

思わず声が出てしまった。

「もったいないって、何が？」

「いや、あの、遥先輩は当然大学に進学するものだと思ってたから意外というか……」

遥さんの成績なら、たいていの大学は余裕で入れてしまうはずだ。しかし遥さんは、

「わたし、お兄ちゃんのかわりにうちのお店を継ぐつもりなのよ。大学に行くほうがもったいないよ」当然のことのように言う。

「でも、お店を継ぐ予定でいた巧さんだって、東京の大学に行ったじゃないですか」

「お兄ちゃんはお兄ちゃん、わたしはわたし。余計な回り道はしたくないんだ」

いかにも遥さんらしい答えではある。でも、遥さんならものすごく沢山の可能性がありそうなのに、何も今の時点で急いで決めなくても、と正直なところ思う。

「何か言いたそうだね、匠くん」

「うーん、そんなに急がなくてもいいような気がしないでもないですけど」

「わたしって人間関係がそれほど器用じゃないのを自分でもわかっているから、余計な回り道をしないほうがいいと思うんだ。大学で何となく学生生活を送るよりも、二年間、お料理の勉強に集中していたほうが、自分自身も楽だと思うし」

「遥先輩、周りから十分慕われてますよ。人間関係が不器用というわけではないと思

うけどなあ」

「そう言ってもらえると嬉しいけど、でもそれは周りの人が気を遣ってくれるからだよ。匠くんだって最初のころ、ずいぶんわたしに気を遣ってたでしょ」

「いや、まあ……」

「ほら」と笑った遥さんが、

「それにね、お店を継ぐことにしたのも、かなり真剣に考えた末での結論なんだ。お父さんやお母さんは無理して継ぐ必要はないって言ってくれているんだけど、今のお店を、将来はわたしなりの理想のお店にしてみたいんだよね」自分に向かってうなずく。

「遥先輩の理想のお店って、どんなイメージなんですか?」

「うちってさ、昔ながらの高級割烹《かっぽう》っていう印象が強いでしょ? 接待とかに使われるのが中心の」

待風屋さんにはお客として行ったことはないので店内の様子はわからないものの、聞こえて来る噂は確かにそうだ。

「それはそれで悪いことではないんだけど、もう少しお客さんとの距離が近いお店にしたいんだ。純和食だけじゃなくて、創作系のお料理も楽しんでもらえてさ。たとえば、お箸で食べるフレンチとか、女性客にも気軽に足を運んでもらえるようなお店。

それに、お店の造り自体がもともとアンティークっぽいから、それを生かして内装に手を加えれば、凄く素敵になりそうだし」

目を輝かせて話す遥さんを見ているうちに、僕のほうまで弾んだ気分になってくる。何も考えずにもったいないなんて迂闊《うかつ》な発言をしてしまったさっきの自分が、ちょっと恥ずかしい。

「なんか、いいですね。そういうお店、行ってみたいなあ」

僕が言うと、

「何言ってるの。最終的にわたしに決意させたのは匠くんなんだよ」と遥さんが返す。

「えっ、どういうことですか？」

「前々からお兄ちゃんのかわりにお店を継ごうかなとは考えていたけど、わりと最近まではかなり漠然とした感じだったの。やっぱりそれが一番いいのかなあ、みたいな？　そこに現れたのが、匠くん、きみなんだよ。ライブハウスを作りたいっていう話をした時に、そういう音楽環境がこの街に足りないものだからって、そう匠くんは言ったでしょ。それを聞いた時、実は、ガーンとやられた気分だったの。そして思ったんだ。そうだ、わたしもこの街に足りないものを作りたいって。わたしたちの街ってさ、変な言い方だけどお魚が美味《おい》しすぎるでしょ。だから、どうしても余計な手を加えずにお料理を済ましちゃうところがあるのよね。シンプルなのは確かにいいんだけど、でも、本気になって工夫したら、もっと凄い料理が沢山できると思うんだ。あのお店でそれを実現するのが、今の私の目標というか夢。だから、わたしの背中を押してくれた匠くんにはすごく感謝している」

「そんなつもりは全然なかったんですけど」

嬉しさと照れ臭さが入り混じって頭を掻いていると、

「そういうものなんじゃないかな、何かから触発を受けるとか、背中を押されるって――」そう言って僕にうなずいた遥さんが、

「それより、匠くんのほうはどうなの？　進路、決めてるの？」

「いやあ、まだちょっと漠然とし過ぎていて」

「だよねえ、わたしと違って考える時間はまだ沢山あるものね」

「ええ」

そう頷きながらも、僕は待風屋さんで遥さんと一緒に働いている自分を想像してしまっている。でもそれは、さすがに口にできない。口にしてしまったら、プロポーズしているのと一緒になるわけで、いくらなんでも性急すぎる。考えれば考えるほど素敵な未来像ではあるけれど……。

再び妄想に浸りそうになっていた僕を、

「ところでさ、匠くん――」遥さんの声が現実に引き戻す。

「昨夜は訊けなかったから、あらためて確かめておきたいんだけど、わたしのどこが好きになったの？」

これは、今の僕にとってはやっぱりと言える質問だった。遥さんはいつかこの質問をするだろうと予想していた。そして、以前の僕だったら返答に窮しているか、収拾がつかなくなるような言葉をしどろもどろに並べるかのどちらかだっただろう。でも今は、とてもシンプルに答えられる。

「人を本当に好きになった時って、どこがって簡単には言えないものだと思います」

「そうかな？」

「じゃあ、遥先輩は俺のどこが好きになったんですか？」

そう質問すると、しばらく考え込んでいた遥さんが、

「そうだね。匠くんの言う通りだ」そう言って目を細めた。

そんな遥さんを見ている僕の胸に、愛しさが込み上げて来る。この人のそばにずっといて、いつまでも守ってやりたいと心から思う。

浮かべていた笑みを消した遥さんが、

「そうだ。匠くんに一つお願いしていいかな」と真面目な口調で言った。

「何ですか」

「わたしを呼ぶ時、先輩をつけるのはやめにしようよ。いつまでも部活の先輩と後輩

みたいで、よそよそしい感じがする」

「確かにそうですよね。でも、何て呼べば……」

「呼び捨てでいいよ」

「いやいや、さすがにそれはできないですよ。えーと、遥さん、でいいですかね」

「うん。匠くんのことは何て呼べばいい？」

「呼び捨てでいいですよ」

「それじゃあ、バランスが悪いよ」

「じゃあ、今まで通り匠くんでいいですよ」

「そう？」

「はい」

「呼んでみて」

「え？」

「だからわたしの名前を」

「遥さん」

「匠くん」

「遥先……いや、遥さん。なんか俺たち、小学生がままごとしてるみたいですよね」

「え？　どこが？　相手をどう呼ぶかって大事なことでしょ」

そう言いながら遥さんが首をかしげる。

こういうことをこんなふうに、大真面目な顔をして言う遥さんが、やっぱり僕は大好きだ。

もう駄目だ、我慢できない。

首をかしげて僕を見つめている遥さんに顔を寄せて、素早く唇を重ねた。

えっ、と小さい声が遥さんの唇の隙間から漏れた。けれど遥さんは、触れている唇を離すことはしなかった。

前歯どうしがコツンと音を立てて軽くぶつかり、互いの舌の先がちょっぴり、遠慮がちに絡み合う。

太陽が降り注ぐ緑の丘での遥さんとの初キッスは、きらきら輝く宝石みたいな想い出として、いつまでも僕の記憶に残ると思う。

23

もうじき十七歳という青春ど真ん中の夏休みが、これまでの僕の人生で最もきらめいたものになるなんて、今年の春、ネクストが解散に追い込まれて思い切りブルーになっていたころには、想像もしていなかった。

というより、僕らを待っている未来は決して明るいものではないらしい、という将来像が当たり前のものとして描かれる時代に育ってきた僕たちには、青春という言葉自体が嘘っぽく思えていた。青臭くも無限の可能性を秘めた輝く青春？　そんなのは過去の遺物でしょ、みたいな感じで。

その反面、具体的なイメージが湧かないままの憧れがあったのも事実なのだけれど、この時間が永遠に続けばよいのにと、ありったけの神様にお祈りしたくなるような人生の一コマが本当に存在していて、たぶんそれを青春と呼んでもいいのだろうと、そんなふうに今の僕は思っている。

そのかけがえのない貴重な夏休みも終わりに近づき、苫小牧港から仙台港へと向かうフェリーに乗船したのは、一昨日の夕暮れ時のことだ。

もちろん、帰りの船は遥さんと一緒である。仙台港までの十五時間あまりの船旅をともに過ごせるなんて、これまた幸せ以外の何ものでもない。

乗船後、レストランで夕食を摂《と》ったあとは、船内のあちこちを二人で巡ってみるというささやかなデートをして、やがて夜が更けるにつれ、そろそろ静かになってきている船室に戻り、そこで一夜を過ごすことになる。

二等船室の場合、乗船客にそれぞれの区画は割り当てられているものの、事実上の雑魚寝《ざこね》である。

それがまたちょっと僕には嬉しい。ほとんどくっつきそうになるくらいそばに遥さんがいるわけで、寝返りを打った時に互いの目が合って微笑みを交わしあったり、毛布の下でそっと手を握ってみるも、周りに人目があるのでかえってドキドキしたりとか。

これはもうなかなか眠れない夜になるのは必至で、周りがすっかり寝静まったころに、夜風に当たりに行く？　などと囁《ささや》いてみたりして、うなずいた遥さんと一緒に満天の星が瞬くデッキに上り、心地よい潮風を受けながら見つめ合い、気づけば互いの身体に腕を回してそっと唇を寄せ、思わず衝動のままにいっそうきつく遥さんを抱き締めて……なんて具合に、僕の都合のよい妄想通りには、残念ながらまったくならなかった。

フェリーのレストランで一緒に夕食を食べたところまではよかったのだけれど、船が動き出して間もなく、太平洋のはるか沖合を移動している台風の影響により波が高かったせいで、遥さんは平気だったにもかかわらず、僕だけが完璧に船酔いにやられてしまったのである。

結局僕は、食べたものを戻しこそしなかったものの、翌朝の朝食はまったく喉を通らず、というより、ほとんど身動きができずに、蒼白《そうはく》な顔をしてずーっと二等船室の床にへばり付いているという、思い切り情けない状態で船旅を終えたのだった。どうやら、僕の願い、というよりは欲望をすべて叶《かな》えてくれるほど神様は甘くなかったみたいだ。

そして今日から始まった二学期の放課後、僕は遥さんと一緒に錨珈琲にいた。

早坂希さんの紹介で靖行さんと遼司さんに会った時と同じテーブルだ。席が同じなだけじゃなくて、テーブルを囲んでいるメンバーもまったく同じ。つまり、僕の向かい側には、威圧感たっぷりの靖行さんと遼司さんがかなり窮屈そうに椅子を並べていて、その二人からまるで僕らを庇護《ひご》するかのように、空席から運んできた椅子に腰を下ろした希さんがいる。

僕らが何のために集まっているかと言えば、ライブハウスにゴーサインが出せるか否かの最終的な相談をするためである。いや、判定が下される、と言った方がいいだろう。

その判定の材料は、夏休み前に決めたように、ＰＡ機材の調達資金の百万円が集められたかどうかである。

で、僕から報告を受けたばかりの靖行さんと遼司さんが難しい顔をして腕組みをしており、希さんはといえば組んだ膝に伸ばした両手の指を絡めて眉根を寄せている。

合計八十七万一千五百円也《なり》。

それが集めることのできた金額だった。

実際にはまだ集めていない。昨日から今日にかけ、協力を申し出てくれたメンバーにメールで問い合わせて確認した金額を合計したものだ。

いずれにしても、十二万八千五百円足りない。

僕と遥さんは、最初から牧場のバイト代を全部注ぎ込むつもりだった。それで四十万円が確保できる。で、夏休み前に協力を申し出てくれた人数は、各学校の軽音部の部員を中心に四十人以上に上っている。だから一人当たり一万五千円を夏休みのバイト代から捻出してくれれば目標は達成できるはずだったのだけれど、現実はそう甘くなかった。

実際に蓋《ふた》を開けてみると、少なくとも三十人は軽く超えると思っていた協力者の人数が、僕と遥さんを入れてちょうど二十名という数に留《とど》まった。

また、僕の代理としてガソリンスタンドでバイトをした慎太のように、稼いだお金をほぼ全額出してくれた者もいるにはいたが、さすがにそうはできない者が大半だったことも大きい。

そしてそれ以上に、「ごめん、適当なバイトが見つからなくて」だとか、「アルバイト先を探してはみたけど、雇ってもらえるところがなかったもので……」などといった内容の返信が多かった。

そうなのだ。普段からガソリンスタンドでバイトをしている僕はうっかり失念していたけれど、この街では高校生のバイト先がかなり限られている。僕にしたって叔父さんのコネがあるから雇ってもらえているのであって、高校生に限ったことではなく、この街における若者の雇用事情は決してよくない。というより悪い。僕の父さんが子どものころは、困った時には遠洋マグロ船、という時代だったらしいけれど、今の僕らには想像もつかない世界だ。

いや、この街の雇用事情を憂えている場合じゃなかった。

問題は、不足の十二万八千五百円をどうするかだ。

実際、かなり微妙な額である。地元の会社に勤めている若いサラリーマンの、一ヵ月分の給料の手取り額に匹敵する数字なのだから、決して小さなものではない。かといって、これで諦めるにはあまりにもったいない金額でもある。

誰も口を開こうとしないので、

「あのー……」遠慮がちに切り出してみる。

「もう少しお金を出せないか、みんなに当たってみましょうか。一応、僕と遥さんを含めて二十人はいるわけですから、一人当たり、えーと六千円ちょっとの追加で目標額は達成できるし、それでも無理な場合は、あらためてカンパを呼びかけるという手段もないではないし。だから、結論を出すのはちょっとだけ待っていてほしいんですけど」

そう言って靖行さんを上目遣いに見やると、

「着工の時期は決まってるんで、待てるとしても一週間かな。悪いけどそれ以上は無理」という答えが返ってきた。

一週間あれば不足分を掻き集められそうだ。

しかし、と言うか、案の定、と言うか、僕をひと睨《にら》みした遥さんが、

「それだと最初の趣旨から外れちゃうよ。それぞれの夏休みのバイト代から可能な範囲で、という約束でお願いして集めることにしたわけだから、足りないからもっと出せ、みたいなことはいまさら言えないし、言いたくもない。ましてやカンパなんて、それはなしって最初に決めたよね。最初に決めた約束をなし崩し的に変えたりしたら、それって政治の世界と一緒じゃない。だから国民からの信頼を失ってしまうんだよ、どの政党も」きっぱりとした、というより、怒ったような口調で反対した。最後のほう、たとえとしてはこの場に若干ミスマッチのような気がするけれど。

まあまあそう固いことを言わなくても、とか言って、靖行さんか遼司さんが助け舟を出してくれるのを期待して二人を見やる。

しかし、二人ともちらりと顔を見合わせて肩をすくめるだけだった。こういうモードに入った時の遥さんは、靖之さんや遼司さんみたいな大の大人をも黙らせてしまうような怖さがある。

百万円が集まらなかったら潔《いさぎよ》くあきらめる。

最初にそう決めたのは確かだ。忘れてはいない。忘れてはいないけれど、あと一歩というところで白紙だなんて、あまりに残念すぎる。

それにしても性格だから仕方がないとはいえ、もう少し融通が利かないものかなあ、と思いながら隣の遥さんを盗み見る。

駄目だ。無理。融通を利かすという言葉は、遥さんの辞書にはない。

仕方がないです、あきらめます。

それを口にするのは、元々の言い出しっぺの僕の役割だ。それを了解しているからこそ、遥さんをはじめ、この場の全員が口を結んで僕の言葉を待っている。

「仕方がないわねえ」

僕が口を開こうとしたまさにその瞬間、わりとのんびりした口調で口を挿《はさ》んだのは希さんだった。

「あとにしようと思っていたんだけど、啓道くんからの預かりものがあるの」

そう言ってハンドバッグに手を伸ばし、中から取り出したものをテーブルの上に置くと、僕のほうに向かって差し出すように滑らせてきた。

世間一般ではお馴染《なじ》みであるものの、高校生が直接手にすることはめったにない、紅白の水引が印刷されたご祝儀袋である。

水引の上側に「寸志」、下側には「楽仙会」という文字が、サインペンで書かれている。

「あの、これって……」

どうぞ、という手振りをする希さんにうながされ、とりあえずご祝儀袋を手にしてみる。

けっこう厚い。

袋を裏返してみると、七万五千円という数字が記入されていてびっくりする。

「こんなに沢山——」思わず口にしたあとで、

「駄目ですよ。こんなの、もらえません」ご祝儀袋をテーブルの上に戻しながら、

「ですよね」と隣の遥さんに確認する。

うん、とうなずいた遥さんと僕に、

「あ、二人とも勘違いしないでね。このお金、そういう意味じゃないから」と希さんが言う。

「そういう意味じゃないって、どういう意味なんですか？」

遥さんが尋ねると、意味ありげに口許をゆるめた希さんが説明を始めた。

「この夏休み、ライブハウスの実現のためにアルバイトに励んだ遥ちゃんや匠くん、それから他の高校生の子たちと、啓道くんたちも同じ立場ということよ。楽仙会のメ

ンバーの中に、高校生のころにバンドをやってた吉大くんっていたでしょ、病院勤めの」

　そう言って僕のほうを見やった希さんに、はい、とうなずき返す。

「その吉大くんがやたら乗り気になっちゃってね。俺たちも協力しようぜって、楽仙会のメンバーに呼びかけたみたい。そしたらみんなその気になったわけ。そのころってすでに遥ちゃんたちは北海道に行っちゃってたから、本人たちに話をするのは二人がこっちに帰って来てからでいいだろう、っていうことになったそう。で、遥ちゃんの言うように無理のない範囲で、それぞれのメンバーが八月分のお給料やお店の収入から持ち寄って集まった金額がこれ。だから遥ちゃんたちがアルバイトをして捻出したお金と形も意味も一緒。今回のライブハウスの企画、社会人が参加できないってことではないんでしょ？」

「それはそうです」

　僕がうなずくと、

「というわけだから、これを受け取らなかったら、啓道くんたちを除《の》け者にすることになるわけ。そんなこと、できないよね」希さんが遥さんに確認するように言った。

　少し考える仕草をしていた遥さんが、

「ありがとうございます。あとで啓道さんにお礼を言いに行きます」と返事をした。

「吉大くんや啓道くんたち楽仙会のメンバーは、別に善意や同情で協力することにしたわけじゃないんだよ。吉大くんなんか、自分がバンドをやりたくてうずうずしてきたみたいでさ。バンドの再結成を目指してあちこちに声をかけてるし、啓道くんも、ライブハウスを利用して何か観光に結びつくことができないかって早速考え始めているみたい。だから、お礼を言いに行くのはいいとして、必要以上に恩義を感じる必要はないからね」

そう言って希さんが目を細めたところで、

「でも、あと五万三千五百円足りないぜ」遼司さんが口を挿んだ。

すると希さんが、もう一度ハンドバッグを開けて、今度は白い封筒を差し出した。

「これ、うちのお店の八月分の売り上げから出せる分。実はあたし、カラオケだけじゃなくていつか生演奏で歌ってみたいって思っていたのよね」

「いくら入ってんだ？」

遠慮せずに尋ねた遼司さんに、

「一万三千五百円」と希さんが答えた。

「やけに半端な――」と言いかけた遼司さんが、悪戯っぽい目をしている希さんに向かって、

「え？　俺？　俺たちも？」と言いながら自分と靖行さんを交互に指さす。

「二人ともさあ、この時期、カツオ船の入港で、けっこう儲《もう》かってるんじゃないの？」

希さんが、にいっ、と笑う。

やれやれ、と苦笑いした遼司さんと靖行さんがポケットに手をやり、

「今月の売り上げから」

「今朝の水揚げの儲けから」

それぞれ口にしながら、一万円札を二枚ずつ、希さんの封筒の上に重ねた。

何の準備もなしに二万円という大金が財布から出て来ること自体が驚きではあったものの、これでちょうど目標額に到達したことになる。狐につままれているような気がしないわけでもないけれど。

「これで決まりだね。よかったね、二人とも」

希さんが微笑んだところで、

「ちょっと待った」と靖行さんがストップをかける。

「なに？　やっち。なんか文句あんの？」

怖い目で希さんが靖行さんを睨む。

「いやいやいや――」頭《かぶり》を振った靖行さんが、

「文句じゃなくて相談――」と前置きをしてから、

「ライブハウスとしての設備、つまりハードの部分はこれでなんとかなるとして、問

題はソフト面なんだよね」

「ソフト麵？　カレーうどんか？」

「遼司さーん。これから真面目な話をしようとしてるのに、勘弁してくださいよぉ」

「悪《わり》ぃ、悪ぃ」

おほん、と咳払《せきばら》いした靖行さんが、

「ようするに、ＰＡさんをどうするかっていう問題。操作にそれなりの専門知識が必要だとなると、うちの店のスタッフじゃあ対応しきれない。かといって、ＰＡのエンジニアを常駐させる余裕はないし、そもそも、毎日ライブを開催できる見込みは、今のところまったくないでしょ。となると、ライブのある日だけ外注してＰＡさんに入ってもらうしかないわけだけどさ、調べてみたらＰＡさんの出張費ってけっこうな額になるんだよね。それをうちの店で負担する余裕は、はっきり言ってないわけ。つまり、ＰＡのエンジニアは、出演するバンドに費用面も含めて手配してもらうことにならざるを得ないんだけど、それって、普通のアマチュアバンドには無理っぽくない？」

最後の問いかけは、僕に向けられたものだ。

「ですねえ、確かに」

そううなずくしかない。自前で持ち込む楽器以外の心配をする必要がないのがライブハウスの最大のメリットである。自分たちでＰＡさんの手配をしてね、などとライブハウス側から言われたら、十中八、九、お金がかかるし面倒だしで、じゃあいいや、となっちゃうだろう。

うーん、困ったな、と考え込んでいた僕は、靖行さんたちの視線が僕の顔に張り付いているのに気づいた。

「えっ、え？　俺？」

さっきの遼司さんみたいに、自分を指さしながら周りを見回す。

三人の大人たちは、面白そうににやついていたり、悪戯っぽく微笑んでいたり、どうかしたのか？　みたいに眉毛を上げていたりと表情はまちまちだが、言いたがっていることは皆同じだ。

「遥さん、どうしよう……」

言いながら隣に首をねじると、

「どうしようって、なにが？」と遥さんが首をかしげる。

「なにがって、PAのエンジニア。おまえがやればいいじゃないかって、靖行さんたちは僕に言ってるわけで……」

「そうなの？」

「ですよね」

確認するように言うと、うんうん、とうなずいた靖行さんが、

「俺たちが知ってる範囲で、ＰＡのエンジニアができそうな、しかも、ボランティアでやってくれそうな人材って、匠ちん、ちみしかいないと思うけど」と言って、希さんと遼司さんに同意を求める。

「あたしは、最初からそういうことだと思ってた」

「俺も」

それを聞いた遥さんが、僕に尋ねた。

「ＰＡのエンジニア、匠くんにはできそうなの？」

「機材の故障とかにはさすがに対応できないですけど、ライブハウスの話が出てから自分なりに勉強はしていたんで、基本的なセッティングとミキシングくらいなら、たぶん何とか……」

「じゃあ、決まりよね」

「はあ……」

「嫌なの？　やりたくないの？」

「いえ、そんなことはないです」

そう返事をするしかなかった。あまり自信はないけれど、この規模の箱でならやってやれないことはなさそうだし、そういう仕事、決して嫌いではない。でも、みんな大事なことを忘れてる。

どうしよう？　ここで口にすべきかそれとも……。

大人に向かって意見するのはやっぱり苦手だ。得意な高校生なんかめったにいないだろうけど、それにも増して、僕の目の前で視界を塞いでいる二人が二人だけに……。

「どうしたの？　何か気になる事でもあるの？」

希さんが訊いてくれたおかげで、僕が抱いている疑念、というよりは心配を口にすることができた。

「ライブがある時に僕がＰＡを担当するのはかまわないんですけど、それができるのは来年度いっぱい、えーとつまり、二〇一二年のぎりぎり三月までです。そこで僕、留年でもしない限り高校を卒業しちゃいますから。ですから、ちょっと先の話になりますけど、その後をどうするかも考えておかないとまずいんじゃないかと……」

考えてるよ、とすかさず靖行さんが言った。

「匠ちん、ちみさぁ、高校を卒業したらうちで働かない？」

「はあ？」

「といっても、いきなり社員待遇は無理なんで、まあ、最初はアルバイトかな。とりあえずバリスタの勉強をしながらカウンターに入ってもらって、ライブがある時はＰＡのエンジニア。そんでもって、ゆくゆくは店長を目指して、その段階に達したら正社員になるとか、そういうプランでどう？」

「ちょ、ちょっと待ってください」

「なに？　嫌なの？　うちの店なんかで働いてもしょうがないとか、そういうこと？」

「いえ、そういうことじゃなくて……」

「じゃあ、どういうこと」

「すいません。あの、お、俺、二者面とかでも、進路のことは全然具体的な希望は出せてなくて、そういう状況なもんですから、なんかこう、自分の意思には関係なく自分の人生が決まっていくというのは、いくらなんでもさすがにちょっと……」

　そこで靖行さんが必死になって笑いをこらえているのに気づいた。

「めんご、めんご」と笑った靖行さんが、真面目な顔になって続けた。

「一応、ちゃんと考えているよ。とりあえずアネックスのほうは、クリスマス前には内装も含めて完成する予定。で、せっかくなんでクリスマスライブでも企画しようかと考えているわけね。それが匠ちんの初仕事になるかな。で、匠ちんが卒業するまでのあいだ、ライブがある時はうちの店のスタッフを一人か二人、必ずサブに付けるから、PAの仕事を教えてやってほしいんだよね。そうすれば、匠ちんが抜けたあとも運営していけるでしょ。でもって、その時になって匠ちんがうちの店に残りたいって言うなら、それはそれでかまわないしね」

「そこまで考えてもらってすいません。ありがとうございます」

素直にお礼を述べるしかなかった僕だけれど、遥さんは違ったようだ。

「靖行さん、ひとつ訊いてもいいですか――」と口にしたあとで、

「今のお話だと、わたしたちがPA機材の資金を集められるかどうかにかかわらず、ライブができる箱にするのは決定していた、ということになりませんか？」と指摘した。

言われてみれば確かにそうだ。でも、結果オーライなんだからそこはこだわるところではないだろう、と僕は思うのだが、うーん、やっぱり遥さんは気になって仕方がないみたいだ。

「いやいや遥ちゃん――」と靖行さんが首を横に振る。

「夏休み明けの時点で決定して、それから本格的な設計というんじゃさすがに間に合わないから、どっちにも対応できるように、設計図は二枚あったわけ。まあ、設計事務所が融通の利くところ、という点も大きいけど、実は頼んでいる建築士さんがさあ、自分でもバンドをやってて、仙台のジャズフェスにも毎年出場してるような人なんだよね。なもんで、この話を聞いたとたん、やたらはりきって、追加料金なしで二枚、設計図を書いてくれちゃったわけ。実際、見比べてみると、ライブハウス兼用のほうが、明らかにリキが入ってるのがわかるんだけどさあ。そういうことだから、俺も遼司さんも、目標額に達しなかったらきっぱりNGを出すつもりでいたんだよ。一応こ

れでも、それぞれオーナーと経営者なもんで、その辺はシビアに」

その説明に納得したらしく、あらためてお礼を言った遥さんと一緒に、僕も靖行さんと遼司さんに頭を下げた。

その僕らをニコニコしながら見ている希さんこそが、実は陰の立役者なんじゃないかと、ふと思う僕だった。

24

錨珈琲で希さんたちと別れた僕と遥さんは、その足で小川菓子店に向かった。もちろん、啓道さんにお礼を言うためである。

お店にいた啓道さんに、目標額に到達することができてライブハウスにゴーサインが出たことを報告すると、案外冷静にうなずいて、しかし心から喜んでくれた。希さんの場合もそうだが、なにかこう、保護者にでもなったかのように、僕たちをあたたかく見守ってくれている感じだ。

で、まだ明るい時刻でもあったので、僕と遥さんはごく自然な流れで階段を上り、珈琲山荘おがわのテーブルに腰を落ち着けた。遥さんが一人で来る時にいつも座るのと同じ窓際の席だ。

マスターが作ってくれたバナナジュースを飲みながら、

「なんだか不思議ですよね」正直な感想を僕は漏らした。

「不思議ってなにが？」

「なんかこう、すべてがとんとん拍子に進んでいくじゃないですか。あまりに順調すぎてちょっと怖いかも。そのうち足元をすくわれちゃうんじゃないかと、かえって心配になるくらいです」

「匠くんって心配性なんだね。今に始まったことじゃないけど」

くすりと笑った遥さんに、

「でも、ちょっとだけですけど、なんだかなあと思わないこともないんですよね。啓道さんをはじめ、希さんも靖行さんも、それから遼司さんも、みんな俺たちみたいな高校生がしようとしていることに、マジで力を貸してくれたり応援してくれたりしてるじゃないですか――」と口にしたあとで、

「それにはすごく感謝してるんですけど、こんなにあっさり大人と手を組んじゃっていいのかな、と思わないこともないんですよね。ロックをやってる人間がそれって実はまずいんじゃないのって、そんな気がしちゃうというか。やってたバンド、仮にもパンク系だったし」自分に言い聞かせるように言った。

「すごいね、匠くん。哲学しちゃってる」

「いや、そんな大げさなものじゃないですけど、大人の世界に対する反発とか、既存の社会へのアンチテーゼとか、ロックの世界って基本的にはそういう路線というか価値観で続いてきているものだから、それを考えると、今の俺ってこの街の大人の世界に上手く取り込まれようとしているだけじゃないかって、どこかで焦っちゃうんですよね。靖行さんなんか、けっこうマジに俺の就職の話までし始めちゃうし。派遣労働とか非正規雇用とかが社会問題になっている時にこんなことを言ったら石を投げられそうですけど、あえてひねくれて考えてみると、過疎化してきているこの街から若者を外に出さないための罠《わな》なんじゃないかって思ったりして。それって、やっぱり考え過ぎですかね」

「考え過ぎだよ、それ」

あはは、と遥さんが笑う。

「ですよねえ」

苦笑した僕に、

「でも、匠くんの言いたいことはよくわかるよ、わたしも中学生の最初のころはそうだったから。どちらかというと、この街ってなんでこんなに息苦しいんだろうとか、この街から脱出したいとか、そんなことばかり考えていた」

「遥さんもそうだったなんて、嬉しいけど、ちょっと複雑」

「どうして?」

「中学の最初のころってことは、実質的に俺、遥さんより三、四年も遅れていることになっちゃう」

「そんなことで競ってもしょうがないよ」真面目な顔で言った遥さんが、

「わたし自身が変わったのは、お兄ちゃんが死んじゃって、そのあとで北海道に行ってからかな、やっぱり。丹後さんの牧場で働いてみて、地に足を着けて生きるってどういうことか、学べた気がする」

「あーそれ、よくわかります。まあでも、それって今だから言えることですけどね。最初、農場の仕事が最後まで務まるとは自分でも思わなかったですから」

「ほんと言うとわたしも驚いた」

「そういえば、遥さん。千里さんに俺のこと、普段日光に当たってない感じの、牧場の仕事が三日も持ちそうにない男子とかって、ひどい教え方をしたんですよね」

「今どき風のそこそこイケメン君って、褒め言葉も付け加えたよ」

「でしたっけか?」

「うん」

「褒め言葉にしても若干微妙だなあ」

「どこが微妙?」

「そこそこってとこが」

「でも事実だから」

あっさり言う遥さんに、椅子からずり落ちそうになる。

僕のリアクションに不思議そうに首をかしげたあとで遥さんは、

「でも、農場の仕事、結局、最後まで続いたじゃない。匠くんって、やっぱりやる時はやるんだって見直したよ」と微笑んだ。

続いたのは一にも二にも、遥さんの存在のおかげなのだけれど、それはあえて口にせず、

「確かに最終日のやり切った感ってすごかったというか、めちゃくちゃ充実感があったなあ」夏の北海道の大地と空を懐かしく思い出す。

「話は変わる、というよりちょっと戻るけど、匠くん、卒業後の進路はどうするつもりなの？　さっき、靖行さんに誘われた時はずいぶん焦ってたみたいだけど」

そういえば北海道にいた時にも僕の進路のことを遥さんに訊かれたよな、と思い出した。

それって、遥さんが僕の進路をいつも気にかけてくれているということでもあるので、とても嬉しいのは確かなのだけれど、その反面、明確な答えを準備できていない自分がもどかしい。

「言ってることが矛盾しているのは自分でもわかっているんですけど、この街は好きだし、ここで仕事をしながらのんびり暮らすのも平和でいいかもなあって、時おり思うんですよね。であれば、靖行さんのお店でバリスタ兼PA担当に雇ってもらえるんだったら、かなり現実的というか理想的かもしれないですよね。むしろ、こんないい話はめったにないでしょうから、すごいチャンスなんだと思います。でも、なんかやっぱり、それって安易なほうに流されようとしているだけじゃないかと思ったりして……」

あ、今の俺、かなり優柔不断、と気づいて焦った。遥さんは優柔不断なのが一番嫌いなのをうっかり失念していた。

つまんないなあ。あームカつく。

しかし、観念して待っていた僕の耳に聞こえたのは、

「男の子だね、匠くんって」

えっ？

驚いて、そして意味がわからず、テーブルに落としていた視線を上げると、頬杖《ほおづえ》をついた遥さんが、僕に向かって微笑んでいた。

今までのどの時とも違う遥さんのリアクションに戸惑ってしまう。

「どうかした？」

「怒らないんですか?」

「なんで?」

「優柔不断なことに」

「誰が優柔不断なの?」

「俺が……」

あーなるほど、そういうことか、と小声で呟いた遥さんが、

「匠くんのその悩み、優柔不断とは言わないよ」

「そうですかね」

「うん。すぐに決めなければならないことがあって、実はその気になれば決められるくせに、ああだこうだと迷いたくて迷っているのが優柔不断。でも、匠くんの進路のことって、今の時点ですぐに決めなくてはならないことではないし、むしろ、すぐには決められないものよね。自分の人生がかかっていることなんだから、安易に決めちゃいけないことですらある。だから優柔不断なんかじゃないよ。安易に流されることに疑問を持って困難な道を探そうとしている匠くんは、うん、きっとロマンチストなんだろうね。だから、男の子。そこへいくと女の子って、どっちかというとリアリストなのよねえ。匠くんの話を聞いていて、男の子っていいなあって、あらためて思ったわけ。そんな匠くんって素敵だよ」

人からこんな褒め方をされたのは初めてだ。しかもそれが遥さんによってだなんて、僕の頬が急速に火照ってくる。

ん？　という表情をした遥さんが、

「匠くん、顔が赤いよ。大丈夫？　熱でもあるのかな」と言って首をかしげ、僕のおでこに手のひらを当てた。

「熱はないみたいだけど……」

不思議そうに遥さんが首をひねる。その一方で、僕の頬はますます熱くなってしまう。

「念のため、体温計で計ってみようか。マスターに体温計借りて来るね」

そう言って立ち上がろうとした遥さんを、

「大丈夫です、全然平気」慌てて押し止《とど》める。

「そう？　ほんとに？」

「はい、問題なしです」

なんとか火照りが去ったところで、

「遥さんって、やっぱり大人だなあ」と、ちょっと不思議ちゃんではあるけれど、という補足は心の中に留め置いて、正直な感想を漏らした。

「そうかな？　自分ではまだまだ子どもだって思っているんだけど。成人式はまだだし。というか、まだ高校も卒業していないしさ」

「遥さん」

「なに？」

「たった今、いいことを思いついた。聞いてもらえます？」

もちろん、とうなずいて身を乗り出してきた遥さんに、僕はしゃべり始める。

たった今思いついた、というのは決して嘘ではないけれど、僕の中で少しずつ輪郭を持ち始めていたことであるのも事実だ。

25

「ライブカフェ・シーアンカー」アルファベットで書くと「Live Café SEA ANCHOR」、それが僕らのライブハウスの正式名称となった。

海錨《かいびょう》という呼び方もあるシーアンカーは、荒天の際に船を安定させるために海中へ投じる、パラシュートのような形をした錨《いかり》のことだ。もちろん、靖行さんのお店、錨珈琲が名前の由来である。どんな荒波が来てもそれを乗り越えてお店が続きますように、という願いを込めて付けたものだ。

実は、命名したのは僕、庄司匠。

といっても、あっさり決まったわけではなかった。最終的に決定したのは、九月も半ばに差し掛かり、あと数日でいよいよ着工という直前になってのことだった。

最初僕は、それまで靖行さんが口にしていた「アネックス」がそのまま名前に使われるものだと思っていた。「錨珈琲アネックス」という具合に。

ところが、夏休みが終わって一週間ほど経過した土曜日、協力してくれたみんなから集めたお金を遥さんと一緒に持参して——当然のこととはいえ、それまで百万円などという大金を手にしたことはなかったから、持っているあいだ中ドキドキだった——お店に足を運んだ時、居合わせた遼司さんに、

「新しい店舗の名前だけどさ、何かいいアイディアあるかい？」と訊かれて、えっ？ どーいうこと？ と遥さんと顔を見合わせた。

「あのー、錨珈琲アネックス、になるんじゃなかったんですか？」

そう尋ねた僕に、

「俺はそのつもりでいたんだけど、遼司さんが急に反対し始めてさあ」と言って、靖行さんが肩をすくめる。

「だってよ、アネックスだぜ、アネックス。それってなんかホテルっぽくねえ？」

「別館だからアネックス。それのどこがおかしいわけ？」

「アネックスと言われて思い浮かぶのは、銀座《ぎんざ》のホテルとかリゾート地のホテルとか

だろ？」遼司さんが僕に顔を向けて、というより、ギロリと睨むようにして同意を求める。

そう言われても、銀座のホテルにもリゾートホテルにも泊まったことのない僕には返事のしようがないのだが、遼司さんも別に答えを求めていたわけではないらしく、すぐに靖行さんのほうに顔を戻した。

「でもって、この街でアネックスとか名前をつけたら、どこのラブホですかって訊かれるのが落ちだろうよ。駄目だ、アネックスは絶対駄目」

「駄目って、遼司さん。自分が勝手にラブホをイメージしてるだけじゃないですか。誰もラブホだなんて思いませんよ」

「いや思う」

「思いませんって」

「どうしてもアネックスにするんなら、土地と建物、貸さねえぞ」

「あちゃー、なんでそうなるかなー」

いつものように、二人のあいだでほとんど漫才みたいなやり取りが始まったところで、

「お二人とも、ちょっといいですか？」遥さんが口を挿んだ。

それと同時に、遼司さんと靖行さんが、はいっ、という返事が聞こえてきそうな勢

いで居住まいを正し、遥さんのほうに身体を向けた。それだけじゃなく、固唾《かたず》を呑んで、という形容がぴったりの面持ちで、次の言葉を待っている。

うーん、やっぱり不思議な人だ、遥さんは。こういう場面を目にしてしまうと、自分の彼女が遥さんだという事実が、現実だとは思えなくなってしまう。その遥さんが、

「靖行さん――」と名前を口にしたあとで、

「錨珈琲アネックスというのは、お店の名前として最終的に決定している、ということですか？」と尋ねる。

「いや、まだ最終決定というわけではないけど」

わかりました、とうなずいた遥さんが、今度は、

「遼司さん――」と呼んでから、

「アネックスという名称を使うのに反対なのはいいとして、何か代案はあるんですか？」と首をかしげた。

「あ、いや。特に考えてはいないけど」

そうですか、と再びうなずくと、

「匠くんはどうかな。何かいい名前、思いつかない？」いきなり話を僕に振ってきた。

「あ、いや、何も……」

「困ったわね、これだと話が進まない」

難しい顔をして腕組みをしてしまった遥さんを、僕を含めて三人の男が注視する。

胸元に顎《うず》を埋めるようにして何かを考え込み始めた遥さんが、しばらくしてから顔を上げた。

「靖行さんと遼司さんがかまわないのであれば、匠くんにネーミングしてもらうというのはどうですか？」

その言葉に最もうろたえたのは、当然ながら僕である。

「ちょ、ちょっと待ってください――」このフレーズ、何度遥さんの前で口にしただろう、と頭の片隅で考えつつ、

「いくらなんでも俺には荷が重すぎますよ」と頭《かぶり》を振ると、

「元々の言い出しっぺは匠くんでしょ？　今みたいに話が進まなくなった時は、きみが何とかするべきじゃないかな」当然でしょ、という口調で言ったあとで、

「それに、匠くんってその手のセンスがあるし」と言って微笑んだ。

「センスなんかないですよぉ」

「ううん。匠くんが書いた曲でわかるよ。ああいう詞を書くの、わたしには無理だもの――」真面目な顔で口にした遥さんが、

「ただし、遼司さんと靖行さんの承認が得られれば、ということだけど、お二人とも、匠くんにお店の名前の候補を考えてもらってもいいですか？」と言って、二人に向き

直った。

「俺はいいけど」

「俺も」

ありがとうございます、とお礼を口にした遥さんが、

「タイムリミット、いつになりますか？」と靖行さんに尋ねた。

慌てた素振りで携帯電話を取り出した靖行さんが、

「ぎりぎり二週間かな」カレンダーを確認しながら口にする。

「じゃあ、ちょうど二週間後の土曜日、同じ時間にまたここに集まって最終的に決定しましょう。それでどうですか？」

いつの間にか完璧に場を仕切っている遥さんに異論を唱えられる者は誰もいない。

僕ら三人がうなずくのを確認した遥さんが、「匠くん、いい名前考えてね」と言って目を細めた。

という経緯で、僕が店名の名付け親となってしまったわけであるが、

「ライブカフェ・シーアンカー」

こうしてあらためて口にしてみると、思い切り手前味噌《てまえみそ》には違いないけれど、なかなかいい命名だと思う。

そして、お店の名前が決定した翌日、僕は珈琲山荘おがわで宙夢に会っていた。

26

宙夢と直接会うのは、夏休み明け後にＰＡ機材の調達資金を集めに回った時以来だが、電話ではそれ以前から時おり話をしていた。高校に入学してバラバラになった中学時代の同級生で、最も頻繁にやり取りをしている相手が宙夢なのは確かだ。話の内容はというと、ライブハウスの件は別として、それ以外はほとんど僕が宙夢の愚痴を聞いてやっている感じ。

どうも宙夢のやつ、自分の学校の軽音部であまり上手く行っていないらしい。恭介と一緒に——はっきり言って女の子目当てで——ネクストを辞めた宙夢であるが、恭介に先を越されたのがだいぶ尾を引いているみたいだ。宙夢にしてみれば、意中の子をさっさと恭介にさらわれちゃったわけだからくさるのもわからないではないけれど、愚痴る相手が他にいないのかよ、と突っ込みを入れたくなる。

とはいえ、本人の名誉のために付け加えておくと、恭介よりは、という保留付きではあるものの、音楽に対する姿勢は元々真面目なやつである。実際、ドラムのテクも高校生にしてはかなりイケてるほうで、音楽の嗜好《しこう》も僕寄り。まあ、恭介が節操なさすぎだっただけではあるのだが、ネクスト時代——時代などと言うほど昔の話ではないけれど——も、アニソンよりもパンクを叩いている時のほうが明らかに乗っていた。そのせいもあるのだろうが、ほぼアニソンやコピーバンド一色の南高の軽音部に物足りなさを感じているのも事実のようで、それがいっそう愚痴を言わせるみたいだ。

宙夢から電話があるたび、まったくもう、と思いつつも愚痴に付き合ってやっていた僕であるが、少し前にあることを思いついていた。いつ話そうかと考えていたのだが、ライブハウスの名前が決定したのがちょうどいいタイミングになり、バナナジュースを奢《おご》るからという約束を餌に、宙夢を珈琲山荘おがわへ呼び出したのだった。

宙夢は、珍しく約束の時間ぴったりに現れた。いや、恭介と一緒だとルーズになると言ったほうが正確かもしれない。

マスターに飲み物のオーダーをしたあとで、僕は単刀直入に切り出した。

「宙夢。おまえさあ、俺と一緒にもう一度バンドやる気ない？」

「はあ？　突然何なんだよ」

「だから、ネクストをやってた時みたいに、学校の垣根を越えてバンド活動するわけ」

「それ、マジで唐突すぎ」

「でもないんだ、俺の中では」

「どういうことだよ」

「実はさ、俺——」と前置きをした上で宙夢にしゃべり始めた僕だけれど、ここで話はちょっと遡る。ライブハウスの実現に向けてのゴーサインが出たあの日、ここ珈琲山荘おがわで遥さんにしゃべった僕の思いつきが何だったのか、という話である。

27

結論から述べると、珈琲山荘おがわのいつもの席で、僕は、遥さんと一緒にバンドをやりたい、という自分の希望を伝えたのだった。

その時遥さんは、当然のことながら、

「わたし、サポートで入ることはあっても、バンドの固定メンバーにはならない主義なのは匠くんも知ってるでしょ？」と確認するように言った。

「十分知ってますけど、そもそもなぜそういう主義を貫いているんですか？　まあ、だいたい想像はつきますけど」

「どんな想像？」

「遥さん。自分がどこかのバンドに所属したら、部員たちに対してえこひいきになると思ってるんでしょ」

遥さんがびっくりした目をする。

「なんでわかるの？　匠くんには、ううん、誰にも言ったことはないんだけど」

「わかりますよ、それくらい」

などと、ちょっぴり余裕を見せられるようになってきた最近の自分を内心で自画自賛した僕は、

「学校の外、つまり軽音部の活動の範囲外だったらどうですか？　俺が前にネクストで活動していた時みたいに。それなら遥さんの主義に反することにはならないですよね」

「うーん、理屈では確かにそうだけど」

「でしょ？」と、遥さんのほうに少し身を乗り出した僕は、

「俺、よく考えたら、一度も遥さんの演奏や歌を聴いていないんですよね。噂だけはさんざん聞かされているんですけど、やっぱり一度聴いてみたい。であれば、自分のバンドで一緒に演奏したい。それって駄目ですかね？」と言って遥さんの返事を待った。

「駄目ということはないけど、急にどうしちゃったの、匠くん。なんか、かなり焦ってない？」

駄目だよ、とか、嫌だよ、という返事ではなかったことに、とりあえず安堵する。

「実は、突然というわけでもないんです。慎太から、遥さんがボーカルも楽器もオー

ルマイティだって聞いてから、いつか一緒にバンドをやれたらいいだろうなと思っていたというか、ほとんど妄想していたんですけど、さっき遥さんが言ったことで、ちょっと焦りだしたのは確かなんです。それで思いついたというか、今言っておかないと実現は無理なんじゃないかと気づいて、バンドの話を切り出したんです」

「わたしがさっき言ったことって?」

「まだ高校も卒業していないしって、そう言ったでしょ? それ、言い換えれば、あと半年で遥さんは高校を卒業しちゃうということじゃないですか。それしか一緒に居られないと思うと、寂しいというか焦るというか、今のうちにできることをしておきたいって、そう思ったわけです」

「匠くん」

「はい」

「きみ、わたしが卒業したら、わたしと別れるつもりなの?」

あっ。遥さんがこの質問をするのは予想しているべきだった。

まだまだだなあ、俺。と、さっきの内心での自画自賛を撤回した僕は、

「違います、違います——」大げさなくらい目の前で手を振ったあとで、

「別れるなんて、そんなの考えたこともないですよ。ただこう、物理的に距離が離れると、今のように毎日会うのは無理になるわけで、そうなってからでは難しいことも、

今のうちなら可能なんじゃないかと。で、遥さんと一緒に一番何がやりたいかって考えたら、バンドという結論になったわけです。遥さんの考えや気持ちがどうかはわかりませんから、あくまでも一方的な僕の希望ですけど」言い訳がましくなっているのにしゃべっている途中で気づいたけれど、なんとか説明を終えた。

「なるほど、そういうことか――」と顎を引いた遥さんが、

「簡単に言えば、やりたいことはやれる時にやっておかなきゃってわけね――」受け取り方によっては際《きわ》どいことを口にしたあとで、

「匠くんって、心配性な割には刹那的なんだ」と言って、もう一度深くうなずいた。

「すいません」

「何で謝るの？　褒めてるのに」

「えっ、褒めてるって何を？」

「刹那的なところ。やっぱり、パンク少年は刹那的じゃないとね」

そう言ってにこにこしながら僕を見ている遥さんだが、何と返したらいいのか戸惑うばかりだ。

その遥さんが笑顔を引っ込めて僕に尋ねる。

「またバンドを組むとして、どういう曲を演奏するつもりなの？」

「やっぱ、ネクストでやっていた時のメロコアを中心に、もっとシンプルなパンクも

やってみたいですね。原点に返れ、じゃないですけど、初期のパンクロックみたいなのも」

「アニソンは？」

「やりません」

「それなら匠くんと一緒にバンドをやる」

「ほんとですか？」

「うん」

「あのー、遥さんってアニソンが嫌いなんですか？」

「そんなことないよ」

「じゃあ、何で今……」

「アニソンよりもパンクを演奏している時の匠くんのほうが好きだから」

まったく照れずに言った遥さんが、頬を火照らせている僕に向かって、

「どうしたの？」と首をかしげる。

カウンターの中にいるマスターにちらりと視線をやってから、

「こういう時って、素直に喜べばいいんですよね。ありがとうございます」と言うと、

「心配性で刹那的ではあるけれど、素直な匠くん。うん、キャラ的になかなかいいかも」遥さんが納得した顔になって口許をゆるめた。

いったい俺って、遥さんの中ではどんなキャラなんだろ？　と思いつつも、遥さんがバンド加入を承諾してくれたことに胸中でガッツポーズをしてから——しかも、かなり激しく——話を進める。

「それで、えーと、希望のパートってありますか？」

「何でもオッケーだけど、他のメンバーにもよるよね。誰か考えている候補はいるの？」

「ドラムは宙夢に叩いてもらおうかと」

「ネクストの時の？」

「はい。あいつ、どうも南高の軽音で浮いちゃってるみたいで——」宙夢の愚痴をしょっちゅう聞いてやっていることや、音楽的には嗜好が一致していることを説明した上で、

「——だから、誘えば乗って来ると思うんですよね」と締めくくった。

「彼ならドラムは問題ないね。匠くんのギターにも合ってるし。ということは、彼がうんと言ってくれれば、ドラムはオッケーなわけだ——」とうなずいた遥さんが、

「ボーカルの子は誘わないの？」

「恭介ですか？　ベースの」

「そう」

「誘いません」

「なんで？」

「あいつは南高の軽音で上手くやってるみたいだし、それに、正直言うと今度のバンドには入れたくないんですよね。めちゃくちゃ適当くさくていい加減なやつ、ということもあるんですけど、そのくせ妙な存在感があるんですよ。気づくとその場の雰囲気を作っちゃっているような。だからネクストの時も、形だけは俺がリーダーをしてましたけど、実質的には恭介のバンドだったと言っていいです。だから、恭介はNG」

「おー、匠くん、本気なんだ。今度のバンド」

「ネクストでの不完全燃焼感、かなり大きかったですから」

「ということは、バンドの形態から言ったら、わたしはベースか、もう一本のギター？」

「遥さん、ベースやれますか？」

「できるよ。超絶テクを求められても無理だけど、普通に弾くくらいなら。一応、指弾きでもピックでも、どっちでも対応できる」

「歌いながらでも？」

「うん――」とうなずいた遥さんが、

「え？　それって、わたしがボーカルってこと？」

「やっぱりスリーピースが一番落ち着きますから」

そう言ってから、気になっていたことを訊いてみる。

「遥さんって、左利きでしたよね」

「お箸以外は」

「じゃあ、ギターとかベースはレフティ？」

「そうだよ」

おお、これで完璧に決まり。

レフティの遥さんに下手《しもて》寄りのセンターに立って歌ってもらえば、上手《かみて》でギターを弾く僕との構図はばっちり。というか、一本のマイクでコーラスに入るシチュエーションを作った場合、僕がセンターマイクに寄って行けば、肩を並べた遥さんとほとんど密着状態で演奏できるわけで、それを想像しただけで舞い上がりそうになってしまう。

その妄想をもてあそんで僕がぼーっとしていると、

「曲はどうするの？」遥さんがあくまでも冷静な口調で尋ねた。

「これまでのオリジナル曲のキーを上げてちょっと詞をいじれば、女性ボーカルで全然問題ないです。それに俺——」そこで、遥さん用に、という言葉は口にせずに呑み込んで「――久しぶりに曲も書いてみたいし。錨珈琲のライブハウスが完成するまでには、五、六曲くらいは準備できると思います。だから、遥さんにベースを弾きながら歌ってもらったら、めっちゃかっけーバンドになると思うんですよねえ」話をしているうちに思わず熱が入ってきて、自分でもちょっと可笑《おか》しい。

　つかの間考え込んでいた遥さんだったが、思っていた以上にあっさり、

「うん、わかった。いい曲書いてね――」と承諾してくれたあとで、

「バンドの名前はどうするの？」と質問をした。

　こういうところ、やっぱり遥さんだと苦笑しながら、

「遥さんが嫌じゃなければ、ネクストをそのまま使おうと思うんですけど。気に入っていた名前だし」

「わたしはオッケーよ。いい名前だと思う」

「じゃあ、宙夢が加入してくれればオールクリアですね」

　ここで普通であれば、それじゃあ新生ネクストの結成に向けて乾杯、などとなるところだろうけれど、やっぱりそうはならず、

「新生ネクストがスタートしたとして、実際に音を出すのは、ライブハウス付属の練習スタジオが完成してからになるよね」遥さんが確認するように言った。

「そうなりますね、確かに」

「新生ネクストの初ライブ、どのタイミングでやるか考えてるのかな？」

それは考えていた。いや、正確に言うと、遥さんと話をしているうちに具体的な形を取り始めたアイディアだったのだが、

「卒業ライブでっていうのはどうですか？」と答えた。

「それは無理でしょ」

遥さんが即座に頭《かぶり》を振る。

「いや、学校のいつもの卒業ライブじゃなくて、卒業式が終わったあとでライブハウスを貸し切りにしてもらって。前に俺、俺たち高校生の手でロックフェスを開催したいって、ちょっと偉そうに言っちゃったじゃないですか。でも、箱ができるのがクリスマス直前となると、クリスマスライブでフェスを開催するのは時間的に無理ですから、であれば、今のうちから市内の軽音部に声をかけて準備を始めて、卒業ライブっていう形で開催できたら最高じゃないかと、そう思うんですけど」

「それ、悪くないね――」と同意した遥さんが、

「でも、わたしたちが演奏してる時のPAさんはどうするわけ？」

あっ、全然考えてなかった。

でも……。

「それまでに何度かライブはあるでしょうから、靖行さんのお店のスタッフさんと一

緒にPAをしていれば、ネクストの演奏の時くらい任せられると思います。それに、PAスタッフの特権を利用して、あらかじめ自分のバンドのセッティングを決めておけるし」

「匠くんがそう言うのなら、うん、大丈夫そうね」

納得した顔になった遥さんが、

「ということは――」と口にしてから、

「新生ネクストの初ライブが、わたしにとっては卒業記念のライブにもなるわけか。ありがとう。すごい素敵なプレゼントだよ。やっぱり匠くんってロマンチストなのねえ。すごく嬉しい」そう言って微笑み、僕に向かって目を細めた。

頰杖をつきながらこんなふうに穏やかな笑顔を見せる遥さんが僕は大好きだ。心臓の真ん中を優しく射抜かれたみたいになり、何も言えなくなってしまう。

だから僕は、密《ひそ》かに抱いていた下心は口にしなかった。

新生ネクストが実現したとして、遥さんの卒業と同時に解散する必要はまったくないことに、これまた話をしている途中で気づいた。

メンバーにその気があれば、バンドは続けていられる。確かに遥さんだけ一足先に卒業してこの街を離れるけれど、進学先の専門学校があるのは仙台だ。月に一度か二度程度なら、仙台の練習スタジオで、あるいは今度完成する錨珈琲のライブハウス付属のスタジオに集まって演奏を合わせることくらいできるはずだ。

そのためには、ライブの予定を立てればいい。ライブをやる箱と日付さえ決まっていれば、バンドって案外続くものなのだ。

つまり、遥さんが卒業したあとも、バンドさえ存続していれば、僕と遥さんの関係は維持できる。

ちょっとずるい考えかな、と自分でも思う。だから下心という言い方をしたわけなのだが、それほどまでに僕は、遥さんを自分に繋《つな》ぎ止めておきたい。

28

話は元に戻って、宙夢。

僕の遥さんに対する下心を宙夢にしゃべることはもちろんあり得ず、ライブハウスの名前が正式に決まったこと、柿落《こけらお》としのライブは、地元出身の女性シンガーソングライターさんのワンマンライブになる予定で、それが僕のＰＡスタッフとしての初仕事になること、そして三月の一週目の土曜日、高校の卒業式が終わったあとで市内の軽音部が合同で企画した卒業ライブを開催するつもりでいること、などなどをかいつまんで説明したあとで、

「つまり、学校の垣根を越えてバンドを組んでもオッケーな環境が、ようやくこの街にもできるわけ。どうせだったら、俺らでその第一号になってみたくねえ？　それには卒業ライブがタイミング的にばっちしだし、なんせ、卒業式の直後だから盛り上がるだろうし」あらためてバンドへの加入を誘った。

「説明はわかったし、卒業ライブにも賛成だけど、なんで俺なわけ？」

「宙夢のドラム、俺、買ってるから」

「嘘《うそ》吐《つ》け。他に声をかけられそうな相手がいないだけだろ」

「それはある」

「やっぱり」

「でも、おまえのドラム、実際いいし。演奏してて気持ちいい」

「そりゃ、どうも」

「それに、恭介のバンドからは抜けたんじゃなかったっけ？」

「でも、一応、軽音の別のバンドで叩いてるし」

「マジなバンド？」

「いや、そうでもない」

「だったら、掛け持ちでもやれるんじゃねえの？」

「そりゃあ、できないこともないけどさ」

「だったらいいじゃん」

「やるとして、演奏する曲は？」

「ネクストの時のオリジナル、プラス新曲を二、三曲で、五曲から六曲」

「アニソンは？」

「やらない。パンクだけ」

「マジ？」

「マジ」

「悪くないな」

「だろ？」

「ボーカルは？　まさか恭介じゃないよな」

「やっぱりおまえら、仲悪いんだ」

「そうでもねえけど、あいつが入ると、結局ネクストと同じになっちまうじゃん」

「大丈夫。恭介には声をかけるつもりないから。あ、でも、バンド名はネクストのまで行くつもり。一応、俺がリーダーだったんだから、使う権利はあるだろ？」

「それはかまわないけど、ボーカルとベースはもう決まってんのか？」

「決まってる。今度のバンドもスリーピースで行く」

「おまえの学校の軽音部員？」

「そう」

「誰？　俺が知ってるやつ？」

「知っていると言えば知ってる。知らないと言えば知らない」

「だから、誰なんだよ。焦《じ》らすなって」

「部長」

　そこで宙夢が固まった。

　少ししてから、

「部長って、おまえ。もしかして、あの――」

「そう。宮藤遥さん」

「マジかよ」

「マジ。どう？　叩く気になった？」

「なった、なった。俺も入れてくれ、っつうか、絶対他の奴に頼んじゃ駄目だぞ」

「おまえのことは遥さんにも言ってある。ネクストの時のおまえのドラム、遥さんもけっこう気に入っていたみたいで大歓迎だって」

「おー、そうか、そうか」

　やけに嬉しそうにうなずいていた宙夢が、もう一度固まった。

　さっきよりずっと長く硬直していた宙夢が、眉を寄せながら口を開いた。

「匠。おまえさあ、何で遥さんって呼び方するわけ？　部長とか先輩とかじゃなくて

……」

少し間を置いた僕は、訝しげにしている宙夢を見やりながら、

「まあ、そういうこと」と言って、片方だけ眉を上げてみせた。

「なんだよ、そういうことかよぉ」

椅子の背もたれに背中を預け、宙を仰ぎながら宙夢がこぼした。

「悪い。でも、最初に聞いておいたほうが、すっきりしていいだろ？」

「まったくもう」

「嫌ならいいんだぜ。他のドラム探すから」

「探しちゃ駄目だって言ったばかりだろ」

「つうことは、オッケーね？」

「バナナジュース、もう一杯おごってくれる？」

「もち」

「オッケー。じゃあ、新生ネクストの結成に乾杯するか」

「それじゃあ、遥さんを呼んで、三人で乾杯しよう」

「えっ、マジ？　これから？」

「宙夢がオッケーしたら電話してって言われてる」

「俺、話をするの、つうか、実際に会うの初めてだもんなあ。うわっ、緊張するなあ」

「いい人だから大丈夫。あ、でも、ちょっとびっくりするような発言をしたり、顔色ひとつ変えずにきついこと言ったりすることが時々ある。でも、本人には全然悪気はないから、気にしないでいい」

「ますます緊張するじゃん」

そう言って急にそわそわし始めた宙夢は、電話で呼び出した遥さんがお店に姿を見せた直後だけはガチガチだった——実際、遥さんを紹介した時は椅子から立ち上がって最敬礼したくらいだ——ものの、それから一時間後にはすっかり打ち解け、僕ら三人は、昔から一緒にバンドをやっている仲間みたいになっていた。

まだ一度も音を合わせていない新生ネクストだったけれど、かなりイケてるすごくいいバンドになりそうな予感が、僕にはしていた。

29

ライブカフェ・シーアンカーは、若干工期が遅れたものの、クリスマス・イブのちょうど一週間前、オープンに漕《こ》ぎ着けることができた。

午前八時のオープンから午後五時までは、シアトルスタイルのコーヒーやカフェラテを中心にソフトドリンクとベーカリーを提供するカフェ。午後五時から閉店の十時までが、軽食と一緒にアルコール類もメニューに載るバールという、なかなかお洒落《しゃれ》なスタイルのお店だ。

そして時おりライブハウスに変身して、その際には僕が臨時のスタッフとしてPAのエンジニアを務めるわけだが、クリスマス・イブの初仕事は、かなり緊張したものの、なんとか無事にこなすことができた。

それはひとえに、当日出演したシンガーソングライターさんのおかげだ。いや、根回しをしてくれた靖行さんにこそ感謝すべきかもしれない。自分のバンドメンバーだけでなく、地方でのライブの際に時々依頼しているというPAさんも連れて来てくれ、現場でのノウハウを手取り足取り指導してもらえたのである。やっぱり、本やネットから得ただけの知識と実際の現場は違う。その経験がなかったら、小さな箱とはいえ、その後の僕にシーアンカーのPAが務まっていたかどうかかなり怪しい、というのが正直なところだ。

ライブカフェ・シーアンカーが開店したということは、付属している練習スタジオ「アンカー・スタジオ」も完成した、ということである。

フル編成のバンドで使ったら窮屈なスタジオではあるけれど、アコーディオンカーテンを引くことによって化粧台付きの更衣スペースがスタジオの一角に確保でき、楽屋としても使えるようになっている。

　ライブハウスも練習スタジオも、大きな街にあるような専用の施設と比べたらささやかなものだし、妥協の産物でもある。でも、この街にあったらどんなにいいだろうと思いながら、そんなのは無理、とほとんどあきらめていたものが二つも同時にできるなんて、ちょっと信じられない思いがする。

　さて、新しく生まれ変わったネクストはかなりイケてるバンドになるかも、という僕の予感がどうなったか、である。

　実は、これまでのあれやこれやを数えてみると、僕の予感は案外当たることが多い。遥さんと宙夢、そして僕による新生ネクストは、最初の音出しから上手くいった。という以上に、我ながらぞくぞくするほどよかった。恭介には悪いが、以前のネクストの比ではない。いや、比べること自体が間違っている。それほどの手応えを感じた。三人中二人は前と同じメンバーなのだから、違いをもたらしているのはメインボーカル兼ベースの遥さんである。

　バンドのカラーは、結局、ボーカルで決まる。わかりきっていることではあったけれど、僕も宙夢もあらためてそれを認識した、というより、思い知らされた。

　もちろん、何の準備もなしに最初の音合わせから上手く行く、というのは不可能な話だ。たとえパンクでも音楽を甘く見ちゃいけない。

僕自身が新生ネクストには賭けていたので、一応、それなりに周到な準備はした。つまり、シーアンカーの付属スタジオが完成するまでの三ヵ月あまり、二週に一度のペースで錨珈琲と珈琲山荘おがわと交互に集まり、バンドのミーティングを持ったのである。

ミーティングの内容は、これまでのオリジナル曲のブラッシュアップと新曲の制作。

具体的には、パソコンの作曲ソフトを利用して僕が作ってきた曲――ドラムとベースは電子音の打ち込み、ボーカルはボーカロイドに歌わせ、ギターだけは僕が自分で弾いてライン録《ど》り――を聴き、三人であーだこーだと修正をしながら遥さんが譜面に起こし、それを元に次のミーティングまでに僕が手直しをしてくる。そして、最終的にオーケーとなった曲は、各自が音源と譜面を家に持ち帰って、一回目のスタジオ練習に向けて個人練習しておく、という段取りである。

もちろん終始ガチンコで曲作りに集中していたわけではない。とりとめのない雑談をしている時間もけっこうあって、それはそれでバンドの結束力を高めるのに役立ったように思う。

ともあれ、ここまで内容の濃いミーティングを、以前のネクストではしたことがなかった。作曲ソフトを使うことは使っていたけれど、すべてがアバウトで、実際、同じ曲でも演奏するたび微妙に、時には大幅に違っていたりして、それはそれで面白くはあったのだが、あまりに適当過ぎて、本番前のリハーサルで、これって元々どんな曲だったっけ？　と自分たちで混乱することも多々あるという、そこだけ取り上げれば、ある意味パンクを地で行っていたかもしれない。

しかしやっぱり、原形がしっかりしているのと、原形そのものがグダグダなのとでは雲泥の差がある。演奏中、一瞬迷子になりかけたとしても、ちゃんと家に帰れるか、そのまま迷子になってしまうかの差は大きい。

で、パソコンソフトで作った最終バージョンは、音源を聴いてみるとかなり出来がいいものだった。ミーティングをするたびにドラムとベースの打ち込みが進化したし、ボーカロイドは当たり前だけど絶対に音程を外さない。事実、これだったらCDにして売ってもいいんじゃない？　と思えるようなものになっていた。

だが、最初の一曲目をスタジオで演奏した瞬間、完璧に生音の圧勝だった。

正直、遥さんを、こんなにパワフルなボーカルができる人だとは思っていなかった。歌が上手いのはもちろんなのだけど、誰が聴いても客観的に上手いというわけではなく、普段しゃべっている時の声とは違う、独特の癖がある声質だった。たとえばシャウトっぽく歌う際、女の子って甲高いキンキン声になるのが普通なのだけれど、そうはならず、ちょっとハスキーになって力強いまま音域が上がっていく。いったいどういう発声の仕方をしてるんだろうと、首をひねるばかりだ。

その声質を持っている遥さんが、歌いだしたとたん完璧に曲の世界に入り込むというか、別世界に飛んで行くというか、ちょっと古臭い言い方だと鬼気迫るという表現がわりと近くて、しかしそれだと和風すぎるので、超クールとしか言いようのないボーカルに、一回目の演奏をしているあいだ中、僕は鳥肌が立ちっぱなしだった。

それは僕だけでなく宙夢も一緒だったようだ。宙夢は、曲が終わって音が消えたあと、しばらく放心状態の顔つきで遥さんを見つめていた。

そんな僕ら二人をよそに、歌った本人はいたって普通で、「このスタジオ、小さいわりには、音、いいじゃない」などと冷静に評価を下しているという、いつもの遥さんであった。

それから僕ら三人は、ほぼ毎週、スタジオに集まった。まだ営業を始めたばかりだったので、スタジオの貸し出し予約がまばらだったということもあるが、週によっては、土曜と日曜の二度、スタジオ入りしたこともある。

三人で演奏していること自体が楽しかった。そしてスタジオに入るたびにバンドの音が良くなっていった。最初は予定になかった新曲がスタジオの中で誕生するという経験もして、自分たちでも驚いたくらいだ。

そんな具合に忙しくしているうちに、あっという間に月日は流れていく。

そして今、僕は卒業ライブでのネクストの出番を直前に控えて、シーアンカーのスタジオ――今日は楽屋――に向かっている。

僕らが企画した合同卒業ライブは、自分たちでもびっくりするほどの盛況の中で進行していた。

靖行さんの好意により、ワンドリンク付きで五百円という格安の入場料の上、チケットの半券を提示すれば会場の出入りは自由、というシステムで開催できたことも大きいのだが、自分の卒業式を終えたばかりの遥さんが自らマイクを持って司会進行をしてくれたことが、集客力の最大の要因になっているみたいだ。

仙河海高校の軽音部に入部した僕ではあったものの、実質的には部員らしい活動をほとんどしないうちに、新生ネクストとライブハウスのほうに忙しくなった。そのせいで周辺の事情に疎《うと》かった、と言わざるを得ないのだが、市内の軽音部員のあいだでは、遥さんは僕が思っていたレベルをはるかに超える有名人だったらしい。その宮藤遥が、一年以上のブランクを経てステージに立つ。しかもヘルプではなく自分のバンドでボーカルを取ると聞けば、これは見逃す手はないぞ、という訳だ。

まあ、若干オタク傾向のある部員が多い集団であるから絶対数は限られているものの、シーアンカーのキャパシティ限界いっぱいのお客さん――各高校の軽音部員のみならず、一般学生や中には出演者の保護者らしき大人も――が入れ代わり立ち代わり訪れて、会場のフロアは常に満員という状況である。

午後五時に開演した合同卒業ライブは、南高軽音部代表の恭介のバンドの演奏でスタートした。一ステージ三十分、ステージ転換に十分を基本スケジュールにライブは進行していき、予定から二十分遅れで五つ目のバンド――慎太のバンド――の演奏が終了したところで、ずっとPAブースに張り付きっぱなしだった僕は、シーアンカーのスタッフさんとPAを交代して楽屋へ向かったのだった。

開演前のリハーサルを含めると、七時間近くもぶっ通しでPAの操作盤を前にしていたので、さすがに疲れている。けれど、楽屋が近づくにつれ、久しぶりにステージに立てる高揚感と、新生ネクストの初ステージだという緊張感で、楽屋のドアに手をかけた時には疲労感はどこかへと霧散していた。

防音材の入った重いドアを開けてスタジオ内に入ると、一足先に楽屋入りして準備をすませていた遥さんと宙夢が、

「お疲れ～」と、判で押したように気だるく言って僕を迎えてくれた。

おおっ、と思わず遥さんに見とれてしまう。

ついさっきまで、学校の制服を着て司会用のマイクを握っていた遥さんが、今はすっかりパンクロッカーに変身していた。

完璧なまでにクールでビューティ。そうとしか言葉が出てこない。

「匠ぃ。おまえ、いまさら何見とれてんだよ。自分の彼女だろ？」

短めの髪の毛をツンツンに立てた宙夢が、にやにやしながら手にしていたスティックをくるくる回す。

宙夢の言葉をひとつも意に介さず、

「匠くんも早く着替えなよ」いつもの口調で遥さんが僕をうながす。

「はいよ～」

僕もいつもの調子で返事をして楽屋の隅に行き、アコーディオンカーテンを引いてからステージ用の衣装に着替え、大雑把に髪の毛を整えた。

準備を終えて出て来た僕の前に立った遥さんが、僕の頭に手を伸ばして髪の毛をあちこちいじった。

手の動きを止めて一歩下がった遥さんが、僕の全身を眺めまわしたあとで、

「オッケー。素敵だよ、匠くん」満足そうにうなずいて微笑んだ。

駄目だ。いまだに頬が熱くなってしまう。

「おーい、匠。なに照れてんだよぉ。顔が赤いぞ」

すかさず宙夢が突っ込みを入れ、

「匠くん、照れてるの？　って、何を照れてるわけ？」遥さんが不思議そうに首をかしげる。

「あ、いや、別にその……」

うろたえる僕と遥さんを交互に見やりながら宙夢がクスクス笑っている。いまでは当たり前になっている、バンド内でのこんなシチュエーションが僕は好きだ。そして、その一つ一つが貴重な瞬間となっている。もしかしたら、今夜のライブが僕ら三人での最初で最後のステージになるかもしれないと思うと、ちょっと泣けてきそうになる。

スタジオに備え付けてあるインターフォンが鳴った。

受話器を取り上げると、

「こっちは準備オッケーです」PAを任せたスタッフさんが伝えて来た。

「了解です、よろしくお願いします」

そう言って受話器を戻した僕は、二人に向かって、

「さあ、行こうか」と声をかけた。

スタンドに立てていたベースギターに遥さんが手を伸ばしたところで、

「あのさあ」少し迷っているような表情で宙夢が口を開いた。

「なに？」

「どうかした？」

僕と遥さんが同時に訊くと、

「このライブが終わったあとも、俺らのバンド、続けねえ？　えっと、来月から遥さ

んが仙台に行っても、続けられないことはないと思うんだよね。まあ、匠はどうでもいいとして、遥さんにその気があるなら、ということだけど」めったに見せない真剣な顔つきで宙夢が言った。

チャンスがあったらいつか切り出そうと思っていたことを、先に宙夢に言われてしまった。これまで口にしなかったのは、言うとしたらすべてがひと段落してバンドでの打ち上げをした時かな、と考えていたこともあるけれど、ネクストを続けるのは、もしかしたら遥さんの負担になるんじゃないかとも考え始めていたからだ。

亡くなったお兄さんのかわりにお店を継ぐため、この春から二年間、遥さんは仙台の専門学校で勉強することになる。僕の一方的な願望でそれを邪魔するようなことは絶対にしちゃいけない。そんなふうにも思うようになっていたので、実際に口にすべきかどうか、正直、いまだに迷っていた。

それを宙夢の奴、本番直前というこの大事な場面で突然言い出すんだから、気持ちはわからないわけでもないけど、もうちょっとシチュエーションを選んでくれよな……。

そう思いながら宙夢を恨みがましく思っていると、

「匠くん」ベースをスタンドに戻した遥さんが僕の名前を呼んだ。

「はい」

いつものように反射的に返事をすると、

「ネクスト、今日で解散するわけ？　そんな話、わたしは一度も聞いてないけど」遥さんがちょっと怒ったような口調で尋ねる。

「あ、いや、解散するとかしないとか、まだ何も決めていないというか、どうしようかとは思っていたんですけど、えーと、そのうちみんなと相談しなくちゃまずいかなと、そんな感じではあったというか……」

「あー、イラッとくる」

このフレーズ、かなり久しぶりに聞いた。しかも、遥さんのこの声は、マジで怒り始めている声色だ。

「きみさあ、仮にもバンドのリーダーでしょ。それくらい常に考えておかなくちゃならない立場にいること、わかってんの？」

「そりゃまあ、わかってはいますけど……」

「わかっていて何も決めてないなんて、そんなのあり？　あー、ムカつく。リーダーならリーダーらしく、もっとしっかり――」

そこで遥さんの言葉が途切れたのは、僕が手のひらで彼女の口を塞《ふさ》いだからだ。

「遥さん。俺、遥さんの怒った顔も、すっげー好きかも――」と言って、驚きに目を見開いている遥さんの口から手を離し、両手を肩の上に置いた。

「バンドやってると、遥さんのいろんな表情が見られて楽しいんですよね」

「何が言いたいわけ？」

訝しそうにした遥さんに、

「明日の昼、錨珈琲に集合です。で、ネクストの次回のライブの打ち合わせをします。それでいいですか？」と尋ねる。

「それ、いつ決めたの？」

「たった今」

そう言って笑顔を向けると、遥さんの瞳から怒りの色があっけなく消えていく。

「わたしはいいけど、宙夢くんは大丈夫？」

首をねじって、遥さんが宙夢に尋ねた。

「俺も、オッケー――」と嬉しそうに答えた宙夢が、

「匠。おまえ、その遥さんの肩に置いた手、とっとと離すか、抱き締めてやるか、どっちかにしてくれよなあ」浮かべていた笑みを引っ込めて顔をしかめた。

あっ、と一瞬思った僕ではあったけれど、いつもみたいにうろたえることはせず、片方の手で宙夢を引き寄せ、三人で肩を組んで円陣を作った。

互いのおでこをくっつけ合ったところで、

「このバンド。行けるところまで行ってみる」僕は言った。

「うん」

「了解」

遥さんと宙夢が同時に答える。

回した腕で二人をきつく抱き締めた僕は、

「さあ、行こう」そう言って身を離した。

拳と拳を軽く合わせ、グータッチをしてシーアンカーのステージへと向かう僕らネクストは最強のパンクバンドだ。もう怖いものは何もない。

30

シーアンカーでの卒業ライブが終わって一ヵ月と少しが経過したころ、街の真ん中を流れる潮見川沿いの桜並木が、例年通り満開になった。

晴れ渡った青空の下、春の日差しを浴びて咲き誇る桜は、いつも以上に美しい。

あまりに美しすぎて、足下の現実とのアンバランスさに薄気味悪くすらなる。

土手の上に立ち並ぶ桜並木は、所々で黒く焼け焦げている。

僕たちの卒業ライブの六日後に、仙河海市は他の三陸《さんりく》沿岸の街と同様、あの大津波に襲われた。桜の幹の焼け焦げは、その時に発生した火災の傷跡だ。

潮見川を荒れ狂いながら遡ってきた津波に呑まれた桜が、今年花びらをつけるとは誰も思っていなかった。だが、開花の準備は整っていたのだろう。この街が変わり果てたことを知らない桜は、当たり前のように花弁をつけた。その桜を目にする街の人々の表情は複雑だ。

視線を落として潮見川を見やれば、川面《かわも》から無数の瓦礫《がれき》が顔を突き出している。いまだに引き揚げられていない車の残骸もあちこちに目につく。

川面から引き剝がした視線を陸地のほうへと転じれば、これまたどこもかしこも瓦礫の山だ。人の営みを支えていたあらゆるものが、今はカオスとなって無秩序に横たわっている。

津波に耐え、かろうじて流されずにすんだ仙河海大橋の上を、もうもうと土埃《つちぼこり》を巻き上げながら、ひっきりなしにダンプカーが行き交っている。

晴れた日の仙河海市内はとにかく埃っぽい。マスクなしでは戸外を歩けないほどだ。その一方で、雨が降るとたちまち湿地帯みたいな泥沼になる。

巨大地震による地盤沈下のせいで、街を舐《な》め尽くした海水が引けていないのだ。たとえば魚市場付近は、水没によって至るところで道路が寸断されている。ただの水溜《みずたま》りだと思って車で進んでいくと、ずぼりと水没してしまう場所があちこちにある。

ほとんど海面すれすれまでに沈んだ岸壁には、真っ黒に焼け焦げた大きな船が横付けされ、周囲の海面には重油が浮いている。

陸にも船が何隻も居座っている。十トンクラスの小型船から二百トンを超える大型漁船までが、海に戻れず陸に取り残されたままになっている。

あの大津波で破壊され尽くした仙河海の街の一角に、僕は今、遥さんと肩を並べて立っている。

僕らが佇《たたず》んでいるのは、錨珈琲の店舗があった場所だ。建物は津波の力で五十メートルほど流されて交差点を越え、別の建物に引っ掛かるようにして、いまだに無残な姿をさらけ出している。

一方、ライブカフェ・シーアンカーのほうは、もともとが頑丈な蔵だっただけあり、流されずに持ちこたえた。しかし、一階部分は津波にぶち抜かれ、すべての什器《じゅうき》や備品は、ヘドロまじりの海水に浸《つ》かって使い物にならなくなるか、あるいはどこかへ流されるかした。僕らが調達資金を集めて設置したPA機材も同様だ。

流されたのは靖行さんのお店だけではない。啓道さんの小川菓子店も流された。希さんのスナックも、お店が入っているビルは残ったものの、二階まで水が来て、今は建物だけが亡霊のように佇んでいる。

そして、遥さんの家も店舗ごと流され、残骸に変わり果てた。

内陸側にある僕の家は、潮見川の支流が溢れたものの床下浸水程度で助かったが、津波から一ヵ月以上経《た》った今も、すべてのインフラが復旧するまでには至っていない。

それでも、直接僕が知っている人たちは、誰も死なずにすんだ。遥さんの両親も危ういところで避難が間に合い、高台にある中学校で避難所生活を続けている。

しかし、この街でもあまりに多くの人が死に過ぎた。生き残ったことを不幸中の幸いと安易に言えるような雰囲気にはない。

仙台の調理師専門学校への入学が決まっていた遥さんは、一度は進学をあきらめた。だが、この先いつになるかはわからないものの、仮設店舗ができたらお店を再開する意思が遥さんの両親にはあるのと、支援金として奨学金がもらえることになったため、最初の予定通り進学することになった。

その遥さんが四月の中旬になってもまだ仙河海市にいるのは、地震被害の影響で専門学校の入学時期が二週間ほど延期になっていたからだ。

その入学式が明後日に迫っていた。遥さんは今日のうちに仙台に引っ越しをする。引っ越し先は、千里さんのアパートだ。震災の発生から二週間ほど経ったころに、自分の軽自動車に救援物資を満載して訪ねてきてくれた。その時、遥さんの両親から事情を聞いて、それならわたしと一緒に暮らそう、と千里さんが申し出てくれたのだ。

その千里さんが、もうじき仙河海まで遥さんを迎えに来る。

仙台に行く前に、もう一度シーアンカーの建物を見ておきたい。悪いけどつきあってくれるかな？

しばらく前に通信が復旧していた携帯電話に、遥さんから連絡があったのは今朝のことだ。

もとより見送りに行くつもりだったので、予定よりも早く家を出た僕は、避難所まで遥さんを迎えに行き、徒歩でここまで下りて来た。

しばらく無言でシーアンカーの建物を眺めていた遥さんが、ふいに口を開いた。

「あー、ムカつく。頭にくる」

隣に顔を向け、

「それ、俺に対してじゃないですよね」僕が言うと、

「当たり前でしょ。わたしがムカついてる相手は津波だもん。せっかくライブハウスができたと思ったら、まだ一度しか使っていないのにこれだもん。マジで頭に来るわよ。津波のバカヤロー」

ぷりぷりしてそう言った遥さんが、僕のほうを見て首をかしげる。

「どうしたの、匠くん。何が可笑しいの？」

「いや、なんか、相手が人間だろうと自然だろうと、全然区別せずに怒っている遥さんが可笑しくて」

「わたし、そんなに変かな」

「かなり変です。でも、そこが遥さんの素敵なところだ」

「それって褒めてるの？」

「めちゃくちゃ褒めてます」

「ほんとかなー」

「ほんとですって」

うなずいた僕は、少し間を置いてから遥さんに言った。

「俺、あきらめてないですよ。絶対にもう一度、この街にライブハウスを復活させてやります」

「わたしもそう思ってた」

「新しいライブハウスの柿落とし、俺らのネクストでやりません？」

「あっ、いいね。それ」

「どうせだったらワンマンで」

「おー、ますますいいじゃない」

「じゃあ、遥さんが向こうで落ち着いたら、宙夢と一緒に仙台に行きます。とりあえずは仙台のスタジオで練習しましょう」

「当たり前でしょ。引っ越し荷物に、津波から生き残ったベースを真っ先に入れてるもん」

「さすが、遥さん」

「それにしても、匠くん、ずいぶん逞《たくま》しくなったねー」

「前の俺、そんなに頼りなかったかな」

「かなり頼りなかった」

「あちゃー、やっぱり」

「でも、どっちの匠くんも大好きだよ」

やばい。また頬が火照っている。こればっかりは、いつまで経っても慣れないみたいだ。

「そろそろ戻りますか」

「うん」

うなずいた遥さんの手を握り、瓦礫の山に背を向けて歩き始める。

今日と同じ日が明日もやってくるとは限らないことを、僕らは思い知らされた。

退屈しながらも平和だった日常が、いともたやすく分断される現実を、僕らは目の当たりにした。

だから何？

また最初から始めればいいだけじゃん。

パンクロッカーは、そう簡単にはくたばらないってば。

こう見えて、俺ってけっこう逞しいみたいだし。
遥さんがそう言っているのだから、たぶん間違いないと思う。

解説

尾崎世界観《おざきせかいかん》
（ミュージシャン）

中学三年生の時、三者面談で担任に「この成績だと公立高校は難しいですね」と言われた。それを聞いて項垂《うなだ》れる母親を尻目に、ずいぶんはっきりと言うもんだ、と他人事のように左手の指先を右手人差し指で順番に掻いていた。弦に擦れて厚くなった皮が、ふてぶてしく誇らしげにザラザラしている。その確かな感触をくり返し確かめては、進路相談が終わるのをジッと待った。どんなに馬鹿な自分にも、私立に行けば莫大な金がかかる事はわかる。それでもやっぱり馬鹿だから、プロのミュージシャンになって売れた後でしっかり返せば良い、そう思っていた。

「ここであればなんとか……」

進路相談の日に担任が苦い顔で指定した高校は上野にあった。
試験当日、会場の教室で居眠りしている奴がいて驚いた。さすが俺でも入れる学校だ、だけど、もうこいつと会うことはないだろうと思った。

合格発表の日、母は泣いていた。その時になってようやく、それなりに心配をかけていたという事を実感して、素直に申し訳ないと思った。帰りに父と母と三人で、上野駅前の吉野家で牛丼を食った。いつまで経っても丼の中身が減らない。なかなか喉を通らなかったのは合格に対する安堵か、肉がゴムのように硬かったからか。ガムのような肉を噛みながら、これで誰にも邪魔をされずに思う存分音楽が出来ると思った。そして迎えた入学式の日、試験の時に居眠りをしていた奴が居て、また驚いた。

アコースティックギターをエレキギターに持ち替えて地元の友達とバンドを結成した時にはもう、次の進路を決める時期に差し掛かっていた。周りの同級生は就職先を決めて、高校生活最後の夏休みに向けて計画を練っていた。

軽音楽部には入らずに、地元でバンドを結成してライブハウスに出ている事が唯一の誇りだった。学祭では、軽音楽部のコピーバンドのライブを見ながら、自分の拙いオリジナル曲をお守りのように頭で反芻したりした。

初めてのライブは、別々の高校に通っているメンバーそれぞれが大勢の友達を呼んで大盛況だった。詰めれば三百人は入るであろう立派なライブハウスで、自分の高校の友達がメンバーの高校の友達に肩車をされてはしゃいでいるのを見ながら、底抜けに愉快な気持ちが込み上げた。うまく言葉に出来ないそんな気持ちと引き換えに、必死で覚えた歌詞は飛んで行った。

それでも、何かとんでもなく良い事をしているような気がして、神様にでもなったような気分だった。ライブ後に、「お前たちは実力も動員もあるから、次から大人たちとやってみよう。その方が勉強になるよ」と、ブッキングマネージャーに手放しで褒められた。

高校生用にチケットの値段が安く設定されたイベントと違って、一六〇〇円のチケット三十枚のノルマは重過ぎた。

次のライブから友達を呼べなくなって、アルバイトで稼いだ金は全部スタジオでの練習とライブに消えた。それでもライブの日、昼過ぎに学校を早退する時はまだ優越感を感じていて、プロを目指して大人達と本気で勝負をしてくるという覚悟で、ギターを背負って教室のドアを開ける。今思えば、背中に感じた先生や同級生の視線は憐れみのものだったのかもしれない。

ライブハウスの扉は重くて、剝げた塗料とバンドのステッカーはいかにも「ライブハウスの扉」だった。今思えば、限りなく千葉に近い東京の外れのライブハウスに音楽関係者が来るはずもないのに、ライブ後に声をかけられて、レコード会社の名前が入った名刺を差し出される時を必死になって待ち焦がれていたのが恥ずかしい。
そんな活動を続けるなかで、当然のようにメンバーが辞めていった。そこまではこの小説『ティーンズ・エッジ・ロックンロール』と一緒だ。こうやってダラダラと自分の事ばかり書き連ねてしまう程に、ぴったり重なる。ただ、ここからが違う。共感し過ぎて浮かべた笑いも、苦いものになる。

高校が男子校だった。

どこを見渡してもむさ苦しい男だらけで、遥先輩のような人はどこにも居なかった。そこから先は、嫉妬交じりに読んだ。自分が進んだのとは真逆の道を。学校の薄暗い廊下、スタジオのカビ臭い冷房、アルバイト先の嫌いな先輩、ライブハウスの楽屋の落書き、読みながら色んなことを思い出した。今なら、何が駄目だったかわかるけれど、あの時駄目だったからこそ、今があると思えた。
『ティーンズ・エッジ・ロックンロール』のなかで重要な要素は「無い」という事だと思う。「無い」をきっかけに何かを産み出そうとする。「無い」という事は何かを産み出す理由になるから、それだけで大きな救いだ。あの頃の自分には、あり過ぎた。

中途半端な都会で、中途半端な夢を追って、中途半端な現実に中途半端に絶望していた。

その後の事は、『祐介』という小説に書いた。くり返すけれど、自分の本名をタイトルにしたこの小説の主人公「祐介」は、「匠」とは真逆だ。考え方も行動も、何もかもが、音楽というものを隔てて裂けている。

小説が発売されてしばらく経ったある日、SNSで、高校生のこんな書き込みを目にした。

「尾崎世界観の小説、大事なお小遣いから無理をして買ったのに。全く共感出来ないしこんな物にお金を払ったのが悔しい。こんなの、買わなければ良かった」

悲しくなったけれど、同時に嬉しかった。散々受けてきた、音楽に対する批判とは質が違う。テレビやラジオ、コンビニでたまたま曲を聴いて、挨拶代わりにされる手軽な批判と違って、お金を払って、文字を追って、物語に付き合ったうえでの批判。生きた批判だったし、それゆえに切実だった。

だから、素直に申し訳ないと思った。本気で書いて、本気で批判された事でわかった。もしかしてあの子は、『ティーンズ・エッジ・ロックンロール』のような小説が読みたかったんじゃないか、ふとそう思った。きっと、あの子が読んだら喜ぶはずだ。

音楽を書くのは難しいからこそ、音楽を読むのは楽しい。

二〇一五年六月　実業之日本社刊

実業之日本社文庫 く52

ティーンズ・エッジ・ロックンロール

2017年10月15日　初版第1刷発行

著　者　熊谷《くまがい》達《たつ》也《や》

発行者　岩野裕一
発行所　株式会社実業之日本社
〒153-0044　東京都目黒区大橋 1-5-1
クロスエアタワー 8 階
電話 [編集]03(6809)0473 [販売]03(6809)0495
ホームページ http://www.j-n.co.jp/
印刷所　大日本印刷株式会社
製本所　大日本印刷株式会社

フォーマットデザイン　鈴木正道(Suzuki Design)

ISBN978-4-408-55384-9（第二文芸）